SABRE-EN-MAIN

PAR

ALFRED ASSOLLANT

PARIS

AUX BUREAUX DE L'ADMINISTRATION DE L'*OPINION NATIONALE*

5, RUE COQ-HÉRON, 5

—

1868

SABRE-EN-MAIN

PAR

ALFRED ASSOLLANT

I

C'est le 6 octobre 1847 que je rencontrai pour la première fois Armande au château de Sancy, et cette rencontre a décidé du reste de ma vie.

Qu'elle était belle alors !...Grande, élancée, svelte, gracieuse et fière, on eût dit la Diane de Gabies. La voir et l'adorer, pour tous ceux qui l'approchaient, c'était à peu près la même chose... Mais il sera toujours temps de parler d'elle. Avant tout, il faut dire ce qui me procurait l'honneur inespéré d'être invité à dîner chez le marquis de Sancy, son père ; car ni ma fortune ni mon nom ne m'auraient ouvert les portes du château.

Mon nom est Lucien Passereau. Mon père, greffier de la justice de paix du canton de Sancy, qui avait épousé la nièce du célèbre abbé de *Sabre-en-Main*, mourut trois ans après ma naissance, ne laissant à ma mère d'autre ressource qu'un petit domaine de vingt-cinq arpents environ, — moitié bruyères et moitié prairies, —hypothéqué pour la somme de six mille cinq cents francs au sieur François Richard, propriétaire et usurier de la commune de Sancy, — la providence des pauvres gens et des huissiers.

Du reste, ma mère aurait eu tort de se plaindre de la destinée, car si l'on excepte l'intérêt à six pour cent, le renouvellement d'un pour cent tous les trois mois, et un dîner confortable (suivi de café, pousse-café, rhum et cognac), tous les quinze jours, François Richard n'était pas homme, comme il le disait lui-même, « à demander quelque chose au delà de son dû. »

Que Dieu fasse paix à l'âme de ce brave homme ! S'il aima trop, de son vivant, les biens de ce monde et le vin de Périgord, ses débiteurs sont aujourd'hui bien vengés, car le pauvre Théodore Richard, son fils unique et son héritier, a dépensé en trois ou quatre ans une fortune péniblement acquise, et vient demander l'aumône à ceux que son père a ruinés.

Ma mère, — chère femme qui mettait en moi toutes ses espérances ! — s'était imposé pour règle absolue de ne pas vendre un pouce carré de terrain, de sorte que le revenu du Bois-de-l'Etang, absorbé presque entièrement par la créance de Richard, n'aurait pas suffi à notre subsistance si l'oncle Sabre-en-Main, curé de Sancy, véritable chef de la famille, n'avait pas eu la générosité de nous recueillir dans son presbytère.

Cet excellent homme, que ses paroissiens regretteront longtemps, n'avait pas toujours eu, disait-on, la vocation ecclésiastique : avant d'être curé de Sancy, il avait été capitaine de dragons, au temps de Napoléon.

Son vrai nom était Jean Bouvier. Né en 1785, élevé au hasard par un vieux prêtre insermenté, médiocre latiniste, enrôlé par Napoléon la veille d'Austerlitz, traîné avec deux cent mille autres à Iéna, Magdebourg, Berlin, Eylau et Friedland, retiré de Pologne et d'Allemagne, jeté en Espagne dans les derniers mois de 1808, employé au siége de Sarragosse, de Cadix, de Valence, échangeant des coups de sabre avec le Prussien, l'Autrichien, l'Espagnol et le Russe, poussé jusqu'à Moscou par le grand Empereur, repoussé par le froid, la faim et les Cosaques jusqu'en Allemagne, vainqueur à Lutzen, Bautzen et Dresde, vaincu à Leipzig, échappé par bonheur au typhus de Mayence, renvoyé dans ses foyers en 1814 par les Bourbons, rappelé pour assister à la bataille de Waterloo, rejeté sur les bords de la Loire avec les restes de l'armée, appelé *brigand* par les émigrés et par ces imbéciles qui composent, en tout pays, l'immense parti du plus fort, réduit à la demi-solde, harcelé par le maire, le préfet, le sous-préfet et le garde-champêtre qui exerçaient à l'envi leur zèle royaliste sur un vieux soldat sans défense, mon oncle Jean Bouvier, que ses camarades avaient surnommé Sabre-en-Main (surnom bien mérité), résolut de se mettre à l'abri de toutes les persécutions.

Un matin, le préfet l'ayant fait venir, entamait une longue harangue sur les dispositions séditieuses de Sabre-en-Main, et ses liaisons étroites avec les ennemis de la dynastie. Tout à coup l'autre lui demanda :

— Monsieur le préfet, qu'avez-vous à me reprocher ?

— Monsieur, répliqua le préfet, un peu étonné qu'on osât l'interroger, vous avez dit l'autre jour dans un café que Sa Majesté Louis XVIII, notre roi bien-aimé, était un cul-de-jatte. Est-ce vrai, oui ou non ?

— Ça, dit Sabre-en-Main, c'est possible.

— Qu'est-ce qui est possible ?

— Que Sa Majesté soit cul-de-jatte.

— Monsieur, continua le préfet d'un d'un air sévère, vous aggravez votre position !

— Croyez-vous ?

— Et si je faisais mon devoir...

— Il faut toujours faire son devoir.

— .... Je vous ferais arrêter sur-le-champ, dit le préfet, outré du sang-froid ironique de Sabre-en-Main.

— Oh ! oh ! dit l'ancien dragon, sur-le-champ ?... Pour avoir dit que Sa Majesté n'est qu'un cul-de-jatte ?... Que feriez-vous donc si vous aviez entendu ce que je disais cinq minutes après ?...

— Que disiez-vous, monsieur ?...

— Que Son Altesse Royale monseigneur le duc d'Angoulême n'est qu'un....

— Monsieur, interrompit le préfet, prenez garde à vos paroles.

— Bien ! dit Sabre-en-Main, je vois que vous savez tout.

— Je sais encore autre chose, monsieur. Je sais qu'après avoir adressé de grossières injures à tous les membres d'une famille auguste qui a fait, qui fait encore et qui fera éternellement le bonheur de la France, vous avez eu l'audace de donner un soufflet à M. Ramonelli de Corse, lieutenant de la légion corse, qui vous rappelait au respect de toutes les choses sacrées, et que le lendemain....

— Le lendemain, oui, monsieur le préfet, j'ai conduit le sieur Ramonelli sur le terrain, et là, devant quatre témoins, je lui ai campé entre les deux côtes un bon coup d'épée dont il se souviendra longtemps. Ça lui apprendra, j'espère, à ne plus se mêler de ce qui ne le regarde pas... Est-ce tout, monsieur le préfet ?

En même temps, il se leva pour prendre congé.

— Monsieur, dit le préfet, dans l'intérêt de l'ordre et de la paix publique, — dans votre propre intérêt, — je vous invite à partir dans les vingt-quatre heures pour Lille, où vous serez interné jusqu'à ce que le gouvernement de Sa Majesté daigne user de clémence à votre égard.

— C'est tout ?

— J'ai le regret de vous annoncer de plus que le payement de votre demi-solde est suspendu jusqu'à nouvel ordre. C'est à vous de regagner, par un repentir sincère et par une meilleure conduite, les bonnes grâces de Sa Majesté.

Là-dessus, le capitaine Bouvier ouvrit la porte et sortit en sifflant l'air fameux de la *Reine Hortense :*

> Partant pour la Syrie,
> Le jeune et beau Dunois...

Mais, quoiqu'il fît bonne contenance, il était fort inquiet.

— Trente-un ans, pas un sou vaillant, et pas de profession, pensait-il en se promenant sur la place d'armes. Pour comble, je perds même ma demi-solde !... Quel besoin avais-je de provoquer ce Ramonelli et de l'étendre sur le flanc ?... Ah ! ma mère avait bien raison de dire : Jean, défie-toi de la bouteille ? Mais quoi !

quand les camarades vous invitent, peut-on refuser leur invitation ? Quand ils trinquent, peut-on refuser de leur faire raison ? Quand ils parlent du roi, peut-on s'empêcher de ?... Je suis un oison débridé... Que faire à présent ? Rester ici ? Impossible. Le préfet me fera prendre au corps par la gendarmerie et mener en prison.... Aller à Lille, demander grâce, supplier le ministre pour qu'il me rende ma demi-solde ?... Chien de métier ! J'aimerais mieux me casser la tête tout de suite d'un coup de pistolet...

Tout en se promenant, il arriva devant la porte de la cathédrale. L'évêque sortait en grande pompe, suivi de tout son clergé, exposant à la vénération des fidèles les reliques de saint Barbeyre. Vingt mille personnes, à genoux sur le passage du cortége, attendaient la bénédiction de Sa Grandeur.

Sabre-en-Main, seul debout au milieu de la place, à quelques pas de l'évêque, regardait la procession le chapeau sur la tête.

La foule, scandalisée, cria de toutes ses forces :

— A bas le chapeau ! ôtez le chapeau !

Un lieutenant de gendarmerie, plein de zèle, s'avança pour forcer Sabre-en-Main à se découvrir.

Le capitaine Jean Bouvier le regarda venir et leva sa canne d'un air menaçant.

Les cris redoublèrent.

Deux ou trois gendarmes qui faisaient la haie allèrent, sabre nu, au secours de leur chef, et un combat paraissait imminent, lorsque l'évêque, qui avait tout vu, sans rien regarder, comme les femmes, fit signe de la main aux gendarmes de rester immobiles, et s'avançant vers le dragon, lui donna sa bénédiction d'un air si imposant, si majestueux et si doux, que le capitaine Jean Bouvier, ébranlé, ôta machinalement son chapeau et plia le genou.

Ce qui fut regardé comme un miracle par le peuple émerveillé.

Le soir même, Jean Bouvier, fut appelé à l'évêché, et s'y rendit en rechignant.

— Que me veut ce calotin? disait-il.

Mais Sa Grandeur sut prendre, tourner et retourner le capitaine de tant de manières différentes, que le pauvre Sabre-en-Main devint en quelques minutes plus souple qu'un gant de « peau de chien, » ainsi qu'il le disait lui-même en racontant son aventure.

Je ne rapporterai pas ici la conversation du prélat et de l'ancien dragon. Le résultat, auquel personne ne s'attendait, et Sabre-en-Main moins que personne, fut qu'il entra au séminaire deux jours après, à la grande stupéfaction de tous ses anciens amis.

Cette conversion subite fit grand honneur à l'éloquence de l'évêque, édifia les fidèles, et fut un sujet intarissable de conversation pour tout le département, car le capitaine Jean Bouvier, dit Sabre-en-Main, passait pour un chaud défenseur de Voltaire et de Bonaparte.

Mais tout le monde se rallia décidément à l'opinion de Percheron aîné, propriétaire de la grande brasserie qui est à l'extrémité du faubourg de Castres.

— Sabre-en-Main est un finaud, dit Percheron aîné. Il y a longtemps que je lis dans son jeu. Ce qu'il disait soir et matin des Bourbons et de Bonaparte, n'était que pour jeter de la poudre aux yeux et pour se vendre plus cher. Au fond, Sabre-en-Main n'aime pas à naviguer contre le vent. Qant Napoléon était maître de tout et donnait tout à ses méréchaux, Sabre-en-Main se serait fait tuer pour Napoléon... Maintenant, tout est pour les évêques. Sabre-en-Main va crier plus fort que les autres : Vive le trône et l'autel !

Le respect et la reconnaissance que je dois à mon oncle m'empêchent de dire ce que je pense du commentaire de Percheron aîné, brasseur.

Ce qu'on peut affirmer, néanmoins, sans faire tort à la vérité, c'est que Monseigneur n'eut pas à se repentir de la recrue qu'il avait faite.

Il est bien vrai que les ennemis de mon oncle ont relevé quelques traits de caractère, qui sans nuire précisément à sa mémoire (du moins dans l'opinion des chrétiens indulgents), convenaient peut-être mieux à un ancien capitaine de dragons qu'à un ecclésiastique chargé de donner en tout temps l'exemple de la patience et de l'oubli des injures.

C'est de lui, en effet, qu'on a raconté cette petite histoire : qu'ayant rencontré dans un chemin creux Jacques Bidache, l'un de ses paroissiens, qui lui manquait de respect en gardant son chapeau sur la tête, il descendit de cheval, força Bidache de suivre son exemple, posa par terre le crucifix dont il était muni, en disant :

— Que le bon Dieu ne soit ni pour toi

ni pour moi, et tu vas recevoir une bonne raclée !

Qu'il tint parole, et que la raclée fut si forte que le malheureux Bidache resta demi-mort sur la place.

C'est encore de lni que... Mais ces petites anecdotes n'édifieraient personne, et je ne crois pas nécessaire de les rapporter ici.

II

Grâce à la protection de monseigneur, mon oncle fut pourvu, presque au sortir du séminaire, de la cure de Sancy, l'une des meilleures du diocèse.

Sancy n'est pourtant qu'un chef-lieu de canton, sans commerce et sans industrie; mais le château des marquis de Sancy, qui date de 1370, et que le célèbre Alard de Sancy, colonel des chevau-légers de la maison du roi, fit réparer en 1688, sera toujours, aussi longtemps, du moins, que durera cette noble famille, hospitalier et bienveillant pour le curé de la paroisse.

Sabre-en-Main ne reçut pas un accueil moins favorable que ses prédécesseurs.

Le vieux marquis de Sancy, ancien émigré, puis chambellan de Napoléon, et sénateur du premier empire, devenu naturellement pair de France après le retour de Louis XVIII le Désiré, fut charmé de trouver en mon oncle un bon joueur de whist, un bon convive, un excellent voisin, et, chose plus rare, un interlocuteur qui savait tenir tête et contredire le maître de la maison sans l'offenser.

De là une amitié sans nuages. Quelquefois le marquis, que tourmentait la goutte, cherchait querelle à son curé.

— Au temps où vous combattiez sous les drapeaux de l'ogre de Corse contre le roi légitime... lui dit-il un jour en riant.

Mais Sabre-en-Main, prompt à la riposte, répliqua :

— Monsieur le marquis, au temps où je combattais pour l'ogre de Corse, vous lui présentiez la serviette.

— C'est bon, c'est bon, curé, dit le marquis, je n'ai pas voulu vous fâcher.

Et il ne revint plus sur ce sujet.

Toute la famille de Sancy suivait l'exemple de son chef et s'étudiait à plaire au curé.

Quant aux habitants, dont la moitié étaient fermiers, métayers ou fournisseurs du marquis (Napoléon ayant rendu à son chambellan toute sa fortune), ils n'avaient guère, sauf un petit nombre d'esprits récalcitrants, d'autre opinion politique ou religieuse que celle du château, de sorte que le curé Sabre-en-Main évangélisait sans obstacle ses paroissiens dociles.

La Révolution de 1830 changea peu de chose à cette situation. Le marquis de Sancy, qui ne croyait pas à la solidité du régime nouveau, ne refusa pourtant pas de prêter serment à Louis-Philippe; car, disait-il, on ne sait qui vit ni qui meurt ici-bas; le fils du régicide Egalité peut régner cinq ou six ans, et il est toujours ridicule de se tenir à l'écart.

Son fils, qu'on appelait M. le comte, et qui était lieutenant-colonel dans la garde royale, montra plus de fierté, refusa le serment et donna sa démission, croyant au retour prochain d'Henri V; mais il eut lieu de s'en repentir, et cette différence de conduite jeta beaucoup de froid entre le comte et le marquis.

Le comte, qui avait épousé une Anglaise fort jolie, la fille aînée du célèbre John Peterman, fabricant de cotonnades à Manchester, Portland-place, 48, ne remit plus le pied au château de Sancy jusqu'en 1847, époque où il pensa que la dynastie de Louis Philippe étant tout à fait consolidée, il pouvait suivre l'exemple de plusieurs de ses amis, et briguer la députation, dût-il subir l'affront du serment.

C'est dans ce bourg de Sancy, à l'ombre de ce château et de ce presbytère, que j'ai passé ma première jeunesse. Ma mère, trop pauvre pour vivre de ses rentes, habitait la maison et tenait le ménage de son oncle le curé. Celui-ci, en récompense, m'enseignait le peu de latin qu'il avait appris avant d'être dragon, et me répétait sans cesse qu'il n'y a que deux professions dans le monde : prêtre ou soldat.

Et comme ma mère, attentive à toutes ses paroles et inquiète de l'avenir, se récriait quelquefois :

— Ne voyez-vous pas, disait-il en riant, que le monde obéit toujours à ces deux espèces d'hommes ? Sous Napoléon, c'est le soldat qui commandait; aujourd'hui c'est le prêtre ; mais on a tort de les séparer, car le soldat ne vaut rien sans le prêtre, ni le prêtre sans le soldat.... Petit, lequel des deux veux-tu être ?

— Soldat, dis-je fièrement.

En effet, le bruit du tambour et de la

trompette me causait le plus vif enthousiasme, et je regardais avec une admiration naïve les pistolets de dragon que le curé avait conservés.

Cependant le sort en décida autrement.

Il arriva qu'un jour Mgr l'évêque daigna traverser son diocèse d'un bout à l'autre et administrer aux enfants de mon âge le sacrement de la confirmation. Il arriva que Sa Grandeur, ayant mis pied à terre chez le marquis de Sancy (car le marquis ne cédait à personne, et que le curé ne lui disputait pas l'honneur de recevoir l'évêque), il arriva, dis-je, que Sa Grandeur daigna me remarquer et me faire quelques questions.

Il arriva aussi que Sa Grandeur, soit pour flatter le curé Sabre en-Main, dont la vue lui rappelait toujours un des traits les plus glorieux de son administration épiscopale, soit par simple désœuvrement, parut frappée de ce qu'il lui plut d'appeler « mon intelligence, mon esprit prompt à la répartie, » et qu'elle daigna terminer l'entretien en ces termes :

— Mon cher curé, cet enfant ira loin, je vous le prédis. Tôt ou tard il fera honneur à l'Eglise. Il faut en prendre soin...

— Et vous, mon petit ami, ajouta-t-elle, étudiez. Nous aimons tous les chrétiens, mais surtout les chrétiens qui ont de l'esprit. Notre Seigneur a dit : Allez et enseignez les nations, *ite et docete...* Mais pour enseigner il faut avoir appris.

Sur ce mot, qui décida pour quelques années de ma vocation ecclésiastique, Sa Grandeur me caressa les joues du dos de sa blanche main, et me congédia ; car on venait d'annoncer que le dîner était servi.

III

Monseigneur ayant tiré mon horoscope, on ne douta pas que je dusse devenir l'une des colonnes de la Foi et l'un des plus illustres défenseurs de l'Eglise militante.

Ma mère en doutait moins que personne. Aussi déclara-t-elle sans hésiter que je serais prêtre, dût-elle sacrifier jusqu'au dernier centime sa petite fortune. Le curé Sabre-en-Main, soit qu'il ne voulût pas la contrarier, soit qu'il fût aussi persuadé qu'elle-même, s'empressa d'avouer que ma place était au petit séminaire, et de m'y conduire.

Nous partîmes un certain matin, lui et moi, tous deux à cheval, — c'est-à-dire moi en croupe, — et après un voyage de cinq lieues à travers les bois, les prairies et les bruyères, nous arrivâmes devant la porte de l'abbé Deschamps, supérieur du petit séminaire.

L'abbé, sans se déranger pour un confrère, donna l'ordre de nous introduire dans son cabinet.

Il réprimandait vertement une jeune religieuse qui se tenait debout devant lui, et dont l'humble contenance attestait assez la faute et le repentir.

— Qu'est-ce que cela, ma sœur ? disait l'abbé Deschamps. Voilà une côtelette fort mal grillée. Elle sera tombée dans les cendres. Elle sent le roussi comme un damné.

— L'autre, répliqua la religieuse d'une voix douce, sera peut être meilleure.

Mais l'abbé ne voulut pas lui laisser cette illusion.

— L'autre, dit-il d'une voix aiguë, est plus dure que la pierre et plus amère que le fiel d'un impie. Il faudra veiller à cela, sœur Anastasie, m'entendez-vous ?

Sœur Anastasie s'inclina en signe d'obéissance et sortit du cabinet.

Alors l'abbé se retourna et tendit la main à mon oncle.

— Nous arrivons dans un mauvais moment, à ce que je vois, dit le vieux Sabre-en-Main en riant. Mais comment des côtelettes pourraient-elles être cuites à point un vendredi ?...

— Vous savez, mon cher ami, dit l'abbé Deschamps, que j'ai dispense de Monseigneur à cause de ma santé... Mais quel bon vent vous amène ? Quel est ce garçon à la mine éveillée ?

— C'est mon petit-neveu, un enfant qui a des dispositions, au dire de Monseigneur, et vous savez que Sa Grandeur a le coup d'œil infaillible.

Ici les deux abbés sourirent finement. Oserai-je dire qu'ils se moquaient de Sa Grandeur ? Evidemment, ce n'est pas possible. Cependant... mais qu'importe ?

On me fit subir un court examen. Histoire sainte, histoire grecque, histoire de France, catéchisme, arithmétique, tout fut passé en revue, et l'abbé Deschamp parut assez content de moi.

— Nous le mettrons en quatrième, dit-il.

Toutes choses étant réglées à la satisfaction générale, mon oncle partit et me laissa aux mains de son confrère.

Je passe rapidement sur mes études classiques, qui ne peuvent intéresser personne. L'abbé Deschamps, émerveillé de mes progrès, prévoyait pour moi les plus hautes destinées. « C'est ainsi, disait-il, que Bossuet a commencé. Il est telle des narrations de cet enfant que Fénelon lui-même ne renierait pas. » Grâce à lui, ma gloire passa par-dessus les murailles du séminaire et se répandit dans tout l'arrondissement.

Le bruit courut même que j'avais en portefeuille un poëme épique, la *Karoléide*, qui célébrait les exploits de Charlemagne et du célèbre archevêque Turpin. Il est bien vrai que j'avais déjà écrit cinq mille vers sur ce glorieux et inépuisable sujet, et que je cachais au fond de mon pupitre une tragédie de l'ordre le plus sublime dont le héros, Sébastien, roi de Portugal, fait prisonnier par la trahison d'Alvarez, refusait fièrement la main de la fille unique de Muley-Ismaël, empereur du Maroc (malgré tout l'amour dont il était consumé pour cette ravissante princesse).

Au cinquième acte, Alvarez, brûlé des mêmes feux que le roi Sébastien, poignardait ce héros vertueux sous les yeux de la belle Zulime, qui s'empoisonnait en recevant le baptême, pour mourir dans la religion que son amant.

— Messieurs, dit un jour l'abbé Deschamps, après avoir fait la lecture de ce chef-d'œuvre, cet enfant (et il mit sa main sur ma tête) ira presque aussi loin que Racine et plus loin que Campistron.

L'abbé devait avoir raison, car il était connaisseur, ayant gagné lui-même une églantine d'or aux Jeux-Floraux de Toulouse, trente ans auparavant.

Enfin, je reçus le prix de mes efforts, et j'obtins le diplôme de bachelier ès-lettres, honneur fort rare parmi les élèves du petit séminaire.

Ce jour-là, l'abbé Deschamps me prit à part et me tint le discours suivant que je n'oublierai jamais :

— Mon cher enfant, dit-il, vos études classiques sont terminées. J'avoue avec plaisir que nous n'avons plus rien à vous apprendre. Vous êtes désormais aussi savant que vos maîtres. Je ne sais quel avenir la Providence vous réserve...

— Mais, lui dis-je, vous le savez bien, mon cher maître, je compte entrer prochainement au grand séminaire, et de là...

L'abbé me regarda en soupirant.

— Oui, dit-il, la voie est ouverte, et il semble que vous n'avez plus qu'à la suivre jusqu'au bout. Vicaire obscur d'abord, puis grand-vicaire, puis évêque, puis archevêque, cardinal et pape...

— Pourquoi non? Sixte-Quint le fut bien, quoiqu'il eût commencé par garder les cochons.

— Hum! dit le vieillard, les temps de Sixte-Quint sont bien loin de nous, si loin qu'ils ne reviendront jamais, et si vous n'aviez pas d'autre vocation... Regardez qui est évêque, à présent, autour de vous... monseigneur de... est un fils cadet de marquis... Sa Grandeur l'archevêque de... est fils du fameux duc qui fut le favori de Louis XVIII... son autre Grandeur, le cardinal de... a trouvé le chapeau, la crosse et la mitre dans son berceau. Tous ces prélats illustres se sont donné la peine de naître comme disait *Figaro*, qui avait du bon... quelquefois!

Ne vous bercez pas d'une vaine illusion, mon cher enfant. Je vous aime trop pour vous cacher la vérité, et c'est aujourd'hui qu'il faut la dire. Plus tard, il n'y aura plus que des cris, des pleurs et des grincements de dents...

Je vous connais mieux que vous ne vous connaissez vous-même, Lucien. Vous êtes doux, patient, persévérant, orgueilleux. Ce sont là des qualités de prêtre.

Et comme j'ouvrais la bouche...

— Ne m'interromps pas, dit-il en me tutoyant d'une voix caressante, comme cela lui arrivait quelquefois. Ton orgueil se cache sous une modestie apparente, comme tous les vrais orgueils ; mais j'en distingue les angles sous ce voile transparent. Tu ne diras pas au public : « Je suis un tel, fils d'un tel, et je fais des œuvres de génie ! » mais tu as l'amour de la gloire et de la domination... Eh bien ! ce n'est pas un mal... Mieux vaut ce ressort-là qu'un autre, quoiqu'il ait perdu Satan. Le pire de tout, c'est de n'être qu'un instrument passif entre les mains de ses supérieurs, *perindè ac cadaver*... Et qu'y a-t-il de plus beau que d'enseigner aux hommes la parole de Dieu! Va, va, plusieurs de ceux qui te reprocheront ton orgueil n'en parleront ainsi que par envie...

Tu n'es pas sensuel, je le sais, et cependant derrière ces yeux noirs et brillants, qui sait quels abîmes se cachent et quelles passions, dont tu n'as même pas le germe aujourd'hui ?...

(Hélas ! le bon abbé prophétisait. Je ne l'ai que trop vu par la suite.)

Ce qui m'inquiète le plus, continua-t-il, c'est que si ce malheur t'arrive jamais, il sera sans remède. Tu ne seras pas de ceux qui prennent, qui abandonnent, qui reprennent le péché et qui retournent à leur vomissement, comme dit l'apôtre saint Paul. Si jamais la passion entre dans ton âme, elle y fera des ravages affreux. Ta fermeté même et ta vertu (car tu aimes la vertu, je le sais) tourneront contre toi... Que Dieu te préserve de cette épreuve! N'a pas qui veut la force héroïque de saint Augustin pour sortir de la fournaise et revenir au devoir. Et quel triomphe alors pour tes ennemis! Car tu auras des ennemis, mon cher enfant, et parmi tes meilleurs amis, parmi tes proches... *habebis inimicos appropinquantes*, comme dit si bien Tertullien, qui a su, lui aussi, ce qu'il en coûte de déplaire aux puissants...

Une secrète amertume se mêlait sans doute aux paroles de l'abbé Deschamps. Il avait souffert en silence; il s'était cru appelé aux plus hautes dignités de l'Eglise; il avait été disgracié, renvoyé dans un obscur petit séminaire. Puis, à force de patience et de bonne volonté, il était devenu maître à son tour.

Je vois encore sa figure osseuse, maigre, enflammée, ses yeux sombres et caverneux, ses lèvres contractées et blêmes, ce nez prodigieux qui traversait son visage comme une lame de couteau, ce nez bosselé, hautain, hardi, qui l'avait fait surnommer par ses élèves l'abbé Piton. Le dogue, l'aigle et le hibou se confondaient dans cette étrange physionomie.

Mais le hibou dominait.

C'était du reste un jeu de la nature, car l'abbé Deschamps était l'un des plus honnêtes gens que j'aie connus, malgré son apparence bourrue et sauvage. L'abbé Dargent, son ami, professeur de rhétorique et lettré superfin, l'appelait « une médaille fruste » et croyait reconnaître une vague ressemblance entre les blocs erratiques qu'on rencontre dans les montagnes de l'Auvergne, de La Marche et du Limousin, et le visage mal taillé de l'*abbé Piton.*

— Enfin, me dit-il pour conclure, sois prêtre si c'est Dieu qui t'appelle! Mais crains le sort funeste de l'abbé Lamennais et de tous ces génies orgueilleux qui ont voulu escalader le ciel... Et maintenant, mon cher enfant, embrassons-nous... Tu viendras me voir quelquefois, n'est-ce pas ?...

Je crois qu'il avait envie de pleurer. Quant à moi, je pleurais tout à fait.

IV

Je rentrai chez mon oncle où tout était, ce jour-là, dans le désordre le plus complet. Un événement venait d'arriver.

— Sais-tu, dit ma mère, que M. le comte l'a prêté ?

Je fis signe que je ne savais rien.

— Il n'a pas prêté, dit le vieux Sabre-en-Main, mais il prêtera, ce n'est pas douteux. C'était bien la peine de faire si longtemps le renchéri, l'homme à principes, pour venir échouer au port comme tous les autres.

— Mais de quoi s'agit-il ?

— Du retour de l'enfant prodigue. Monsieur le comte, qui avait donné sa démission en 1830 et refusé de prêter serment à Louis Philippe, s'est repenti de sa fierté. Il vient d'écrire à monsieur le marquis qu'après avoir hésité longtemps, il sent que le moment est venu... que le bien de la monarchie demande que toutes les grandes familles envahies par le flot montant de la démocratie fassent un effort... des phrases quoi !... Le marquis a répondu par la lettre suivante, dont il a bien voulu me permettre de prendre copie :

« Cher comte,

» Je serai heureux de faire tuer le veau gras... Revenez donc. Peut-être aurez-vous foi dorénavant dans l'expérience d'un père qui a vu quatre ou cinq révolutions, — sans compter les gouvernements provisoires, et qui ne désespère pas de voir encore une demi-douzaine des uns et des autres, car ma santé est excellente.

» Je suis heureux que la mort de ce pauvre Cardinet, notre député, vous fournisse une excellente occasion de revoir Sancy... J'ai déjà dit quelques mots de cela à plusieurs de mes amis. Pour peu que vous soyez poli avec ces bourgeois *censitaires*, comme ils s'appellent si plaisamment entre eux, l'élection est assurée, car j'ai pour nous l'évêque et le préfet.

» Dans cette profession de foi, ne dites rien de trop. Ne blâmez pas la conduite de Cardinet qui votait toujours avec le ministère. On ne sait jamais avec qui l'on votera.

» Ne faites pas un éloge trop pompeux de Cardinet. Ce brave homme avait du bon, mais n'était pas un aigle. Son père avait gagné sept ou huit cent mille francs dans les draps. Cardinet avait continué et doublé la somme. Naturellement aussi, dès son entrée à la Chambre, il avait pris place au centre droit parmi les conservateurs les plus acharnés, car ces bourgeois, dès qu'ils sont entrés dans la place, ne pensent qu'à fermer la porte au nez de leurs confrères, — lesquels, de leur côté, frappent de toutes leurs forces en criant comme des sourds : Vive la liberté ! vive le progrès !

» Jolie musique ! Mais c'est de cela que vit la France depuis soixante ans.

» Le six octobre prochain, à une heure de relevée, je vous présenterai soixante de mes plus fidèles électeurs. Quelques-uns seront suivis de leurs *épouses* et de leurs *demoiselles*. Toutes sont invitées, ce qui m'aurait obligé de faire coucher quelques-uns de ces braves gens dans le foin de mes granges. Heureusement, la question de toilette, — question si grave en tout temps, — arrêtera le zèle des dames. On n'aura jamais le temps de commander des robes chez la bonne faiseuse. Et, après tout, si l'on trouve le temps, et si la multitude affamée de voir un comte et un marquis se précipite à la fois de tous les points de l'arrondissement sur Sancy, et bien, comme le vieil Abraham, je ferai dresser des tentes dans mon parc, et tout le monde, là, couchera à la belle étoile, ou à peu près.

» S'il en résulte quelque promiscuité, c'est leur affaire.

» N'oubliez pas d'amener Armande et Renaud que je serai bien aise de voir moi-même et de montrer à tous les assistants.

» N'amenez pas la comtesse. C'est une femme que je respecte, à cause de sa haute vertu et piété profonde; mais elle tient du grave John Peterman, son père, une morgue qui convient mieux à la fille d'un marchand de calicot, qu'à la belle-fille du marquis de Sancy, pair de France.

» En deux mots, elle déplairait aux électeurs, qui sont pour quinze jours nos hôtes, nos juges et nos maîtres.

» Laissez-la en dépôt dans le faubourg Saint-Germain, et surtout ne lui faites pas confidence de ce que je vous dis là. Je tiens à vivre en paix avec tout le monde et avec ma belle-fille.

» Je suis content du succès de Renaud. Entré le troisième à Saint-Cyr ! c'est très bien. Puisque la démocratie veut qu'on passe des examens, on en passera, morbleu ! il faut montrer à ces nigauds qu'un gentilhomme peut raisonner sur les triangles équiangles et équilatéraux tout aussi savamment qu'un fils d'épicier ou de limonadier.

» Quant à se faire tuer, Dieu merci, les Sancy n'envient rien aux Lannes et aux Murat. Depuis la fondation de la monarchie par Pharamond et Clodion, on a trouvé des Sancy parmi tous les morts de toutes les grandes batailles ; et sans un Sancy qui prit six mille Suisses à son service et les paya de son argenterie, le sieur Arouet de Voltaire, poëte à la suite des cours, n'aurait jamais écrit ces deux beaux vers qui resplendissent comme des diamants au fronton de la *Henriade* :

» Je chante ce héros qui régna sur la France,
» Et par droit de conquête et par droit de naissance.

» Mais, quoique j'attende beaucoup de Renaud, qui surpassera, je l'espère, celui de Montauban, je suis encore plus pressé de voir ma chère petite Armande. Celle-là n'aura pas besoin de se faire tuer pour qu'on parle d'elle.

» Si j'en crois ses yeux noirs, c'est pour elle qu'on se fera tuer quelque jour.

» Bah ! j'oublie toujours qu'on ne se fait plus tuer en ce siècle de fer et de houille, et qu'on se borne à faire mourir ses électeurs d'indigestion dans l'espérance de mourir d'ennui soi-même en écoutant les discours de ces avocats emphatiques qui suivent la bannière de M. Guizot, l'austère intrigant et de M. Thiers, le fin Marseillais.

» Recevez, mon cher comte, tous les vœux que je fais pour l'heureux succès de votre élection.

» J'espère que vous arriverez à Sancy, le 1er ou le 2 octobre au plus tard, et que j'aurai le temps de causer avec vous pendant quelques minutes. Si vous n'arrivez que le 6, ayez soin de jeûner dès la veille, car il faudra donner des poignées de main sans compter, et trinquer ferme.

» Si vous pouviez improviser d'avance deux ou trois toasts, le premier au roi, à la Charte et à son auguste famille, comme dit le *Charivari*, le second à l'arrondissement, à la prospérité commerciale, industrielle, houillère, judiciaire, etc.; le troisième aux électeurs, à leurs femmes, à leurs filles, à leurs chemins vicinaux, à leurs voies ferrées; et le dernier, enfin, à l'humiliation des Anglais. Oui, si vous pouviez débiter cela couramment, sans broncher, d'une voix tonnante, l'effet serait certain.

» Si vous n'avez pas trop grossi, deux ou trois tours de valse... Mais là encore, il faut avoir bien du tact et connaître parfaitement le terrain.

» Réflexion faite, laissez cette partie de votre rôle à Renaud. Il s'en acquittera tout naturellement et avec plaisir. A son âge tout est facile.

» SANCY. »

Voilà un homme, dit mon oncle en repliant la lettre. Il pense à tout. Il prévoit tout. Il comprend tout. Son fils, monsieur le comte n'est qu'un... Ma foi, oui, je puis le dire... son fils n'est qu'un imbécile, quoique comte et lieutenant-colonel dans la garde royale... que lieutenant-colonel ! Il n'a vu le feu qu'une fois, en 1823, à la prise du Trocadero !... Ah ! si les grades n'avaient pas coûté plus cher de mon temps ! Mais quoi ! ce n'est pas pour rien qu'on est comte et marquis.

Puis se tournant vers moi :

— Lucien, dit-il, tu es invité. Tu aideras Renaud à faire les honneurs du château de Sancy.

Devinez à quoi je pensais quand mon oncle m'apprit cette nouvelle.

A mon ancien camarade Renaud, que je n'avais pas revu depuis trois ans ? aux élections ? au marquis ? au comte ? à ma vocation ecclésiastique ?

Point du tout. Je pensais aux yeux noirs de Mlle Armande de Sancy.

V

Instinct obscur de ma destinée ! je n'avais jamais, je ne dis pas aimé, mais regardé même une seule femme ; et le seul nom de Mlle de Sancy, prononcé devant moi, me troubla jusqu'au fond de l'âme. Plût au Ciel que j'eusse deviné !... Mais qui peut lire dans l'avenir ?

Mon oncle, qui ne se doutait guère de cet étrange et prophétique pressentiment, nous fit longuement le récit des splendeurs dont le château de Sancy allait devenir le théâtre.

C'est un coup de maître du vieux marquis, dit-il. La mort de Cardinet arrive à point pour la famille de Sancy. Le comte, ennuyé de son oisiveté, ne savait plus comment tuer le temps. Il faisait courir à Chantilly et dépensait cent mille francs par an pour entretenir à la mode anglaise des jockeys rabougris et des chevaux étiques. C'est ce qu'ils appellent, à Paris, encourager la race chevaline. Si le gouvernement dépensait pour les hommes la moitié de ce qu'il dépense pour les chevaux, depuis longtemps on ne verrait plus de bossus, de crétins et de goîtreux dans le pays. Mais les mylords d'Angleterre adorent le crottin ; il faut bien imiter les mylords d'Angleterre et se mettre dans le crottin jusqu'au cou.

Puis, passant à un autre d'idées :

— La fête sera magnifique, dit-il. On fait venir un feu d'artifice qui sera tiré dans le parc. Le marquis a engagé tout un orchestre, — cinq violons, une contrebasse, deux cornets à piston, un hautbois, sans compter les cors de chasse dont on pourra jouer, si l'on veut, dans la forêt.

Quant aux chevreuils, aux lièvres, aux faisans et au gibier de toute espèce dont le parc est garni, on en fera ce jour-là un massacre général. Les paysans même seront invités et servis à part sous la feuillée, quoiqu'ils n'aient pas droit de voter. Le marquis veut que tout le monde s'amuse ce jour-là. D'ailleurs, me disait-il ce soir, ces braves gens ne votent pas encore, mais leurs pères ont voté en 1789 ; et qui sait ce qui peut arriver ?

Ma mère, éblouie, écoutait le récit de toutes ces merveilles. Quant à moi, je gardais le silence. Habitué dès mes plus jeunes années à regarder le marquis comme le plus grand seigneur de France, j'avais d'avance pour son fils et son petit-fils le respect qui convenait à mon titre de futur abbé, élevé presque sur leurs terres. Le roi, le noble et le prêtre se sont de tout temps donné la main.

— C'est dans trois jours, ajouta le curé, que l'on attend le comte, le vicomte Renaud et Mlle Armande. Ce jour-là, Lucien, tu es invité à dîner au château avec moi. Ton air naïf et doux ne déplaît pas au marquis. Il se propose de te tâter un peu, je t'en avertis, et il est ferré sur Horace, à l'exemple du feu roi Louis XVIII.

— Lucien, interrompit ma mère, ne craint personne, — ni sur Horace, ni sur Virgile, ni sur...

— Ma chère nièce, dit Sabre-en-Main, je n'attaque pas Lucien. Je dis seulement qu'il fera bien de relire son Horace.

Je suivis le conseil de mon oncle, et pendant trois jours je m'exerçai à réciter les Odes et les Epîtres comme si c'eût été ma vocation naturelle et invincible.

Enfin le grand jour arriva.

J'entendis claquer le fouet du postillon et galoper les chevaux de poste, caché derrière les persiennes du presbytère. Je vis la calèche du comte s'engager sous la voûte des communs, entrer dans la grande cour d'honneur et s'arrêter devant le perron du château.

Le marquis, averti, s'avança pour recevoir son fils et ses petits-enfants.

Le comte descendit le premier. C'était un grand homme raide, orgueilleux, boutonné avec soin, qui marchait, agissait et parlait tout d'une pièce, comme un automate ou comme un colonel de gendarmerie.

Le vicomte Renaud, son fils, sauta à terre après lui et donna la main à sa sœur.

J'étais trop éloigné pour voir tous les détails de la scène, mais j'ai su plus tard que l'entrevue fut assez froide entre le père et le fils, quoiqu'ils ne se fussent pas rencontrés depuis plusieurs années. En revanche, les petits-enfants parurent charmés de revoir leur aïeul, le château de Sancy, et peut-être aussi de se trouver en vacances.

Une heure après, j'eus l'honneur d'être présenté à M. le comte en même temps que le maire de Sancy, l'adjoint et le conseil municipal.

Le comte salua à peine, dit quelques mots et parut embarrassé de sa contenance. Il n'avait pas le don de l'improvisation et ne parlait couramment et sans préparation qu'à ses chevaux et à ses palefreniers. Dans ce cas, il est vrai, les mots arrivaient avec une précipitation extrême, la voix retentissait comme un trombone, et l'on entendait invoquer le nom sacré de tous les saints et de Dieu lui-même.

Assez bon homme du reste, mais plus borné qu'un bouchon de carafe, suivant la belle expression de son valet de chambre. Au Palais-Bourbon, quand il fut député, ses voisins l'appelaient familièrement *la Clôture*, à cause de son antipathie pour les orateurs de l'opposition, qu'il interrompait sans cesse.

Au reste, il vit encore, et si vous allez au Corps législatif, vous le reconnaîtrez facilement. C'est ce grand vieillard maigre, à l'air stupide, qui siége à quelques pas de M. Granier de Cassagnac, et qui vote toujours avec les Arcadiens.

Son fils Renaud, que les domestiques du château appelaient le vicomte, était à peu près de mon âge, et nous avions autrefois étudié le latin ensemble sous l'abbé Deschamps.

C'était un grand garçon bien fait quoiqu'un peu trop long, et pourvu, comme son père, de deux jambes maigres mais agiles.

Aussitôt qu'il m'aperçut, il me cria :

— Eh! l'abbé! viens ici, l'abbé. Comment vas-tu, l'abbé? Tu n'as pas engraissé, mon pauvre ami. Te voilà plus pâle qu'une nonne après quarante jours de jeûne. Que fais-tu donc ici?

— Je me promène, monsieur le vicomte, je lis, je travaille...

Il m'interrompit par un éclat de rire.

— Ecoute, l'abbé, dit-il, pour tout le monde ici je suis vicomte, et rien n'est plus juste et plus naturel puisque mon père est comte et que mon grand-père est marquis. Mais pour toi, entends-tu bien, pour toi, je suis Renaud de Sancy. Laisse là le vicomte et causons librement comme au temps où tu faisais mes vers latins à ma place et où l'abbé Deschamps nous faisait trembler avec sa voix criarde.... Viens avec moi, je vais te présenter à ma sœur..... Armande, voici l'abbé qui veut te saluer et qui n'ose... Tu sais bien, l'abbé, le bon abbé, mon ami Lucien,.. Mais c'est qu'il salue très bien, l'abbé; on dirait qu'il n'a pas fait autre chose toute sa vie.

L'aisance et la vivacité de Renaud m'intimidaient terriblement. J'osais à peine regarder Mlle de Sancy, et j'osais encore moins lui parler. Je balbutiai je ne sais quoi d'inintelligible, me sentant rougir jusqu'à la racine des cheveux.

Enfin, elle daigna me tirer de cet embarras et dire :

— Monsieur l'abbé, je vous connais depuis longtemps. Renaud m'a dit vingt fois toutes les obligations qu'il vous avait...

J'ignore ce qu'elle ajouta, car je levai les yeux sur elle pour la première fois, et je fus saisi d'admiration.

Sans doute elle était belle; mais vingt autres, cent autres, mille autres le sont tout autant, et je n'ai jamais eu envie de me prosterner devant elles; mais Mlle de Sancy avait je ne sais quoi de si fier, de si gracieux, de si aristocratique, de si... que dire, sinon que quand l'heure d'un homme est venue, la première femme qu'il rencontre peut s'emparer de lui pour la vie éternelle.

Pensez aussi que j'étais habitué, dès l'enfance, à regarder cette famille comme supérieure par la fortune, le rang, la naissance à tous ceux qui l'environnaient. Pensez qu'à l'amour et au respect naturel de la femme se joignaient l'amour et le respect du sang du marquis de Sancy.....

En deux mots, je l'aimai, sans le savoir, sans le vouloir, par un instinct naturel et invincible dont ma jeunesse et mon ignorance m'empêchaient de me rendre compte à moi-même.

Le reste de la journée se passa sans événement notable. C'est deux jours plus tard, le 6 octobre, que devait avoir lieu la grande fête annoncée d'avance par le marquis.

— Tous ces préparatifs m'ennuient, dit Renaud. Qu'est-ce que nous pourrions faire pour nous distraire un peu, l'abbé ? Ne rougis pas, je te parle de plaisirs innocents et non autres... Voyons, Armande, veux-tu faire une promenade à cheval ?

— C'est cela, dit Armande ; mais où pourrons-nous aller ?

Je proposai timidement de visiter les ruines du château de Pierre-Meulière.

— Bravo ! très bien ! dit Renaud. Nous partirons demain. J'attends cinq ou six jeunes gens et le baron de Clerfontaine. Ils arriveront vers dix heures du matin ; nous déjeunerons, et nous partirons vers midi. Sais-tu monter à cheval, l'abbé ?

Cette question me causa le plus grand embarras. J'hésitais à répondre : je n'avais de ma vie monté à cheval, et quoiqu'un prêtre ne soit pas forcé d'être un cavalier consommé, j'étais un peu honteux de mon ignorance.

— Ma foi ! dit Renaud, l'abbé est complet. Il baisse les yeux, il ne répond pas... il a peur de monter à cheval.

A ce dernier mot, je me révoltai.

— Je n'ai pas peur, lui dis-je, mais je n'ai pas même un cheval.

— Bon ! bon ! Je te ferai donner le mien. Il est un peu vif, mais avec quelques coups de cravache on en vient facilement à bout. D'ailleurs, si tu tombes, l'abbé, et si tu te casses la tête, le mal n'est pas grand, car tu seras sans doute en état de grâce, et tu peux paraître à tout moment devant le Seigneur.

Les plaisanteries de Renaud me perçaient le cœur. Ce mot de « l'abbé » qui revenait sans cesse dans la conversation, me donnait une colère sourde contre moi-même, contre Renaud et contre tout le genre humain.

En rentrant chez moi, le soir, je frappais la muraille avec mon poing fermé :

— L'abbé ! Toujours l'abbé ! me disais-je. Mais je ne le suis pas encore. Je n'ai pas la soutane ; et qui sait si je l'endosserai jamais ?

Ainsi se vérifiaient les craintes de l'abbé Deschamps. Je commençais à rougir de l'état ecclésiastique où la veille encore j'avais volontairement résolu d'entrer.

VI

Le lendemain matin, j'essayai d'un air indifférent d'obtenir du vieux Sabre-en-Main quelques leçons d'équitation.

Mon oncle me regarda avec étonnement et se fit expliquer le motif de ma demande.

— Ces jeunes gens, lui dis-je, veulent aller aux ruines de Pierre-Meulière et je dois leur servir de guide.

— Ma foi, répliqua l'ancien dragon, il est trop tard pour commencer et la leçon d'aujourd'hui ne te profiterait pas beaucoup. Quand tu seras à cheval, prie Dieu de te maintenir en équilibre, et si Dieu t'abandonne, invoque saint Crin, le patron des cavaliers en péril.

C'est avec ce renseignement précieux que je mis le pied dans l'étrier. Cinq ou six jeunes gens se disposaient à partir avec moi, et en qualité de guide, je tenais la tête de la troupe avec Mlle de Sancy, et un gentilhomme de trente ans environ, qu'on appelait le baron de Clerfontaine, et à qui tout le monde témoignait de la considération. J'ai su plus tard qu'il était dès ce temps-là le fiancé de Mlle de Sancy, mais que le mariage était retardé à cause de la grande jeunesse d'Armande. Elle n'avait encore que seize ans.

Enfin, on donna le signal du départ, et mon cheval, que j'avais jusque-là contenu à grand'peine, fit de grands efforts pour se débarrasser de son cavalier.

D'abord, il essaya quelques voltes et courbettes gracieuses ; je le laissai faire, ne sachant comment l'en empêcher ; puis il se cabra légèrement et faillit se renverser sur moi, aux grands éclats de rire de mes voisins ; enfin, enragé de ne pas pouvoir déraciner un cavalier qui s'acharnait à rester en selle, il lança des ruades.

— Prenez donc garde, maladroit ! s'écria le baron de Clerfontaine. Vous allez renverser Mlle de Sancy.

Effectivement, Armande commençait à courir autant de danger que moi-même. Mais il faut avouer que l'apostrophe n'était pas charitable. Aussi, malgré ma patience et ma politesse, je ne pus m'empêcher de répondre très brusquement.

— Eh! monsieur le baron, voulez-vous parier que j'arrive avant vous à Pierre-Meulière?

— Bravo! l'abbé, cria Renaud derrière moi; soutiens l'honneur de ta robe, corbleu! En avant! et ventre à terre;

— Et vous, mademoiselle, qu'en pensez-vous? demandai-je à Mlle de Sancy.

J'enrageais de voir qu'on se moquait de moi devant elle.

— Comme il vous plaira, monsieur l'abbé, dit Armande; mais prenez garde de vous casser le cou!

— Je me casserai peut-être le cou, pensais-je en moi-même, mais du moins on ne rira pas de moi.

Là-dessus, rendant la main et piquant des deux, je partis au triple galop. Le cheval d'Armande, excité par l'exemple du mien, me suivit, et tous les autres cavaliers nous serraient de près.

Bientôt nous entrâmes dans une lande immense, semée de fossés, d'ajoncs, de fondrières et de larges flaques d'eau. La route était à peine tracée, et bientôt même, ne me souciant plus de chercher et de la suivre, ne voyant plus que le but, c'est-à-dire le château de Pierre-Meulière dont les ruines s'élevaient à l'extrémité de la lande, et dominaient la rivière, je galopai au hasard, me fiant à l'instinct du cheval pour éviter les accidents et les chutes.

Depuis dix minutes on galopait sur une seule ligne comme dans les champs de course, lorsque le baron de Clerfontaine voulant franchir un fossé plein d'eau, fut jeté au milieu par son cheval, qui s'abattit des quatre pieds et éclaboussa cruellement son maître.

Un ou deux voisins compatissants se détachèrent de la troupe pour lui porter secours; mais tout le reste continua sa course insensée, et enfin, j'arrivai premier au but.

Mlle de Sancy était seconde et « distancée seulement d'une longueur, » comme disait son frère.

Renaud s'empressa de me féliciter.

— Très bien, l'abbé! dit-il. Pour tes débuts, tu as fait merveille. Le pauvre baron n'est pas aussi heureux que toi. Je crains bien qu'il ait du plomb dans l'aile.

Mais cette crainte était vaine, car le baron n'était qu'éclaboussé et rejeta son accident sur le peu de solidité de son cheval.

On accepta volontiers cette explication, on se promena, on courut dans les ruines, on me demanda des renseignements archéologiques sur la comtesse Yolande qui avait fait construire le château; je racontai ses querelles avec le marquis Thibaut de la Renardière; je montrai l'endroit où sur la lande le champion du marquis et celui de la comtesse se battirent en duel sous les yeux de l'archevêque Rollo, ce qui mit fin à des troubles qui divisaient depuis deux cents ans tou la teprovin; ce enfin, sans y penser, je fis valoir mon éloquence.

— Vous êtes bien savant, monsieur l'abbé, dit Armande, qui m'écoutait fort attentivement.

— Savant! que dis-tu là, s'écria Renaud. L'abbé est plus que savant: c'est un poète...

— Oh!

— Il n'y a pas de oh! Je connais telle pièce de toi que l'abbé Deschamps mettait au-dessus des *Orientales* de Victor Hugo et des *Méditations* de Lamartine. Pourquoi ne veux-tu pas l'avouer, l'abbé?

— Puisque vous êtes un si grand poète, monsieur l'abbé, dit Armande, récitez-nous, je vous prie, quelques-uns de vos vers.

Cette proposition ne plut pas également à tout le monde. La plupart des gens qui étaient là auraient préféré, je crois, un gigot, un rosbif, un pâté et quelques tranches de jambon; mais par respect pour Mlle de Sancy, on feignit d'écouter avec plaisir.

Du reste, je ne me fis prier que de la bonne sorte et je récitai d'un air inspiré l'élégie du *Chevalier Breton*.

Au cinquantième vers, un des cavaliers s'éclipsa. Deux autres le rejoignirent quand vint le soixantième.

Au cent vingtième, qui était aussi le dernier, je restais seul avec Armande.

— Vous allez entrer au séminaire, monsieur l'abbé? demanda-t-elle.

Je fis un signe affirmatif.

— Comment! Vous pouvez être poète, un grand poète, l'égal de Lamartine ou de Chateaubriand, et vous préférez la soutane!...

Il y eut dans ces paroles, dans le regard qui les accompagnait, et jusque dans sa manière de prononcer le mot « soutane, » quelque chose qui me remua profondément le cœur. Ma vocation ecclésiastique commençait à diminuer.

— Pourquoi n'allez-vous pas à Paris ? continua Mlle de Sancy. C'est là que le génie trouve aisément son emploi. Pourquoi fuyez-vous le monde avant de l'avoir connu ?

— Mais, mademoiselle, lui dis-je ébranlé déjà, que pourrais-je faire à Paris, moi seul, pauvre, inconnu ?

— Le poëte, dit Armande, entre partout de plain-pied, du droit que lui donne son génie. Voyez Torquato Tasso. Ne fut-il pas aimé d'Eléonore ?

Ici je perdis tout sang-froid. Il me sembla qu'il s'agissait d'elle et de moi, qu'elle était Eléonore, que j'étais le poëte, et je dis :

— Quoi ! vous...

— Tout qu'on veut, on le peut, dit-elle en m'interrompant.

Puis elle se leva du tertre sur lequel elle était assise et ajouta :

— Tenez-moi, je vous prie, l'étrier, monsieur l'abbé, pendant que je vais monter à cheval.

J'obéis, et elle se mit en selle avec une grâce et une légèreté incomparables.

Au même instant le reste de la troupe, que la poésie avait mis en fuite, se rallia autour de nous, et nous reprîmes le chemin de Sancy.

Je l'aimais.

VII

Je passai la plus grande partie de la nuit à rêver, accoudé sur ma fenêtre et regardant les étoiles.

« Torquato Tasso, le poëte, fut aimé d'Eléonore... Et moi !... » Ici ma pensée se perdait au milieu des espaces infinis.

« Depuis la Révolution, toutes les barrières sont abattues. Le génie peut se frayer une route dans toutes les carrières. Qui est maréchal aujourd'hui ? Soult, fils d'un paysan. Qui est premier ministre ? M. Guizot ou M. Thiers, deux plébéiens. Mlle de Sancy ne croirait pas déchoir, sans doute, si...

« Qu'elle est belle ! Comme elle sait goûter le charme des beaux vers ! Pendant que je lisais les miens, ses beaux yeux fixés sur moi rayonnaient d'intelligence, de tendresse et de grâce ! Être admiré par elle ! L'aimer ! L'adorer ! Donner sa vie pour elle, quelle félicité !... »

Un éclair de bon sens gâtait pourtant ma joie.

» Si mon génie poétique n'était qu'une illusion, née des discours enthousiastes de l'abbé Deschamps qui serait bien aise d'avoir, le pauvre homme, un Lamartine parmi ses élèves !... si j'étais destiné, moi aussi, à cueillir l'églantine d'or et le lys d'argent aux Jeux Floraux, et à m'ensevelir ensuite dans la plus profonde obscurité... »

A cette cruelle pensée, je sentais mon cœur se glacer. Mais l'imagination vint encore à mon aide.

— Eh bien, pensai-je il faut être à la fois poëte et soldat comme Alfred de Vigny ; si l'un des deux échoue, l'autre réussira sans doute. Que faut-il, après tout, pour devenir un Lannes, un Murat, un Masséna ? Un peu de courage au milieu des balles ? j'en aurai. Un peu de sang-froid ? Si la nature l'a refusé, l'expérience le donne.

Tout bien combiné, je résolus de jeter le froc aux orties, et j'annonçai le lendemain cette belle résolution à l'oncle Sabre-en-Main.

— Il n'en fut pas fâché, ayant toujours rêvé pour moi l'épaulette plutôt que la chape et le surplis.

— Mais, dit-il, cette vocation nouvelle t'est venue bien subitement ?

Je ne répondis pas. Soit qu'il eût deviné quelque chose, soit qu'il ne soupçonnât rien, il ne voulût pas pousser plus loin ses questions, et il fut convenu que je partirais trois jours après pour Paris, que je me préparerais aux examens de l'Ecole de Saint-Cyr, et que je serais à la première occasion général... ou tué.

Cette convention faite, j'allai dîner au château de Sancy avec soixante électeurs que suivaient leurs femmes et leurs filles.

— Tu viens à propos, l'abbé, me dit Renaud. Tu vas m'aider à faire les honneurs du logis. Armande est avec les dames. Mon père donne des poignées de main et se déclare prêt à tout sacrifier pour le pays... Oui, il s'immolera jusqu'à se laisser nommer député... Mon grand-père, qui sait par cœur la liste de tous les bureaux de tabac de l'arrondissement, souffle de temps en temps quelque pensée heureuse à mon père, celle-ci, par exemple : que le receveur de l'enregistrement du chef-lieu va prendre sa retraite ; que le percepteur de Sancy recevra de l'avancement ; ce qui fait deux places vides à remplir...Aussitôt tous ces malheureux électeurs élèvent la voix et cherchent à se recommander, comme les poules, les dindes et les canards qui demandent la pâtée dans la basse-cour..... Viens voir cela, l'abbé, nous nous amuserons.

Et en effet, il s'amusait, le vicomte.

Ses plaisanteries méprisantes ne me faisaient pas grand plaisir; aussi pour le taquiner un peu et lui rappeler qu'il n'était pas d'une autre pâte que le commun des hommes, je lui dis à mon tour :

— Mais, mon cher Renaud, ne feras-tu pas à ton tour antichambre chez le ministre de la guerre....

— Oh! chez le ministre, c'est bien différent!

— Et chez le général de division?

— Peut-être.

— Et chez le colonel?

— Tu m'ennuies, l'abbé.

— Et ne craindras-tu pas d'être mis aux arrêts par ton capitaine?

— Il n'y a pas moyen de rire un instant avec toi, l'abbé. Est-ce que tu ne vois pas la différence? Pour le ministre, le général et le colonel, je serai toujours, quoi qu'il arrive, le vicomte Renaud de Sancy, fils du comte Aymar de Sancy, député, et petit-fils du marquis de Sancy, pair de France et propriétaire de 400 mille francs de rente. Quelle distance de moi à ces nigauds qui se disputent le pain quotidien. Si je sers, moi, c'est qu'il me plaît de servir, tandis qu'ils y sont forcés, eux, et s'ils ne servaient pas, ils tomberaient dans la plus affreuse misère, — la misère de l'habit noir... Entends-tu cela, l'abbé?

— Je ne sais pas, répliquai-je, s'il est plus glorieux de servir volontairement qu'involontairement.

— Bon! vas-tu faire encore des raisonnements insensés, l'abbé? Je suis mon maître, et il me plaît de servir; cela suffit.

— Très bien! mais qui sers-tu, monsieur le vicomte? Est-ce Louis-Philippe, l'usurpateur, ou Henri V, le roi légitime?

— Je sers le roi, dit Renaud.

— Quel roi? Si par hasard Henri V revenait et se coiffait de la couronne de France qu'ont portée ses ancêtres, crois-tu qu'il te saurait gré d'avoir prêté serment à l'usurpateur?

— L'abbé, dit Renaud d'un air de fin politique, je me garde à carreau contre tous les événements. Tu m'avoueras bien qu'il ne peut y avoir que deux rois ?

— Je l'avoue.

— Le légitime et l'illégitime?

— Je l'avoue encore.

— Henri V ou Louis-Philippe?

— Parfaitement.

— Eh bien, continua Renaud triomphant, si Louis-Philippe et ses enfants gardent la place, qui est bonne et bien payée, j'aurai pour moi la protection de mon grand-père qui est *philippotau*, et si Henri V leur fait vider le pays, j'aurai pour moi les opinions légitimistes de mon père et sa démission donnée en 1830..... Entends-tu, l'abbé? N'est-ce pas un dilemme sans réplique?

A ces mots, Renaud éclata de rire.

— Mais, lui dis-je, car je devenais disputeur, ton dilemme ne vaut rien... si la République les culbute tous deux ?...

— Si la voûte du ciel tombait, comme dit l'abbé Deschamps, bien des alouettes seraient prises.

Il se trouva pourtant que j'avais prophétisé, car la République fut proclamée cinq mois après, le 24 février 1848.

Et ma prophétie n'était même pas complète, car je n'avais pas prévu Napoléon III.

VIII

Le parc de Sancy ressemblait à un vaste champ de foire. Plus de cinq cents personnes, électeurs, riches bourgeois, paysans, fermiers, domestiques, bonnes, femmes et enfants le parcouraient en tous sens, vêtus d'habits de fête.

On admirait la libéralité du marquis, quoiqu'on en connût fort bien le but intéressé, et le menu peuple, qui faisait en cette occasion, comme en toute autre, les frais de la fête, avait du moins le plaisir d'en prendre sa part.

De grandes tables étaient dressées dans les arbres du parc, couvertes de viandes et de vins de toute espèce. Le premier venu avait droit de s'assecir et de manger, sans que personne lui demandât à quel titre; il était le convive du marquis de Sancy. On en profita largement, et plus d'un pauvre diable fit ce jour-là le plus beau festin de sa vie.

Le maître du logis, appuyé sur Armande, faisait le tour des tables et recevait l'hommage de ses convives. Ce spirituel vieillard, qui avait été page de

Louis XVI, chambellan de Napoléon, ami particulier de Louis XVIII, et qui connaissait à fond l'ancienne et la nouvelle cour, charmait tous ses hôtes par son affabilité, sa bienveillance et surtout ses pro-messes...

— Ah! disait un des convives à ses voisins, ce n'est pas feu Cardinet qui nous aurait si bien traités! Le cher homme était bien trop avare. Pour dîner chez lui, il fallait être au moins électeur à cinq cents francs et disposer de deux ou trois voix. Et encore quel dîner! Des coulis de carottes, des épinards au sucre, des longes de veau, des haricots au gras, des pâtés de boules de viande qui étouffaient leur homme à la troisième bouchée. Et quels vins! De ceux qu'on réserve à l'office pour les domestiques!...

Et Mme Cardinet, petite femme sèche, au nez rouge et pointu, aux lèvres minces, au teint aigre, qui vous regardait de ses yeux percés en vrille comme pour vous dire : N'avez-vous pas assez mangé, goinfres ? N'aurez-vous jamais fini de boire, Gargantuas ? Et qui criait d'un bout du salon à l'autre : — Monsieur Vayron, voulez vous une troisième tasse de thé ? Monsieur Saget, un septième morceau de sucre ? Monsieur Renard, une quatrième tranche de gâteau ? De sorte qu'on avait l'air d'avoir avalé tout le thé, tout le sucre et tous les gâteaux de la province.

Quelle pitié de voir des gens de cette espèce accaparer tous les emplois, et se faire les maîtres du pays!... Le marquis, à la bonne heure! il sait se faire honneur de sa fortune... Mais ne me parlez jamais des parvenus !

La beauté d'Armande ne faisait pas moins d'effet sur les convives que l'affabilité de son grand-père.

Pendant sa promenade, le marquis m'aperçut et me dit :

— Tiens, l'abbé, je rentre. Donne le bras à ma petite-fille et fais un tour dans le parc. Vous rentrerez dans un instant, car le dîner des électeurs va commencer.

En effet, les électeurs dînaient dans la grande salle du château, et le commun des martyrs sur la pelouse.

Je fis une assez longue promenade avec mademoiselle de Sancy. Mon cœur battait de joie, d'amour, de désir et de crainte... Eléonore... Torquato Tasso... Ces deux noms ne sortaient pas de ma mémoire.

Enfin Armande s'étonna de mon silence et dit :

— Quelle belle journée! Quel beau soleil.

Je répondis je ne sais quoi.

— On dirait que vous rêvez, monsieur l'abbé ? continua-t-elle en souriant. Rêver est un défaut de poète...

Je m'excusai de mon mieux. J'avais contemplé les étoiles toute la nuit.

Ici je glissai quelques phrases obscures en l'honneur du créateur de toutes choses, — une paraphrase de *Cœli enarrant gloriam Dei*, bientôt suivie d'un hymne à l'amour divin.

Quel sens sacrilége j'attachais à ces paroles saintes, Dieu le sait et le lecteur le devinera. Il n'y avait pourtant pas d'hypocrisie dans mon cœur, mais seulement une habitude de langage, un abus involontaire des choses sacrées.

Au reste, Armande, habituée elle-même à ces paroles mystérieuses, n'y fit peut-être pas grande attention, car elle me dit :

— Récitez-moi donc, monsieur l'abbé, je vous prie, les vers que vous avez dû faire cette nuit, en face de Dieu, de la nature et des étoiles...

— Et en pensant à vous, ajoutai-je avec une hardiesse dont je fus étonné moi-même.

Mais elle n'y fit pas grande attention, se croyant fort au-dessus des rêveries d'un petit séminariste. Intérieurement, cette jeune fille s'amusait sans doute de ma simplicité. Coquette achevée, malgré sa grande jeunesse, elle jouait avec moi comme le tigre avec la souris.

La cloche qui annonçait le dîner interrompit notre conversation.

Nous entrâmes dans la grande salle au moment où la bande des électeurs et des électrices faisait son invasion. Il n'y a pas d'autre mot pour expliquer l'entrée de cent vingt à cent trente personnes affamées qui cherchent à se placer, et qui craignent de perdre leur cuillerée de potage.

On les entendait de tous côtés s'appeler et se répondre.

— Par ici, monsieur Vayron... A côté de moi, madame Saget... Ce sera pour vous obéir, monsieur le marquis... Viens donc, galopin, à côté de moi, et ne te mouche pas avec ta manche, du moins pendant le dîner...

(Ces paroles maternelles s'adressaient à l'héritier du contrôleur des droits réunis, le jeune Hippolyte Sabran-Decouet.)

2

Je passe les autres dialogues.

Le dîner, proportionné à l'importance du but et à la quantité des convives, fit le plus grand honneur au marquis et à son maître d'hôtel. On but, on mangea, on se regarda en silence pendant le premier service...

Au second, les langues se délièrent, et le défilé des confidences de familles commença.

— Croiriez-vous, monsieur l'abbé, me disait un électeur, gros propriétaire de la commune de Sancy, croiriez-vous qu'Euphrasie n'a jamais voulu que je misse mon fils au collége... Elle préfère le petit séminaire... Elle dit que son confesseur lui a dit que l'abbé Deschamps lui avait dit qu'on disait...

Un hoquet l'interrompit.

— Madame Euphrasie a raison.

Il me regarda d'un air défiant.

— Ah ! oui, dit-il, j'oubliais... Vous êtes de la robe... calotin, n'est-ce pas ?... Moi, d'abord, je déteste la calotte, excepté quand elle est bien portée... Votre oncle, par exemple, le vieux Sabre-en-Main, voilà un prêtre comme je les aime... C'est qu'il a servi le grand Napoléon, celui-là... Mais Euphrasie...

— Et l'abbé? interrompit Renaud, qui était placé à peu de distance de nous, est-ce qu'il ne fera pas un bon calotin, comme son oncle? dites monsieur Barbaroux.

— Certainement, certainement, répliqua Barbaroux; mais...

— Impatienté de m'entendre appeler « l'abbé » devant Armande, qui était en face de moi, je dis vivement :

— Calotin vous-même, monsieur Barbaroux, je ne suis plus calotin, je veux être soldat, maréchal et prince...

— Et Empereur, dit Renaud.

— Pourquoi pas ?

Cette déclaration imprévue étonna tous mes voisins.

— Il n'y a plus d'enfants, s'écria Renaud.

Armande me regarda fixement, cherchant sans doute à deviner ma pensée. Je baissai les yeux pour éviter son regard.

Ici s'engagea une discussion sur les mérites et les inconvénients de la calotte, — discussion bruyante qui dura jusqu'au troisième service, et durerait peut-être encore. Mais le marquis frappa son verre de trois coups légers, et tout le monde garda le silence.

En même temps le comte de Sancy se leva et dit :

« Messieurs,

» Je bois à la prospérité de l'arrondissement de Berneville. Je bois à l'agriculture, mère de pâturage et labourage, ces deux mamelles de la France, comme disait le grand Sully.

» Je bois à ces sucs nourriciers qui répandent par tous les pores dans l'économie animale de la société, et répandent à la fois l'abondance et le calme, ennemis des passions hostiles et subversives. »

(Tonnerre de bravos. Je ne sais d'où vint cette fureur d'applaudir, car pas un vestige de passion subversive ne s'était, — je puis l'affirmer sous serment, — glissé dans l'honorable société).

« J'appelle subversives, continua le comte d'une voix retentissante, toutes les passions ennemies des anciens partis. Elles sont ennemies parce qu'elles sont subversives. Elles sont encore plus subversives parce qu'elles sont ennemies. Bravo ! bravo ! bravissimo ! cria l'auditoire transporté.)

» Vous et moi, dit le comte, nous représentons le grand parti conservateur, — ce parti qui ne connaît rien que les intérêts du pays, lesquels s'identifient, — oui, messieurs, s'identifient, je ne crains pas de le dire, — avec les siens propres, — ce parti, qui contient dans son sein les noms les plus glorieux de la monarchie, les familles les plus illustres, les propriétaires les plus riches, les électeurs les plus... les plus... »

(Il hésita, ne trouvant pas le mot et ne se rappelant plus le texte de son manuscrit. Un voisin, touché de son embarras, vint à son aide.)

— Les électeurs les plus capables, dit le voisin.

» — Oui, les plus capables, continua le comte. Je suis heureux de le proclamer.

» L'ordre et la Charte! voilà notre devise. C'était celle de nos ancêtres ; ce sera celle de nos descendants. Je bois à l'arrondissement de Berneville !»

Il se rassit au milieu des applaudissements.

Alors le marquis de Sancy se leva et dit :

» — Messieurs, après les nobles paroles que mon fils vient de prononcer, je n'ai plus qu'une santé à porter, qu'un vœu à former.

» La santé, c'est celle de ce roi populaire, dans les veines duquel circule tout le sang le plus illustre de l'Europe, le sang de Robert-le-Fort, d'Hugues Capet, de saint

Louis, d'Henri IV... de ce roi dont les intrigues des factions, le poignard des assassins, les machines infernales de Fieschi ne peuvent ébranler la sérénité... de ce roi qui a pris le gouvernail de la France au milieu des tempêtes et qui a ramené le vaisseau dans le port... de ce roi pour qui Horace aurait dit :

O navis, in mare referent
Ergo te novi fluctus.

»Je bois au roi Louis-Philippe et à ses glorieux enfants, qui vont porter le nom de la France et le drapeau tricolore jusqu'aux confins du désert, jusqu'au milieu des mers de sable du Sahara !... (Trois salves d'applaudissements.)

» Mon vœu, dit le marquis en terminant, est que nous puissions nous retrouver tous l'an prochain, à pareille fête dans ma maison.»

Et il but. Et l'on but. Et nous bûmes, comme disait le receveur de l'arrondissement.

Et l'on cria : Vive le marquis de Sancy !

Quelques-uns criaient : Vive le comte !

Deux ou trois : Vive le vicomte !

Pour moi, qui n'étais pas aguerri contre les fumées du vin de Champagne, je criai de toutes mes forces; mais le cri se perdit heureusement au milieu du tumulte :

— Vive mademoiselle de Sancy !

Au reste, le banquet produisit son effet.

M. le comte de Sancy fut nommé député trois semaines après.

Trois jours après cette fête mémorable, j'allais étudier les mathématiques sous la direction de M. Baffret, chef d'institution au collége Saint-Louis, à Paris, et après un examen favorable, j'étais admis, au mois d'octobre 1848, à l'Ecole Saint-Cyr, où Renaud de Sancy allait commencer sa seconde année.

IX

Ce qui précède a dû paraître bien terne et bien froid au lecteur. Cependant, c'est le plus cher, ou, pour mieux dire, le seul souvenir d'amour de ma première jeunesse. Innocent du moins, celui-là, et pur de tout remords !

A Paris, je ne revis ni le marquis de Sancy, qui, déjà fatigué par l'âge, ne quittait plus son château et ses terres, ni Renaud, ni sa sœur Armande. Deux fois à peine j'osai me présenter à l'hôtel de Sancy; mais le comte était occupé dans ses écuries, où je ne voulais pas le déranger. La comtesse était au Bois avec sa fille, et personne ne parut avoir aperçu ma carte ou s'être rappelé mon nom.

Une seule fois, dans les Champs-Elysées, je reconnus la calèche et les armoiries de la famille de Sancy, et je vis Armande à travers la vitre.

Je saluai, le cœur palpitant, et elle me rendit mon salut et un sourire. M'avait-elle reconnu ? M'avait-elle pris pour un autre ? obéissait-elle à un instinct machinal de politesse ? Je ne sais.

Sa mère, grande et belle Anglaise au maintien roide et guindé, appliqua son binocle sur ses yeux de faïence, me considéra deux secondes comme un animal curieux, et ne parut pas autrement émue de la rencontre.

Quant à Renaud, enfermé dans l'enceinte de Saint-Cyr avec ses camarades, il apprenait par cœur la *théorie* et devenait très fort sur la charge en douze temps et l'école de peloton. Je ne le vis qu'une seule fois.

C'était pendant les terribles journées de juin 1848.

Paris tout entier avait pris les armes, — les uns pour, les autres contre l'insurrection. A peine savait-on de quoi il s'agissait, car les deux partis criaient en même temps et presque avec la même sincérité : Vive la République ! Et, chose singulière ! Elle paraissait compter parmi les défenseurs les plus zélés plusieurs de ceux qui depuis... Dieu qui sonde les reins et les cœurs a seul pu connaître la pensée secrète de ces républicains de fraîche date.

Pour moi, dès les premiers coups de fusil, j'allai prendre place dans les rangs de la garde nationale et tirailler dans le quartier Saint-Jacques.

Quand nous entrâmes dans le Panthéon, dont on avait enfoncé la porte à coups de canon, un de mes amis me fit remarquer une statue de plâtre à demi brisée et démolie par les boulets. C'était celle de la Liberté.

— Liberté mutilée ! mauvais présage ! dit-il.

Et en effet, dès le lendemain, on vit les traîneurs de sabres se promener triomphants sur les places, et faire sonner leurs éperons. Les décrets succédèrent aux décrets. Quatorze mille malheureux, pris au hasard parmi les vaincus ou dénoncés par leurs ennemis personnels furent enfermés d'abord, puis déportés sans jugement par les héros qui revenaient d'Afrique. Le sabre régna sans partage et les vainqueurs de juin donnèrent l'exemple que suivit trois ans plus tard et à leurs dépens le vainqueur du 2 décembre.

Le troisième jour de la bataille, je rencontrai le bataillon des élèves de Saint-Cyr qui gardait, l'arme au pied, le palais de l'Assemblée nationale. Mon ami Renaud de Sancy fumait un cigare dans le rang et pérorait d'une façon triomphante.

— Il faut sabrer cette canaille, disait-il avec véhémence ; il faut en finir une bonne fois avec tous ces ennemis de l'ordre et de la société !

A ce moment il m'aperçut et me dit:

— Bonjour l'abbé. Qu'en penses-tu ? Es-tu venu pour leur administrer les derniers sacrements ?

A ces mots, il éclata de rire de sa propre plaisanterie. Il était de cette heureuse espèce de gens qui se croient les plus beaux, les plus nobles, les plus éloquents et les plus braves de tout le genre humain, et qui pensent que la nature ayant beaucoup fait pour eux, la société doit faire encore davantage.

Pour moi, quoiqu'un peu blessé de me voir traiter si légèrement, je ne fis pas semblant de l'avoir remarqué. Quel affront n'aurais-je pas supporté du frère d'Armande ?

Je demandai avec intérêt des nouvelles du comte de Sancy, n'osant en demander de sa fille.

— Mon père est en Angleterre, dit Renaud, avec ma mère et ma sœur. Mon grand-père n'a pas voulu quitter Sancy, se souvenant sans doute des misères de l'émigration ; mais mon père, toujours fidèle à ses principes...

— A suivi son roi dans l'exil, interrompis-je en riant.

Renaud fronça le sourcil, se souvenant sans doute de sa théorie sur Louis-Philippe et Henri V, l'usurpateur et le roi légitime. Il est certain que son père, député du centre ou du ventre, comme on disait alors, avait pris la fuite après le 24 février, craignant d'avoir la tête coupée sur la place de la Révolution, et que cette fuite faisait plus d'honneur à sa prudence qu'à son courage.

— Tu sauras, me dit Renaud, que mon père a, du chef de ma mère, une très grande propriété en Angleterre, *Greenouse*, et que depuis longtemps il médi-

tait d'y faire des améliorations considérables. Quand il a vu que toute la bonne société quittait Paris, il a profité de l'occasion pour partir.

— Et toi ?

— Oh ! moi, je suis resté pour deux raisons. D'abord, il faut que je suive les cours de Saint-Cyr, ce qui va durer encore un an. Secondement, si je partais, qui est-ce qui sabrerait la canaille révolutionnaire ?... A propos, et toi, l'abbé, es-tu toujours pour l'état militaire ?

— Toujours !

— Bravo, l'abbé !... et pour la poésie !

— Plus que jamais.

— Bravo, l'abbé ! bravissimo ! Ah ! nous ferons de toi quelque chose... Sais-tu que Chateaubriand était sous-lieutenant ?... Tu auras cela de commun avec lui, en attendant le génie.

Là-dessus, un coup de fusil partit par accident sur la place de la Concorde. Tout le monde courut aux armes, et je perdis de vue Renaud.

Je ne devais plus le rencontrer qu'à Saint-Cyr, où j'entrai cinq mois plus tard.

X

Tous mes vœux étaient enfin comblés. J'allais être officier, j'allais vivre à côté de mon ami Renaud, — un ami peu sûr, à la vérité, et qui paraissait plus disposé à se moquer de moi qu'à me rendre service, mais enfin un ami ; — j'allais avoir, je l'espérais du moins, des nouvelles d'Armande, et de première main ; je pourrais la voir peut-être et lui dire... Que de discours ai-je fais en ce temps-là qui devoient être perdus! que de déclarations passionnées !

Ma déception fut cruelle. Les anciens élèves étant séparés des nouveaux, je vivais fort loin de Renaud de Sancy, et lorsqu'il m'arrivait de le rencontrer, toute son amitié se bornait toujours à me dire :

— Eh bien, l'abbé, as-tu des nouvelles de ton oncle ? Comment va le pauvre vieux ?

Si bien qu'on s'habituait à m'appeler l'*abbé*, et que le sobriquet allait devenir un nom véritable.

Mais j'arrêtai net mes camarades sur cette pente redoutable.

L'un d'eux, nommé Letriple, ayant voulu suivre l'exemple de Renaud, me dit à la salle d'armes :

—Veux-tu faire assaut avec moi, l'abbé?

J'entrai dans une véritable fureur, je l'appelai « sacristain », et je lui proposai de déboutonner les fleurets.

— Tiens, dit-il en ricanant, l'abbé se fâche.

— Prends-y garde, Letriple, dit Renaud, l'abbé n'est pas d'humeur commode.

— Bon, répliqua Letriple, nous verrons cela vers la fin de l'année.

Et, en effet, les duels étant sévèrement défendus à Saint-Cyr, étaient généralement retardés jusqu'aux vacances.

Un matin, Renaud vint à moi et me dit :

— Grande nouvelle, l'abbé.

— Quelle nouvelle ?

— Grande nouvelle ! te dis-je.

— Heureuse pour toi ?

— Parbleu ! ma sœur m'écrit aujourd'hui, ce qui ne lui arrive pas trop souvent. Tiens, lis.

Voici cette funeste lettre. Je ne l'ai lue qu'une fois, mais elle est restée jusqu'au moindre mot gravée dans ma mémoire.

« Mon cher Renaud,

» Je suis chargée, au nom de plusieurs de mes amies, de t'exprimer le regret qu'elles ont eu de ton absence, jeudi dernier. Camille de Bohun faisait ce jour-là son entrée dans le monde et comptait sur toi pour la mazurka et le cotillon, car ta réputation s'étend déjà depuis la rue Saint-Dominique jusqu'aux Champs-Elysées. Mme Czeniska, la belle Polonaise, a poussé un soupir de compassion en apprenant que le féroce général t'avait consigné ce jour-là. Elle s'est même informée de l'adresse du général pour lui arracher les yeux ou tomber à ses genoux, selon que cet homme cruel serait sensible à la menace ou à la prière.

» Mon amie intime, mademoiselle de... »

— Passe ce paragraphe et le suivant, dit Renaud d'un air de fausse modestie, et viens au *post scriptum*.

« P. *S*. — A propos, j'oubliais. Je me marie... »

A ce mot, j'interrompis ma lecture, me sentant pâlir et étouffer.

— Elle se marie ! dis-je enfin, — en essayant de cacher mon émotion.

— Parbleu ! répliqua Renaud, voudrais-tu qu'elle restât fille éternellement ? Sais-tu qu'Armande aura dix-huit ans bientôt, et qu'il est temps qu'elle ait un hôtel, un mari, des enfants, des domestiques, qu'elle puisse se décolleter jusqu'au milieu du dos et avoir des diamants comme tout le monde ?... Continue :

« ... Je me suis décidée pour le baron de Clerfontaine que tu connais depuis longtemps. Ce n'est pas un brillant gentilhomme, mais il a une belle fortune, un nom ancien, une tenue excellente ; il plaît à ma mère, il convient à mon père, il ne me déplaît pas; enfin je suis à peu près sûre qu'il ne fera pas mon malheur; quant à mon bonheur, je me charge de le faire moi-même.

» Il n'est encore qu'envoyé plénipotentiaire, de sorte que je suis menacée d'habiter Munich ou Stuttgardt pendant quelques mois; mais mon père, qui vote avec l'Elysée, a promesse d'avancement pour son futur gendre. Peut-être serons-nous un jour ministre des affaires étrangères.

» Ce jour-là, quelle joie! Nous illuminerons. Recevoir dans ses salons l'aristocratie de toute l'Europe, parler d'affaires au milieu des plaisirs et des plaisirs au milieu des affaires, discuter en petit comité le bal de l'ambassade d'Autriche et la question si scabreuse du Sleswig-Holstein; voir les plus vieux diplomates admirer votre robe échancrée à point, — ni trop ni trop peu, — comme celle de lady Lincoln, délibérer avec eux sur la paix ou la guerre, lire dans tous les journaux :

« Le dernier bal de madame la baronne de Clerfontaine a été le plus brillant de la saison. L'on y remarquait le célèbre lord Broughton, le comte Berninski, de Cracovie, le prince Crika, de Bucharest, le prince Hunold de Trarberg-Kranenstein, etc., etc. Mais ce qu'on admirait le plus, c'était le magnifique collier de diamants et les épaules sans rivales de madame la baronne de Clerfontaine qui faisait avec une grâce exquise les honneurs de son salon, etc., etc.»

» Oh ! oui, lire cela dans les journaux et voir toutes mes amies en mourir de de rage et d'envie, voilà le bonheur suprême.

» Le mariage est fixé au 1er février prochain. C'est moi qui ai désigné cette date par égard pour toi, afin que mon mariage pût coïncider avec ton jour de sortie. Vois comme je suis bonne sœur.

» Adieu, mon cher Renaud, je t'aime et je t'embrasse de tout mon cœur, qui n'est encore qu'à moi. Dans trois semaines, il faudra que je compte avec monsieur le baron.

» ARMANDE. »

— Qu'en dis-tu? demanda Renaud.

J'étais frappé au cœur, comme si l'on m'avait enlevé ma propre fiancée. Donc,

Armande se mariait! Ignorait-elle que je l'aimais, ou l'avait-elle oublié? Torquato Tasso! Eléonore!...

Je fis pourtant un effort et je dis péniblement :

— Mon cher vicomte, je te félicite.

— Voudras-tu venir avec moi pour assister à la bénédiction nuptiale?

— Hein? Plaît-il?

— Es-tu sourd? Je te demande si tu veux assister à la bénédiction nuptiale!

— Moi! oui, certainement. Est-ce que la cérémonie peut se faire sans moi? répliquai-je d'un air distrait.

A ces derniers mots, Renaud éclata de rire. Il était bien loin de deviner ma pensée.

XI

Ce terrible jour arriva enfin.

Pendant qu'autour de moi, de grand matin, tous mes camarades se hâtaient de brosser et d'astiquer, je m'habillai lentement, sans rien dire, de l'air sombre d'un homme qu'on va mener au supplice.

Pour comble d'ennui, Renaud n'avait jamais été plus gai. Le mariage de sa sœur était une excellente occasion de montrer et de faire valoir ses épaulettes. Il riait tout seul; il chantait de sa joyeuse voix de basse l'air du *Caïd :*

> Le tambour major
> Tout galonné d'or
> A partout la pomme.
> C'est un superbe homme
> Rempli de valeur
> De cœur et d'honneur.

— Eh bien! l'abbé, tu n'es pas encore prêt?

> Chasseur diligent
> Quelle ardeur te dévore?
> Tu pars dès l'aurore
> Toujours content.

Voyons, on n'attend plus que nous pour la cérémonie. Il ne faut pas manquer le train de Versailles :

> Je quitte mon département;
> Belle Isabelle
> Sois-moi fidèle ;
> Je quitte mon département
> Pour aller joindre mon régiment.

SECOND COUPLET.

> Il quitte son département;
> Belle Isabelle
> Sois-lui fidèle.
> Il quitte son département
> Pour aller joindre son régiment.

— Ne chante pas si fort, lui dis-je impatienté, j'ai mal à la tête.

— L'abbé a ses nerfs! cria Renaud, L'abbé a ses nerfs.

Enfin nous partîmes.

La cérémonie se faisait dans l'église de Saint-Thomas-d'Aquin, paroisse de la mariée.

Les comtes, les ducs, les marquis et les barons se comptaient par centaines. La famille de Sancy est une des plus anciennes et des plus riches de France, et chacun de ceux qui se trouvaient là indiquait par ce moyen la prétention d'appartenir au meilleur monde.

La mariée, un peu pâlie, sans doute par les nuits qu'elle avait dû passer à méditer la coupe de sa robe, était pourtant ce jour-là d'une beauté admirable.

Son père, toujours colonel de gendarmerie, je veux dire roide et rugueux comme une étrille qu'on mène au pansage, lui donnait le bras d'un air hautain et gardait pendant la cérémonie une pose terrible et solennelle.

Le vieux marquis, toujours affable et souriant, faisait à merveille les honneurs de sa petite-fille et recevait d'un air charmé les félicitations les plus banales.

Quant à Renaud, il était tout entier à son rôle de frère de la mariée, et n'oubliait pas néanmoins de saluer les dames. Sa moustache, fine encore, mais cirée avec soin, enchantait, à son avis du moins, ce sexe enchanteur.

Il eut à peine le temps d'échanger un regard avec moi qui faisais la haie sur son passage en même temps que trois mille autres badauds. Cependant, il eut le temps de me montrer d'un coup d'œil Mlle Camille de Bohun, à qui il donnait le bras.

Ce coup d'œil signifiait clairement :

— Vois la jolie petite marquise que je mène. Elle est folle de moi, elle est jolie, elle est charmante, et si elle est sage, eh bien, on pourra avoir pour elle quelque complaisance.

Peut-être de son côté Mlle de Bohun faisait-elle un raisonnement tout pareil. Dans ce cas, il n'y a rien à dire.

Enfin l'office commença. C'est le fameux abbé D... qui devait donner la bénédiction nuptiale. Il fit un grand et beau discours où l'antiquité de la race des Sancy, leur gloire, leur sagesse dans les conseils et leur bravoure dans les combats étaient célébrés avec une rare éloquence.

Vous entendez bien qu'il n'oublia pas la prudence, la piété profonde et la vertu sans tache des dames de la même famille. Il n'oublia pas d'expliquer que ces vertus solides étaient généralement rehaussées par les charmes fragiles d'une beauté périssable, — précieuse pourtant parce qu'elle venait de Dieu et qu'elle devait servir comme tout le reste à la gloire du créateur et à l'édification de la créature.

Le baron de Clerfontaine ne fut pas oublié. Lui, ses ascendants, son père, sa mère, ses oncles et ses cousins sortaient, dit l'orateur, d'une souche non moins illustre que celle des Sancy, quoique d'une illustration différente.

Enfin, on convint généralement qu'il était impossible de mieux parler et de manier l'encensoir d'une main plus exercée. Aussi, l'abbé D... était le favori du faubourg, et le jour où il devint évêque, plus de trois cents cœurs de marquises, de baronnes et de duchesses palpitèrent à la fois de joie et de regret.

On m'a même assuré qu'une médaille d'or, — grand module, — avait été frappé pour perpétuer la mémoire de ce triste et glorieux événement.

D'un autre côté, on lisait :

Les dames de la paroisse de Saint-Thomas-d'Aquin
à
Monsieur l'abbé D...

Et sur le revers, ces mots :

Au revoir,

dont la noble simplicité exprime bien le déchirement des cœurs.

Le discours terminé, on courut à la sacristie pour saluer la mariée. J'y courus comme les autres, mais je restais modestement caché dans un coin derrière la foule des spectateurs lorsque Renaud m'aperçut, me saisit par le bras, me conduisit devant sa sœur et dit :

— Armande, voici notre ami l'abbé, qui vient te présenter ses félicitations.

Elle me fit une belle révérence, et sans me regarder davantage, se tourna pour répondre au compliment d'un ancien pair de France qui s'avançait pesamment vers elle.

Jamais on ne parut moins s'apercevoir de mon existence qu'elle ne le fit ce jour-là.

Je partis le cœur navré.

J'allai rejoindre mes camarades d'école au café ***, qui était alors notre lieu de rendez-vous habituel.

C'est là qu'on mettait habit bas, qu'on fumait des panatellas, qu'on jouait au billard, qu'on buvait de l'absinthe, que les grogs et la bière coulaient comme l'eau des fleuves.

A peine étais-je entré lorsque Letriple m'aperçut et cria :

— Regardez donc l'abbé ! on dirait qu'il revient d'un enterrement !

J'étais alors si furieux contre le monde entier, que je m'accrochai en désespéré à ce pauvre garçon.

— Parbleu ! lui dis-je, tu me rappelles que nous n'avons pas encore vidé notre querelle. Je ne reviens pas d'un enterrement, mais j'y vais, et ce sera le tien !

A ces mots, tout le monde éclata de rire, et Letriple comme les autres.

Mais je fis taire les rieurs en disant :

— Rien n'est plus sérieux. Letriple m'ennuie soir et matin avec ce surnom d'abbé. Je veux lui donner une correction dont il se souviendra.

— C'est bon, dit Letriple. A quelle heure ?

— A quatre heures.

— Eh bien ! dit Letriple, nous avons encore trois heures pour faire notre partie de billard. A toi, d'Avenay ! je te rends six points en trente.

Et la partie commença.

XII

Jamais duel ne fut plus absurde. Je n'avais aucune raison d'aimer ou de haïr Letriple. Je le connaissais à peine ; mais il est des jours funestes où l'on n'est pas maître de soi. Mon camarade allait porter la peine de ma sottise.

Pendant que Letriple faisait sa partie de billard, je m'occupai de chercher des témoins.

Je courus à l'hôtel de Sancy où Renaud, tout entier au plaisir d'avoir quitté l'école pour trois jours (car il avait obtenu un congé spécial à l'occasion du mariage de sa sœur), fumait un cigare après déjeuner, mollement étendu dans son fauteuil au fond du jardin.

Je lui dis d'un air solennel :

— Peux-tu me rendre un très grand service ?

— Ma foi, répliqua-t-il joyeusement en tirant de sa poche une vingtaine de louis, si c'est un service d'argent, tu viens à propos, car mon père, contre son habitu de, s'est montré généreux. Aujourd'hui je suis en fonds, et...

— Il ne s'agit pas d'argent, lui dis-je avec gravité, mais d'honneur.

Au mot d'honneur, il se leva brusquement et jeta son cigare.

— D'honneur ! quelqu'un t'aurait-il offensé ?

— Oui, quelqu'un, Letriple !

— Tu as l'humeur trop susceptible, l'abbé. Qu'est-ce que Letriple a pu te dire de si offensant ?

— Il m'a dit ce que tu me dis soir et matin. Il m'a appelé « l'abbé. » Cela ne me convient pas.

Renaud éclata de rire.

— Mais je t'offense donc, alors, moi aussi !

— Toi, c'est différent. Ce qui me plaît de toi me déplaît de Letriple, et je lui ai offert de l'enterrer ce soir.

— Allons, c'est une plaisanterie, n'est-ce pas ?

— C'est si peu plaisant, que le duel est décidé pour quatre heures. Le rendez-vous est au café ***. Nous n'avons plus qu'une heure et demie.

— Que le diable t'emporte ! s'écria Renaud d'un air contrarié. J'avais si bien arrangé l'emploi de ma soirée. Mlle de Bohun m'avait promis trois polkas et deux contredanses. Mme Czerniska, la belle et sensible Polonaise, m'avait offert deux tours de valse... et elle a des yeux ! Si tu les voyais, l'abbé, tu renoncerais à tes projets sanguinaires.

— Alors tu me refuses ce service ?

— Je ne refuse pas. Je prie Dieu que le diable t'emporte !... Quelle sottise d'écouter les discours de ce butor de Letriple qui t'appelle « l'abbé, » comme il t'appellerait « mon bon ami » ou « dentiste de la reine Candace... » Allons, va, je te suis... Que Belzébuth te confonde !.. Toi que j'ai toujours vu d'une humeur si égale, tu vas te fâcher comme un enfant.

Il prit son képi et sortit avec moi.

— Dépêchons-nous, dit-il, d'aller tuer Letriple le plus tôt possible, car le dîner de noces est à sept heures. Armande et son mari partent pour Nice par le train de onze heures, et je ne veux pas perdre un coup de dent... Tiens, j'ai tort de me fâcher contre toi. Je suis quelquefois embarrassé du choix de mes histoires, car celles que nous savons ne sont pas faites pour les chastes oreilles du *Sacré-Cœur*.

Ce soir, tu me tireras d'embarras. Je raconterai ton duel. Je décrirai ta fière contenance sous les armes, les belles bottes que tu auras parées et portées, avec quel courage chevaleresque tu auras reçu le coup mortel, et la noble générosité dont tu n'auras pas manqué de faire preuve en tendant la main, toi demi-mort, à ton féroce adversaire... Rien qu'en y pensant, je suis sûr de toucher ou de faire rire Camille de Bohun jusqu'aux larmes.

Et en effet, il comptait bien le faire ainsi qu'il le disait. A la vérité, il était bien sûr que le duel n'aurait pas d'issue tragique ; mais qui peut prévoir ou mesurer l'avenir ?

Quant à moi, vainqueur ou vaincu, blessé ou tué, je n'avais pas d'autre pensée ni d'autre espérance que ceci : Armande apprendra que je me suis battu ; elle saura quel homme l'a aimée, et si je meurs, je veux qu'elle apprenne que je me suis fait tuer à cause d'elle, et que mon souvenir soit désormais un remords.

Là dessus je me mis à écrire une lettre que je pliai dans une enveloppe sans adresse et que je donnai à Renaud.

— Tu ne l'ouvriras, lui dis-je qu'après ma mort, et tu la remettras toi-même, sans la lire, à la personne que je t'aurai désignée en mourant.... Tu me le jures ?..

Il jura, tout en riant beaucoup de l'idée que je pourrais être tué.

— Est-ce qu'on est tué maintenant ? Il n'y a pas un mort sur douze duels... et franchement, Letriple est sans doute un fort brave garçon, mais je te jure, moi qui fais souvent assaut avec lui et avec toi, qu'il n'est pas de ta force à l'épée.

Voici la lettre que j'écrivais à Armande :

« Madame,

» C'est de vous que je meurs et pour vous. Souvenez-vous d'Eléonore et de Torquato Tasso... Je devrais vous maudire et je ne puis me défendre vous adorer encore. Adieu. »

Renaud serra la lettre dans son portefeuille et nous arrivâmes au café *** dix minutes avant l'heure du rendez vous.

— Veux-tu me permettre, dit Renaud d'arranger l'affaire, soit avec Letriple, soit avec les témoins ?

— A quoi bon ? Je veux qu'il me fasse des excuses ou qu'il meure.

— Buveur de sang !

— Son nez me déplaît. Si je ne le tue pas ce soir, il faudra que j'y revienne demain, après-demain ou dans trois mois. Autant vaut commencer aujourd'hui.

— Tu le veux ? dit Renaud. *Fiat voluntas tua.*

Il chercha un second témoin, ce qui n'était pas difficile à rencontrer, car le café contenait plus de cinquante de nos camarades, et nous partîmes tous ensemble, — je veux dire Letriple, ses témoins et les miens, — pour le bois de Boulogne.

Le pauvre Letriple, sans être un méchant garçon, était doué de ce sot entêtement qui fait qu'on poursuit une méchante plaisanterie jusqu'à la mort. Il se serait fait tuer quatre ou cinq fois plutôt que de renoncer à m'appeler « l'abbé. »

Au premier mot de ses témoins, qui riaient de son obstination, il s'emporta, criant qu'il était dans son droit, que j'étais un petit « calotin », et qu'il me le ferait bien voir.

— Prends garde ! dit Renaud. C'est une fine lame.

— Je m'en... ris ! cria Letriple.

— Ma foi, dit mon second témoin, s'il y a quelque accident, je m'en lave les mains. Letriple est aussi par trop bête.

On nous donna des épées, et le combat commença.

Renaud avait raison. Letriple n'était pas de ma force à l'escrime. Je m'en aperçus dès les premières passes, et je l'épargnai visiblement, me contentant de parer les coups sans les rendre.

Renaud en fit l'observation tout haut.

— Ah ! tu m'épargnes, l'abbé ! cria Letriple en fureur, eh bien, pare celle-là... et celle-ci... et celle-ci encore...

Il m'attaquait avec une extrême impétuosité, se découvrant sans cesse. J'en profitai pour lier son épée et l'envoyer à dix pas.

— Quand on ne sait pas tenir une épée, il ne faut pas s'en mêler, lui dis-je en riant.

Il ramassa son épée et recommença le combat avec une rage nouvelle. Ses témoins et les miens voulurent en vain s'y opposer. Il n'écoutait plus rien.

Cette fois il s'agissait de la vie. Ma générosité pouvait me devenir funeste. Comme il se précipitait sur moi, je tendis le fer, et il tomba, s'enferrant lui-même.

Dix minutes plus tard, il était mort.

Immobile et consterné de mon crime, je me regardais moi-même avec l'horreur qui dut saisir Caïn, le premier meurtrier, lorsqu'il eut versé le sang de son frère.

On releva le cadavre. Ses témoins le transportèrent dans un fiacre et reprirent avec lui le chemin de Paris.

— Allons-nous-en, dit Renaud. Quelle journée !... Nous commençons par une noce ; nous finissons par un enterrement !... Mes amis, faites ce que vous voudrez... Pour moi, je rentre... Pauvre Letriple ! c'était un âne bâté ; mais s'il fallait tuer tous les ânes du pays... Ah ! parbleu ! je n'ai que faire de chercher des histoires pour faire rire ou pleurer les dames. Celle d'aujourd'hui me suffit..... Mon pauvre ami, dès aujourd'hui, ce n'est plus « l'abbé » qu'il faudra t'appeler, mais Sabre-en-Main, comme ton oncle... Pour tes débuts, tu as la main malheureuse.

XIII

L'affaire n'eut aucune suite.

Grâce à la recommandation toute-puissante du marquis de Sancy, on ferma les yeux sur mon duel, et j'en fus quitte pour un mois d'arrêts que le général m'infligea le lendemain, non pour avoir tué Letriple, mais pour m'être battu sans la permission de mes chefs.

Mais qui pourrait dire mes remords ? J'avais sur la conscience le sang d'un malheureux. Je l'avais provoqué gratuitement, sans excuse, car sa sotte plaisanterie, empruntée d'ailleurs à Renaud, ne pouvait excuser mon crime. Mon vrai motif, celui que je n'osais, que je ne pouvais dire à personne avait été une rage insensée de faire parler de moi, de faire prononcer mon nom devant Armande, d'exciter peut-être son admiration !

En y réfléchissant, j'avais honte et mépris de moi-même. C'était donc là le fruit des leçons de l'abbé Deschamps et de mes anciens maîtres !... Je me repliai sur moi-même, sombre, concentré, fuyant la société de mes camarades. Je cherchai dans les livres une distraction à mes remords. Je lus alors pour la première fois les *Confessions de saint Augustin*, le plus beau livre, malgré ses extases trop sublimes et ses obscurités, que jamais homme parlant de lui-même ait écrit, et je commençai à croire que je n'étais pas né pour la vie militaire, ni peut-être pour la vie active, mais pour la contemplation et la solitude.

— Si j'ai tant et de si justes remords d'avoir versé le sang d'un seul homme, pensai-je, comment pourrai-je soutenir la vue d'un champ de bataille et de tant de soldats égorgés sans haine et sans passion d'aucune sorte ? De quel droit irai-je tuer pour trois francs, six francs, ou trente ou cinquante francs par jour (suivant mon grade) des hommes pour qui Jésus-Christ lui-même, fils de Dieu, a donné son sang sur la croix ?

Peu à peu ces réflexions prirent tant d'empire sur moi que je résolus de donner ma démission à la fin de l'année, et de me faire prêtre afin d'expier par un long repentir le meurtre insensé que j'avais commis. Je crus ne pouvoir recouvrer que par ce moyen la paix de l'âme.

Au premier abord, dans l'excès de mon zèle nouveau, je voulais m'ensevelir dans un couvent, me vêtir d'un cilice, couvrir ma tête de cendres et imiter les rigueurs des anachorètes de la Thébaïde.

Mais quand je communiquai ce projet à l'abbé Deschamps, le sage vieillard me retint :

— Prenez garde, mon cher enfant, dit-il. Souvenez-vous du mot de Pascal : — L'homme n'est ni ange ni bête. — Et le malheur est que, qui veut faire l'ange fait la bête. Ne volez pas trop haut, c'est le moyen d'éviter les chutes éclatantes.

Ah ! qu'il avait raison ! Je ne l'ai que trop éprouvé plus tard ; mais je me croyais, alors, délivré pour jamais des griffes et des pompes de Satan.

Insensé ! Je ne connaissais encore aucune des séductions du monde et des créatures, et je pensais être déjà revenu à la sagesse.

Le vieux Sabre-en-Main, mon oncle, ne mit aucun obstacle à ma vocation nouvelle. Il prit seulement la précaution de m'imposer un noviciat d'un an, — sage précaution que je crus inutile, et qui le devint en effet, car je m'enfermai volontairement dans une solitude si absolue, que le séminaire eût été moins sévère.

Pendant ce temps je lisais et relisais sans cesse le chapitre de saint Augustin sur la joie qu'on ressent de la conversion des pécheurs.

« Dieu de bonté, que se passe-t-il donc dans l'homme pour que le salut d'une âme qui semblait désespérée, et qui se trouve délivrée du péril le plus extrême lui cause plus de joie que si le péril eût été moins grand et qu'on n'eût jamais perdu l'espérance de son salut ?

» Vous-même, ô Père de miséricorde, vous êtes plus touché du retour d'un seul pécheur que de quatre-vingt-dix-neuf justes qui n'ont pas besoin de pénitence…

» Que se passe-t-il donc dans une âme lorsqu'elle ressent plus de joie d'avoir trouvé ou retrouvé ce qui était l'objet de ses affections, que si elle l'avait toujours possédé ?… Des gens qui naviguent sont battus par la tempête ; ils sont menacés de faire naufrage, et la vue d'une mort prochaine les fait déjà pâlir ; la mer s'apaise, le ciel devient serein, et les voilà qui se réjouissent avec excès, par cela même qu'ils ont craint avec excès…

» ….. Et dans les voluptés honteuses et criminelles, et dans les plaisirs honnêtes et légitimes, et dans les douces affections de l'amitié la plus pure, et dans le retour de cet Enfant prodigue, mort et ressuscité, perdu et retrouvé, nous voyons toujours que les plus grandes joies sont celles qui succèdent aux plus grandes douleurs.

« D'où vient cela, Seigneur mon Dieu ? d'où vient que l'homme passe ainsi, par de continuels retours, de l'abondance à la disette, se trouve tantôt dans la guerre et tantôt dans la paix ? Est-ce la condition de son être ? Vous a-t-il donc plu de le traiter ainsi ?… O mon Dieu, que vous êtes élevé dans les choses les plus hautes ! que vous êtes impénétrable dans les profondeurs les plus cachées ! Vous ne vous éloignez jamais de vos créatures, et cependant, que de peine nous avons à retourner vers vous ! Venez donc à notre secours, ô Seigneur, déployez votre puissance, ranimez-nous, rappelez-nous, entraînez-nous, embrasez-nous, pénétrez nos âmes de vos célestes douceurs, et qu'un saint transport d'amour nous fasse voler vers vous… »

L'année écoulée, mon oncle me conduisit, sur ma demande, au grand séminaire de ··· et alla seul rendre visite à Monseigneur.

Mais Sa Grandeur eut à peine entendu parler de mon entrée au séminaire, qu'elle témoigna un vif désir de me voir.

Comme il m'arrivera souvent de parler

de Mgr Grégoire, successeur du bon évê-que qui fit la première découverte de ma vocation ecclésiastique, j'essaierai d'es-quisser le portrait de Sa Grandeur avec tout le respect convenable, et dont je dois moins que tout autre, misérable pécheur que je suis, refuser le témoignage à mes supérieurs.

Toutefois, le respect n'empêche pas la sincérité.

Amicus episcopus, sed magis amica veritas.

XIV

Monsieur le baron Hugues des Adrets, arrière-petit-neveu du fameux des Adrets, qui fut en son vivant bon gentilhomme du Dauphiné, zélé huguenot, grand pen-deur de moines et de prêtres, grand ami de Coligny, grand brûleur d'églises, pil-leur de couvents et détrousseur de pas-sants, — M. le baron Hugues eut deux fils, dont l'aîné, Georges, se fit tuer en 1837 au siége de Constantine. Le cadet, Grégoire, né en 1815, et destiné de bonne heure à l'Eglise, devint évêque en 1842, par la protection d'une reine aussi pieuse et respectable que bornée, qui croyait rallier à son mari tous les partisans du trône et de l'autel, en donnant aux cadets de familles nobles les dignités ecclésias-tiques.

On a pu voir, en 1848, si nosseigneurs les évêques en étaient plus dévoués à Louis-Philippe et à sa dynastie. Mais ce ne sont pas mes affaires.

Mgr Grégoire était un fort bel homme de cinq pieds six pouces de haut, large d'épaules et robuste comme un colonel de cuirassiers. Ses cheveux roux, son nez droit aux narines bien fendues, ses yeux bleus d'une vivacité surprenante, et sa contenance altière indiquaient l'homme qui se croit de race supérieure et fait pour commander aux hommes.

Sa famille avait hésité longtemps entre l'Eglise et l'armée ; mais la certitude de l'épiscopat fit pencher la balance en fa-veur de l'Eglise ; et, en effet, l'abbé Gré-goire des Adrets, élevé de bonne heure à Rome, nommé *monsignor* dès l'âge de vingt ans, puis grand-vicaire de l'arche-vêque de Tours pendant six mois, fut pourvu du premier évêché vacant aussi-tôt qu'il en eut témoigné le désir. Pou-vait-on obliger le fils de monsieur le ba-ron à faire antichambre ?

Ceux qui l'avaient fait évêque ne tardè-rent pas à s'en repentir.

Mgr Grégoire, à peine pourvu de la crosse et de la mître, ne perdit pas de temps pour déclarer, que l'Eglise est au-tant au-dessus des puissances de ce mon-de que le Créateur est au-dessus de la créature ; qu'il y avait impiété à vouloir comparer l'autorité de notre saint-père le pape, vicaire et successeur de Jésus-Christ en terre, à celle d'un roi illégitime et usurpateur et à celle des deux Cham-bres, qu'il fallait en tout temps préférer la voix de Dieu et de ses ministres à celle des hommes, que la vie éternelle était à ce prix, et qu'il en était pour son compte si fortement persuadé, qu'il donnerait de bon cœur tout son sang, comme les pre-miers martyrs, pour le triomphe de l'E-glise.

Cette déclaration qui parut quinze jours après qu'on eut intrônisé Sa Grandeur, causa d'abord quelque surprise, et les malveillants assurèrent que monseigneur n'avait pas toujours été aussi hautain, et qu'on l'avait vu cinq ou six fois dans les antichambres des Tuileries et du ministre des cultes.

Je ne puis garantir ce dernier fait dont je n'ai pas été témoin ; mais si Sa Gran-deur a daigné faire antichambre quelque-fois chez les princes, elle a rendu cette humiliation avec usure aux pauvres prê-tres de son diocèse. On aurait donc tort de lui reprocher avec trop de sévérité un abaissement momentané, qui ne pouvait avoir et n'avait évidemment pour but que le bien de l'Eglise.

Quant aux doctrines qui sont contenues dans le mandement de monseigneur, que j'ai analysé plus haut, il est trop clair qu'étant parfaitement conformes aux dé-crets du concile de Trente, elles doivent être et sont en effet la règle de conduite de toutes les consciences catholiques. Le seul reproche que les malveillants aient fait avec quelque apparence de raison à Sa Grandeur, serait donc d'avoir gardé le le silence sur ce point jusqu'au jour de l'intronisation. Mais, comme dit Tertul-lien, il est un temps pour parler et un temps pour se taire, *tempus loquendi, tempus tacendi...*

Au reste, monseigneur ne tarda pas à subir le cruel et douloureux martyr au-quel il n'avait pas craint de s'exposer dans l'intérêt de la parole sacrée ; car le conseil d'Etat, convoqué par M. le ministre des cultes et invité à prononcer l'appel comme d'abus, déclara, en effet, à la majorité de 10 voix contre 7, qu'il y avait « abus »; après quoi, monseigneur s'étant tâté de la tête aux pieds et se voyant en parfaite santé, n'ayant point d'amende à payer, point de prison à subir, et continuant de recevoir avec exactitude le traitement que l'Etat alloue aux évêques, — monseigneur, dis-je, répliqua au conseil d'Etat par un second mandement plus âpre que le premier, et ne manqua pas de faire les allusions les plus claires à la tyrannie d'Hérode, qui fit périr en un seul jour trente-trois petits innocents; à la barbarie de l'empereur Constance, qui persécutait saint Athanase; à la fermeté de saint Ambroise, qui mit l'empereur Théodose à la porte de sa cathédrale, et à l'héroïsme de saint Thomas Becket, qui fut égorgé sur les marches de l'autel par les satellites d'Henri II, adultère, incestueux, hérétique.

Nouvel appel comme d'abus au conseil d'Etat. Nouvel arrêt du conseil. Nouvel abus.

Là-dessus, monseigneur, indigné, publia un troisième mandement où Dioclétien, Néron, Sévère et Caracalla, comparés à Louis-Philippe, étaient traités de bienfaiteurs de l'humanité.

Le pauvre roi et son ministre des cultes, voyant que l'appel comme d'abus ne servait qu'à redoubler la bile de Sa Grandeur, se bouchèrent les oreilles pour ne plus entendre les cris de ce nouvel Athanase qui venait de conquérir en quelques mois, et à leurs dépens, le titre glorieux de défenseur de l'Eglise, — *inclytissimus defensor Ecclesiæ*, comme disait la bulle de notre saint-père le pape!

En 1848, monseigneur s'adoucit jusqu'à flatter les penchants populaires, en bénissant solennellement l'arbre de la liberté. On peut même lire, dans le numéro du 25 mars 1848 du *Patriote libéral*, le fragment suivant d'un discours que Sa Grandeur daigna prononcer eu cette occasion devant dix mille personnes.

« Citoyens...

» La justice et la liberté sont des fruits de cet arbre immense, l'Eglise catholique, dont les rameaux s'étendent à travers le monde pour convier et protéger de leur ombrage tout homme, toute femme, toute créature vivante.

» Ce sont les évêques qui réveillèrent les premiers, dans l'empire romain, la conscience humaine engourdie par une tyrannie sans frein, pour qui la race humaine n'était qu'un troupeau de brebis que le boucher conduit à l'abattoir. C'est un évêque qui sacra le premier Clovis et fonda la nation française. C'est un simple moine qui souleva l'Occident contre l'Orient et délivra le tombeau du Christ. Il entraîna sur ses pas les rois, les princes, les ducs, et le peuple tout entier. Depuis quinze siècles, partout où quelque œuvre sublime s'est accomplie, l'on retrouve la main de l'Eglise catholique.

» Puisse l'arbre de la liberté grandir et prospérer parmi nous ! Puissent ses racines s'enfoncer profondément dans le sol pour le bonheur et la joie des générations à venir !...

» Vive la liberté ! vive la République ! »

Mais la République française et la liberté auraient eu grand tort de faire fond sur le discours de monseigneur, car Sa Grandeur leur préférait encore l'ordre, la famille et la propriété, ainsi qu'on peut le voir dans le passage suivant du mandement qu'elle daigna publier dans son diocèse quatre ans plus tard, le 15 janvier 1852 :

» Il y a très longtemps, notre très cher frère, que nous avons déploré la licence impie de ces hommes abandonnés de Dieu, race perverse et détestable, qui, sous le nom de liberté, ne recherchent que le moyen de se livrer, sans crainte de la justice humaine, à leurs passions abominables.

» Convoiter le bien d'autrui, se livrer aux derniers excès du vin et de la luxure, couronner par le meurtre les actions les plus infâmes, voilà le but que ces misérables voulaient atteindre... Mais Dieu veille du haut des cieux !... Il suscite ce prince ineffable qui, pareil à un autre David, a renversé d'un coup de fronde le Goliath révolutionnaire, qui, non moins sage que Salomon, a su raffermir en quelques jours, — que dis-je ? en quelques heures, — les bases d'une société ébranlée dans ses fondements, — ce prince qui, semblable à Judas Machabée, a su frapper la révolution avec l'épée et couvrir l'Eglise avec le bouclier, — *ense feriens, clypeo cooperiens...* »

On se doute bien que si j'ai reproduit ces extraits, ce n'est pas pour goûter le frivole plaisir de mettre monseigneur en contradiction avec lui-même. Sa Grandeur est bien au dessus de ces querelles de mots, et ne se commettra pas avec de simples folliculaires. Il est trop clair que celui qui reçoit des mains même de Dieu la mission d'évangéliser les peuples, n'a pas besoin d'entourer la parole divine de ces précautions puériles dont la parole humaine ne saurait se passer.

Au reste, quelque chose qu'on en pense, Mgr Grégoire était par sa naissance, son rang, son titre, sa fortune et son caractère, fort au-dessus de toutes les interprétations de la médisance.

Je dois ajouter, pour rendre complétement justice à monseigneur, que Sa Grandeur possède la plupart des vertus de son état, qu'elle n'aime l'argent que dans l'intérêt de l'Eglise, qu'elle n'a jamais reçu de legs, si ce n'est pour le denier de saint Pierre ou pour quelque fondation pieuse, et, en ce qui concerne cette vertu si difficile que je n'ose nommer, — que jamais aucun scandale...

Tel était l'évêque auquel mon oncle, le curé Sabre-en-Main, était invité à me présenter.

Suivant le caractère bien connu de Sa Grandeur, je m'attendais à un accueil plein de morgue et de majesté, et mon oncle m'avait fort recommandé de me tenir sur mes gardes; précaution inutile, car je m'étais bien promis de ne parler que par monosyllabes.

Mais, contre mon attente, tout se passa fort naturellement et fort simplement.

Après dîner, car j'avais eu l'honneur de dîner avec monseigneur, — Sa Grandeur daigna me prendre à part, m'interroger avec curiosité sur ma vie passée, sur mon duel surtout qui m'avait fait une auréole que j'étais loin de soupçonner. Enfin, après m'avoir examiné, tâté et retourné de vingt manières différentes, monseigneur me tint le discours suivant dont je crois me rappeler encore les principaux traits :

« Mon cher enfant, j'ai vingt mille raisons de m'intéresser à vous. La première est que vous m'avez été recommandé par mon oncle le marquis de Sancy, et que ma nièce, Mme la baronne de Clerfontaine, m'assure que vous avez un véritable talent poétique... »

Au nom d'Armande, je me sentis prêt à défaillir d'émotion, d'étonnement et de joie.

— Quoi! Mme la baronne a daigné se souvenir?...

— De vos vers, oui, mon cher enfant. Elle dit que vous avez l'étoffe d'un Chateaubriand ou d'un Lamartine, et qu'elle vous a entendu réciter des vers qu'un poète du grand siècle ne renierait pas... Ceci n'est rien. L'Eglise n'a pas besoin de ces talents frivoles, mais de jeunes et vigoureux athlètes. C'est pour cela que dès aujourd'hui j'aurai l'œil sur vous.

Il ne faut pas s'y tromper. Le triomphe actuel de l'Eglise catholique n'est qu'apparent.

Et comme il a l'éclat du verre,
Il en a la fragilité.

Il faut profiter d'événements inouïs auxquels on ne devait pas s'attendre, et assurer pour jamais l'avenir.

L'Eglise, vous le savez, mon cher enfant, n'a pas d'opinion politique. Bien que chacun de nous ait ses préférences, l'Eglise est au-dessus des querelles des hommes. Henri, Philippe ou Napoléon, tout lui est bon, pourvu qu'on serve ses desseins, qui sont ceux de Dieu même.

Dans tous les temps cette règle de conduite a été immuable. Rappelez-vous Constantin, qui, le premier, fit triompher la croix. Il a tué son beau-père, sa femme, et son fils, massacré des milliers de Romains, détruit de fond en comble des villes entières. Au point de vue purement humain, qui pourrait faire grâce à ce scélérat? Mais ce n'est pas à nous de sonder ou d'expliquer les vues de la Providence.

Dieu daigne quelquefois se servir de misérables, couverts de crimes, et par ce détour, apprendre aux hommes le peu d'estime qu'il a pour leurs fausses vertus. Obéissons avec respect à ses ordres sacrés, et bénissons ceux qu'il a choisis pour travailler à sa gloire, quand même leurs mains seraient souillées du sang des hommes.

Soyons purs nous-mêmes, c'est tout ce que l'Eglise exige de nous.

La tempête révolutionnaire du siècle dernier est passée, mais l'Eglise catholique est restée debout, plus solide et plus ferme. Dans cet immense tremblement de terre qui devait tout engloutir, on a vu par quelles racines solides et profondes, ce chêne dix-huit fois séculaire tenait aux entrailles du globe; on a vu que, pour l'arracher, il aurait fallu détruire la société humaine tout entière et la civilisation. Quelques scélérats n'auraient pas reculé devant cette œuvre impie; mais la masse a reculé.

Dieu, comme un autre Cyrus, comme un autre Alexandre, au moment où l'Eglise paraissait à jamais perdue, suscita Napoléon. Ce nouveau Constantin, qui croyait faire servir l'Eglise à ses desseins, a servi, au contraire, ceux de l'Eglise.

C'est en vain qu'indigné lui-même de son impuissance, il essaya des attentats sacriléges; c'est en vain qu'il fit saisir notre saint-père le pape par ses gendarmes, et qu'il le fit traîner comme un vil malfaiteur sur les grandes routes de la France et de l'Italie; c'est en vain qu'il défendit de publier ses bulles, qu'il mit en prison et menaça de fusiller ses cardinaux; c'est en vain qu'il couvrait de sa police, de ses armées et de ses douaniers la moitié du continent; tous les chefs de l'Eglise communiquaient entre eux par une télégraphie insaisissable; des milliers d'hommes dévoués s'exposaient chaque jour à une mort infamante, désobéissant au roi de la terre pour obéir au roi des cieux.

Et enfin, quand Dieu lui-même, lassé de cette tyrannie, jugea le moment venu de faire éclater sa gloire, il frappa le tyran de trois coups, — Moscou, Leipzig, Paris, — et le renversa dans la poussière. Et lorsque Napoléon essaya de se relever et de reprendre son épée, et de recommencer le combat, un quatrième coup, Waterloo, plus terrible encore que tous les autres, le jeta pieds et poingts liés aux mains des Anglais.

Et voyez, mon cher enfant, combien la Providence s'inquiète peu du choix de ses instruments. Elle aurait pu le livrer à la catholique Autriche; elle préféra se servir des hérétiques de Prusse et d'Angleterre. Quelle chute pour un tel homme que de tomber sous les coups d'un caporal ivrogne et brutal comme ce Blücher! Adorons les décrets de la Providence, mais ne cherchons pas à en deviner le sens mystérieux.

C'est à de tels ennemis et à de tels assauts que l'Eglise a résisté! Voltaire au dix-huitième siècle, Napoléon au dix-neuvième! La plus grande force morale et la plus grande force matérielle qu'on ait jamais vue en Europe! Après de telles secousses, on peut dire que la barque de Pierre surnagera éternellement, on peut mieux dire, elle seule survit à toutes les tempêtes. *Fluctuat, nec mergitur.*

Déjà ces bourgeois voltairiens qui blasphémaient contre elle au temps de Louis-Philippe, ont senti leur imprudence et leur sottise. Voyez quelles conversions subites se sont faites le 25 février 1848! Tel qui de sa vie n'avait mis le pied dans une église et s'en vantait, se confesse aujourd'hui trois fois par mois, et sollicite humblement la faveur de s'approcher de la sainte-table sous les yeux du peuple étonné.

Tel autre, philosophe de rencontre, qui débitait avec emphase les subtilités métaphysiques des Grecs, obscurcies et embrouillées par les Allemands, obtient par grâce l'amitié hautaine de M. de Montalembert, et célèbre à huis-clos, d'un air pénétré, les éjalucations mystiques de Mme Swetchine, une Russe inspirée qui vient jouer la comédie en France pour se consoler d'avoir déplu au czar Nicolas.

Il faut faire de ces conversions-là, mon cher enfant, le cas qu'elles méritent, mais quelque mépris que puissent vous inspirer ces gens que convertit la peur de perdre leur argent et leurs places, gardez-vous bien de la montrer jamais, — excepté s'il leur arrive de retourner au camp ennemi. Dans ce cas, il est vrai, prenez un fouet et cinglez vivement! Rien n'est pire qu'une lâcheté mêlée d'hypocrisie. D'ailleurs, c'est avec le fouet qu'on arrête les désertions.

Ayant dit ces choses et beaucoup d'autres sur l'avenir de l'Eglise, ses alliés et ses adversaires, monseigneur me congédia et me donna pour la seconde fois l'assurance flatteuse qu'il ne me perdrait jamais de vue.

Trois ans plus tard, c'est à-dire en 1853, je fus ordonné prêtre et attaché comme vicaire au service de la cathédrale.

C'est de ce jour que commence le drame de ma vie. Ce qu'on vient de lire n'était qu'une préface, — trop longue sans doute, mais nécessire.

XV

Oserai-je raconter avec franchise mes égarements? Oserai-je affronter le jugement des hommes? Dois-je me taire, de peur de scandaliser? Dois-je parler pour que mon exemple serve de leçon à ceux qui seraient tentés de suivre la même route que moi et de se briser contre le même écueil?

Après de longues réflexions, je me décide à parler, non certes avec la vaine espérance d'exciter la pitié des hommes , mais pour ne pas usurper plus longtemps une estime dont je ne suis pas digne. Le Dieu des miséricordes, touché de mon repentir, sera peut-être indulgent pour moi au jour du jugement, lorsque toutes ses créatures se présenteront devant son trône et attendront avec angoisse l'arrêt de sa justice souveraine.

Ma chute, je dois le dire, ne fut pas brusque et rapide. Elle n'en fut que plus épouvantable. Avec quelle complaisance je crus d'abord m'élever à la suite des plus grands saints et des plus illustres philosophes dans la contemplation des choses sacrées! Avec quelle joie je me flattai d'atteindre les sommets éthérés de l'amour divin! Avec quel orgueil je m'admirais moi-même et me croyais supérieur à toutes les passions humaines! Avec quel aveuglement je tombai dans le précipice que le démon creusait sous mes pas et qu'il avait recouvert de fleurs, vous le savez, ô mon Dieu! Et ce sera mon éternel remords d'avoir entraîné dans ma chute l'âme innocente et pure que j'ai tant aimée.

XVI

C'est le jour de Noël de 1853 que Monseigneur Grégoire choisit pour le jour de mes débuts.

Je regrette d'employer une expression si profane, et qui rappelle bien plus les jeux indécents du théâtre que la gravité solennelle qui convient à l'éloquence de la chaire; mais ce rapprochement est devenu presque inévitable, grâce aux habitudes nouvelles qui, depuis soixante ans, se sont introduites dans l'Eglise de France.

Monseigneur, qui ne préférait rien à la gloire de son diocèse, si ce n'est la sienne propre, daigna s'occuper lui-même de la mise en scène.

Quelques semaines d'avance on lisait dans *l'Ordre et la Religion*, journal de la préfecture et de l'évêché, la nouvelle suivante :

« Le bruit court que Mgr Grégoire, fatigué par de longs et pénibles travaux de l'administration de son diocèse, renoncera pour quelque temps à la prédication. Les médecins auraient parlé, dit-on, d'un repos complet qui serait devenu nécessaire, au moins pendant l'hiver ; mais Sa Grandeur aurait décliné l'ordonnance; on croit cependant qu'elle aurait confié, sur de nouvelles instances, à un jeune vicaire inconnu jusqu'ici, — mais qui donnerait, assure-t-on, les plus belles espérances,— le soin de prêcher dans la cathédrale, le jour de la Nativité de Notre-Seigneur Jésus-Christ.

» Une pareille résolution, quelque sage et nécessaire qu'elle soit (le célèbre docteur Trousseau aurait déclaré qu'il ne répondait pas de la vie de monseigneur, si Sa Grandeur ne faisait pas cette concession à la nature et à la volonté de Dieu), affligea vivement tous les fidèles du diocèse et tous les amis de la véritable éloquence chrétienne. Personne n'ignore en France et en Europe que notre saint-père le pape, ayant daigné assister l'an dernier, dans l'église de Saint-Louis-des-Français, à une messe où Sa Grandeur expliquait la parole divine, déclara hautement qu'il n'avait jamais entendu un orateur plus profond, plus vigoureux, plus inspiré ; que saint Chrysostome lui-même n'avait pas plus de chaleur et d'onction, saint Paul plus de véhémence, saint Jean l'Evangéliste plus de tendresse, saint Augustin plus de force, l'aigle de Meaux plus de hauteur et de sublimité, le cygne de Cambrai plus de grâce touchante et de sérénité.

» On ajoute même qu'avec cette aimable gaieté qui fait le fond de son caractère et qui orne si bien ses autres vertus, le saint-père, jouant finement sur les mots, aurait dit : Nous avons déjà Grégoire de Nazianze qui fut évêque et Grégoire-le-Grand qui fut pape, n'aurions-nous pas bientôt Grégoire le cardinal? A quoi Sa Grandeur, avec cet esprit de répartie qui ne l'abandonne jamais, aurait spirituellement répondu : Quand il vous plaira, très saint-père; *quando libebit, Pater sanctissime.*

Suivaient de nouveaux éloges de l'éloquence et du génie de monseigneur, qui parle en effet assez bien pour un homme de qualité. Quant au jeune prédicateur, encore inconnu, qui devait, le jour de Noël, suppléer Sa Grandeur, le journal faisait entendre, sans le dire expressément, qu'une passion terrible, suivie bientôt d'un duel où il avait eu le malheur de tuer son adversaire, l'avait jeté dans la solitude, qu'il se proposait d'abord d'y vivre éternellement, mais que la volonté de ses supérieurs et l'ordre positif de monseigneur l'avaient arraché, malgré lui, à la méditation, et forcé de mettre au service de l'Eglise militante la merveilleuse éloquence dont il était doué..., etc.

Sur ce texte, dont une partie était vraie, je veux dire l'issue funeste de mon duel avec Letriple, l'imagination des badauds broda, comme on pouvait s'y attendre, les plus étranges commentaires.

Je passe sous silence ces niaiseries dont je fus, sans le vouloir, la cause ou le prétexte. La curiosité de la ville était excitée au plus haut degré.

Non-seulement les femmes et les filles, qui sont toujours friandes des spectacles de toute espèce, mais les hommes les plus sérieux, les plus hauts fonctionnaires, les banquiers les plus avides d'argent se disputèrent à prix d'or une place dans la cathédrale pour le jour de Noël.

On n'avait jamais vu pareille affluence. Les plus belles dames, les plus nobles et les plus riches de la paroisse remplissaient le chœur et la nef et se pressaient au pied de la chaire.

Monseigneur, assis sur un fauteuil doré, qui ressemblait à un trône, dominait de sa stature importante l'assemblée toute entière et jouissait de son ouvrage. A droite et à gauche le préfet, le général, les grands-vicaires lui faisaient un imposant cortége. Un artiste célèbre, venu de Paris tout exprès, tenait l'orgue, et soixante femmes ou jeunes filles s'apprêtaient à chanter, sous sa direction, des cantiques nouveaux que monseigneur lui-même m'avait ordonné de composer pour la cérémonie.

Tout autre que moi eût été frappé d'étonnement et peut-être d'épouvante en voyant à quel auditoire allaient s'adresser ses premières paroles.

J'ose dire pourtant que je n'en fus point ému. Qu'on ne m'accuse pas d'un excès d'orgueil. Ce jour-là, Dieu le sait, mon âme, préparée par une retraite sévère de trois années, ne pouvait ni désirer le succès ni craindre le revers. Je montai en chaire avec l'assurance tranquille de l'homme qui ne doit et ne veut compter que sur Dieu; je fis le signe de la croix, je m'agenouillai pour implorer l'assistance divine, je me relevai plein de ferveur et de foi, je promenai lentement mon regard sur la foule réunie au-dessous de moi, je lus distinctement et d'une voix grave le texte sacré tiré de l'Evangile du jour, et je commençai en ces termes :

« Monseigneur,

» Lorsqu'il a plu à Votre Grandeur de me confier la mission si difficile et si supérieure à mes faibles mérites... »

Je ne reproduirai pas ce sermon. Il a été publié en son temps par le journal l'*Univers*. Je n'ose dire moi-même quel effet il produisit sur les assistants, mais on en jugera par l'extrait suivant du journal de la préfecture. Qu'on n'oublie pas de faire la part de l'extrême bienveillance du journaliste.

« Nous venons, est-il dit dans l'*Ordre et la Religion*, d'assister à l'une de ces fêtes de l'intelligence, qui sont si rares dans tous les siècles, et nous en sommes encore tout ébloui. M. l'abbé Passereau a prêché ce matin dans la cathédrale son premier sermon, et dès aujourd'hui l'on peut dire que l'éloquence des premiers Pères de l'Église a été tout à fait égalée, sinon surpassée...

» De ce texte de saint Mathieu :

» Jésus étant donc né à Bethléem, ville
» de la tribu de Juda, du temps du roi
» Hérode, des mages vinrent de l'Orient à
» Jérusalem.

» Et ils demandèrent : Où est le roi des
» Juifs qui est nouvellement né? Car nous
» avons vu son étoile en Orient, et nous
» sommes venus l'adorer.

» M. l'abbé Passereau a tiré les plus éloquents et les plus merveilleux commentaires. Il a montré avec un art infini le dévouement de ces grands rois, de ces rois mages si fameux dans l'histoire de l'Asie qui abandonnèrent, en un instant, leurs trônes, leurs trésors, leurs soldats, leurs courtisans, leurs femmes, leurs enfants, tout enfin, pour obéir à la parole de Dieu et voir celui qui devait sauver le monde.

» Trouverait-on aujourd'hui, disait M. l'abbé Passereau, parmi nous, chrétiens, une foi pareille à celle de ces princes idolâtres? Quelqu'un de vous, grands de la terre, ou pauvres gens, voudrait-il quitter, je ne dis pas son trône, mais son fauteuil; je ne dis pas son palais aux lambris dorés, mais sa modeste maison des champs; je ne dis pas ses trésors et ses provinces, mais le coin de son foyer, pour saluer Notre-Seigneur-Jésus-Christ?... Rougissez donc, mes frères, de votre lâche indifférence, de votre misérable apathie, de votre vil attachement à des biens périssables! Tournez vos regards vers l'étoile divine qui guida les rois mages! Elevez-vous jusqu'aux sommets du Sinaï, parmi les éclairs fulgurants et les rugissements de la tempête qui annoncent la présence de Jéhovah, le Saint, le Tout-Puissant, l'Omni-scient, l'Invincible!... »

» M. l'abbé Passereau est très jeune encore, — vingt-quatre ans à peine. Il est grand, mince, pâle, amaigri par le jeûne et les privations de toute espèce qu'il a voulu lui-même s'imposer au séminaire, presque contre la volonté de ses supérieurs. Ses grands yeux noirs brillent par moments d'un éclat magnétique; souvent il semble rêver à des mondes inconnus. Simple du reste, dans ses manières, on dirait qu'il cherche, à force de douceur, de politesse et de modestie, à se faire pardonner la supériorité éclatante de son esprit...

Etc., etc.

Comme on le voit, mon succès fut complet. Hélas ! Il le fut bien plus encore que je ne devais l'espérer et surtout le désirer.

Lorsque je descendis de la chaire, la foule s'ouvrit respectueusement devant moi; j'allai m'asseoir à quelques pas de monseigneur, et je commençai, pendant que l'un des grands vicaires achevait de célébrer la messe, à lire attentivement mon bréviaire.

Mais au bout de quelques minutes, j'éprouvai une impression singulière et presque irrésistible, qui paraissait venir du dehors et qui me fit lever les yeux malgré moi.

Deux personnes, assises à peu de distance l'une de l'autre, me regardaient fixement.

L'une de ces deux personnes était Mme la baronne Armande de Clerfontaine, que j'avais tant aimée, que je croyais ne plus aimer, dont j'avais chassé le souvenir avec persévérance depuis quatre ans, et qui semblait venue là juste à temps pour réveiller en moi les regrets et les remords du passé.

Armande était alors dans tout l'éclat de sa beauté. Elle avait à peine vingt-trois ans, et nul accident, nul malheur du moins, je présume, n'avait encore altéré sa tranquillité parfaite. Ses beaux yeux, pleins de fierté et d'une mélancolie peut-être jouée, peut être réelle, avaient gardé tout leur charme. Elle pouvait commander, supplier, persuader ou toucher à volonté. Elle avait surtout le don de troubler les âmes, don terrible qui sert rarement au bonheur de ceux qui le possèdent.

L'autre personne était une jeune fille, modestement vêtue, mais plus belle encore que la baronne, et surtout d'une beauté plus douce, plus suave et plus insinuante. Son visage charmant respirait le calme, la paix du cœur, l'innocence et la bonté.

Au premier aspect, elle n'excitait pas l'admiration comme Armande, mais une sympathie douce et tendre, plus dangereuse peut-être que l'admiration. Dès qu'on l'avait vue, on ne pouvait plus en détacher ses regards.

Aussitôt que ses yeux rencontrèrent les miens, elle rougit et baissa la tête comme un enfant surpris en faute par son maître d'école. Ce mouvement soudain et instinctif aurait dû m'avertir du danger que je courais ; mais comment croire au danger ?

Une autre fois encore elle leva la tête, parut se perdre dans une rêverie profonde; à quoi rêvait-elle ? Qui le sait ? Puis elle me regarda encore, baissa les yeux de nouveau et ne les releva plus.

A la fin de la messe, monseigneur me fit signe de le suivre dans la sacristie, et daigna me féliciter lui-même de mon succès en termes si flatteurs que je n'ose les rapporter ici.

— Çà et là, dit Sa Grandeur, un juge difficile et délicat aurait pu relever quelques fautes de goût, quelques taches légères, mais, comme dit Horace :

Ubi plura nitent in carmine, non ego paucis
Offendar maculis.....

Mon cher enfant, je suis parfaitement content de vous. Vous ferez honneur à l'Eglise, c'est moi qui vous le prédis, et j'aurai soin de votre avenir. Faites-moi l'amitié de venir dîner ce soir à l'évêché, avec le préfet, le général, le recteur, quelques autres chefs de corps et leurs femmes, parmi lesquelles ma nièce, Mme de Clerfontaine, que vous connaissez sans doute, car elle m'a parlé de vous autrefois.

M. de Clerfontaine est aussi des nôtres; il va partir pour Berlin. Ma nièce, qui est ou qui se croit un peu souffrante, veut passer l'hiver ici, dans son hôtel.

Pour avoir un prétexte de prolonger la conversation sur ce sujet, je pris la liberté de m'informer auprès de monseigneur si le marquis de Sancy, son oncle, était en bonne santé.

Sa Grandeur daigna me pardonner mon indiscrétion, qui ne pouvait venir que de mon attachement au vieux marquis, et daigna me dire avec regret que M. de Sancy était mort, que le comte était devenu marquis, et que le vicomte Renaud était devenu comte.

Enfin, il fallut mettre un terme à cette conversation entre deux portes qui n'avait pas pour Sa Grandeur un intérêt aussi vif que pour moi.

Je rentrai à mon logis, un peu troublé de l'idée de revoir Armande, plus charmé encore que troublé et plus curieux encore que troublé ou charmé. Mais tout cela n'était qu'un obscur et vague pressentiment. Je me croyais pour toujours à l'abri d'une passion dangereuse que je n'avais fait qu'entrevoir, et je ne soupçonnais pas l'influence que cette journée aurait sur ma vie entière.

Quelques heures plus tard, au moment où je longeais le coin de la grande place pour aller dîner à l'évêché, j'aperçus derrière la vitrine d'une boutique le visage frais et rose de la jeune fille inconnnue qui me regardait pendant la messe avec une si naïve admiration. Elle avait la tête penchée sur son ouvrage et cousait tranquillement.

Quand je passai, un sentiment intérieur inexplicable parut l'avertir de ma présence. Elle leva les yeux sur moi.

Je hâtai le pas pour fuir ce regard.

Mais en même temps, et machinalement, je vis l'enseigne qu'on lisait au-dessus de la boutique :

Muret, quincailler.

Est-ce bien *machinalement* que je devrais dire?

Qui le saura jamais? Je ne le sais pas moi-même.

XVII

Le dîner fut très gai. Monseigneur était bon convive, homme de haute naissance et de grand appétit comme ses aïeux. Il n'avait pas le visage pâle et le teint ascétique des solitaires de la Thébaïde, à qui les lions et les corbeaux apportaient chaque matin le pain noir et l'eau du Nil. Il était, ou plutôt il est, — car il vit encore et sera pendant bien des années, — c'est mon vœu le plus ardent, — l'honneur et la gloire de l'Eglise de France, — il était, dis-je, plus semblable à Saint-Thomas Becket, archevêque de Canterbury, qu'à tout autre saint du calendrier. Il aurait aimé à faire la leçon aux rois et aux empereurs, et il ne haïssait pas les joies de la chair, — celles, bien entendu, qui peuvent se concilier avec les canons de l'Eglise.

Son cuisinier était excellent. Sa cave était garnie des meilleurs vins. Ses chevaux même, sans être tout à fait de race pure, et surtout sans ressembler aux maigres rosses qui remportent les prix de Chantilly et de la Marche, faisaient honneur par leur force et leur vitesse, aux soins que leur prodiguait le cocher de Sa Grandeur. N'oubliez pas que Monseigneur, devenu, par la mort de son frère aîné, seul héritier d'une grande famille, était l'un des plus riches propriétaires de la province.

Il fit bon accueil à tous ses hôtes, mesurant la politesse au nom et aux fonctions de chacun, montrant au général de division une cordialité sans réserve, — comme il convient entre prêtre et soldat; — au préfet une amitié un peu hautaine et mêlée de condescendance (en ce temps-là les deux puissances n'étaient pas encore brouillées, mais Monseigneur avait la vue longue et savait deviner l'avenir); au recteur de l'Université, une affabilité protectrice ; au président de la cour d'appel une considération parfaite et une dignité exquise, mais assez froide (il y a toujours eu rivalité entre les parlements et le clergé).

Quant aux autres chefs de corps, ils se contentèrent d'un salut, d'un sourire, d'une poignée de main et des questions que Sa Grandeur daigna faire sur la santé de leurs femmes et de leurs filles, mais dont elle se garda bien d'écouter la réponse.

L'attitude de ses convives n'était pas moins curieuse à observer que la sienne.

Le général, dont l'intelligence ne démentait pas le fameux proverbe : *Vieux soldat, vieille gloire, vieille bête,* jouissait voluptueusement du plaisir d'être assis à une bonne table, devant un bon dîner, de sentir le parfum des truffes, de voir défiler sous ses yeux comme des soldats à la parade, les vins les plus exquis du monde entier, d'être servi le premier, malgré le préfet qui enrageait et le premier président qui cachait mal sa fureur, d'être traité en ami intime par le prélat le plus orgueilleux de France, — pays où la modestie est inconnue des prélats, — d'avoir à sa droite Mme la baronne de Clerfontaine, l'une des plus nobles dames et des plus jolies du faubourg Saint Germain, enfin et peut-être surtout (qu'on me pardonne ce jugement téméraire !) d'être séparé de sa femme, que Monseigneur, qui connaît le cœur humain, avait placée aussi loin de lui que le permettaient les bienséances.

Par ce moyen le général pouvait satisfaire en silence son goût passionné pour le vin de Bourgogne, le rhum de la Jamaïque et diverses autres liqueurs ; de plus, il pouvait patauger à son aise en parlant politique, ce qui faisait tressaillir la dame et provoquait le soir des scènes violentes d'intérieur.

Le préfet, homme du monde, bien élevé, bon gentilhomme, sachant saluer et parler sans rien dire, administrateur un peu trop pompeux mais sans méchanceté, recevait avec défiance les compliments de l'évêque et se tenait constamment sur ses gardes. Obligé par métier de vivre en bonne intelligence avec Sa Grandeur, qui qui était, dit-on, puissamment soutenue à la cour, il essayait, chose difficile, de vivre en paix avec l'autorité ecclésiastique, tout en maintenant sa propre autorité.

M. le premier président, ancien procureur général sous Louis Philippe, signalé dès longtemps par son zèle contre les républicains et les légitimistes, et à cause de ce zèle, médiocrement ami de Mgr Grégoire, gardait une tenue sévère, impassible et sèche, et croyait, ayant l'abord désagréable et dur, ressembler trait pour trait au fameux Mathieu Molé.

Peut-être lui ressemblait-il en effet, car nos pères, suivant toute apparence, ne valaient pas mieux que nous, et le grand Mathieu Molé n'était peut-être, comme beaucoup de ses successeurs, qu'un magistrat plein de morgue, de suffisance et de dureté, ou, suivant l'expression irrévérencieuse de l'avocat Cernin, un âne chargé de reliques.

Du reste, on pouvait faire de lui le même éloge que Dangeau faisait de Louis XIV : « Qu'il conservait, même en jouant au billard, l'air du maître du monde. » Même en mangeant un salmis de perdreaux, le premier président paraissait exercer encore des fonctions d'un ordre supérieur et une sorte de magistrature. Il semblait interroger le perdreau, le convaincre d'un crime, le condamner à être découpé, et exécuter la sentence sans appel ni délai... C'était vraiment une grande âme, et le procureur général qui prononça son panégyrique lorsque Dieu l'eut rappelé à lui, avait bien raison de dire que

« M. Bossent réunissait la fermeté du grand Achille de Harlay à la subtilité de Papinien, au sens profond de Cujas, à l'éloquence du chancelier d'Aguesseau. »

Et c'était bien fait pour d'Aguesseau, Papinien, Cujas et le grand Achille de Harlay !

Mais le personnage le plus curieux de tous était M. le recteur. Cet excellent homme, que M. de Falloux avait choisi au milieu des *fruits-secs* les plus malheureux de l'Université pour lui confier l'administration d'un département, se ressentait toujours de son humble et piteuse origine. Ses subordonnés, qui ne l'aimaient pas, ont douté souvent s'il avait reçu le diplôme de bachelier ès-lettres ; d'autres auraient pu douter s'il avait jamais touché du pied le parquet d'un salon, excepté pour le cirer.

Semblable au cardinal de Fleury qui, dans sa jeunesse, « suppléait aux sonnettes avant qu'on en eût l'invention, » le bon recteur se précipitait au moindre signe de monseigneur, lui présentait sa canne, son chapeau, ses gants, son bréviaire, prodiguait les révérences, répondait à toutes les questions : « Oui, monseigneur, » avant que Sa Grandeur eût ouvert la bouche, ne cherchait qu'à plaire aux autorités (le commissaire de police y compris), s'inclinait jusqu'à terre pour saluer les dames de la suite de l'évêque, révérait l'ancienne noblesse sans dédaigner la nouvelle, honorait, célébrait, élevait jusqu'au ciel les vertus et les talents de tous les gens en place, demandait en toute chose l'avis ou plutôt l'ordre de monseigneur, et n'avait, au dire des grands-vicaires, qu'un seul défaut, mais très grave celui là, et que monseigneur Grégoire, fort bel homme, frisé, parfumé et très soigneux de sa personne, ne lui pardonnait qu'en faveur de sa bassesse.

Le digne homme prisait matin et soir, et pendant tout le temps de ses visites, pliait et dépliait sans cesse un immense mouchoir à carreaux, dont la vue seule faisait horreur. Les dames le fuyaient comme la peste, et l'on m'a dit souvent que ce tic malheureux avait entravé sa carrière.

Il entra dans le salon en glissant sur la pointe des pieds, le dos courbé, l'oreille basse, et s'avança pour saluer Monseigneur. Mais avant qu'il eût le temps de prendre la parole, Sa Grandeur le prévint et dit d'une voix retentissante :

— Bonjour, mon cher recteur. Votre santé ?...

— Sa Grandeur est trop bonne, s'écria le recteur. Ma santé...

— Oui, oui, excellente, je le vois... A propos, j'en apprends de belles sur vos professeurs.

— Qui donc, monseigneur ? demanda l'autre effrayé. Quelqu'un d'eux aurait-il fait !... aurait-il commis quelque action qui pût déplaire à Sa Grandeur ?... Dans ce cas...

— Oui, mon cher recteur, je sais avec quel zèle vous seriez prêt à réprimer, tout ce qui touche aux droits de l'Eglise et au respect qu'on lui doit ; mais les choses aujourd'hui ne vont pas si loin... On m'a parlé seulement d'un professeur qui laissait pousser sa moustache...

— Il la coupera, monseigneur, je m'y engage sur l'honneur ! dit avec force l'excellent homme. Il la coupera, ou j'en ferai sur-le-champ mon rapport au ministre, et je demanderai sa destitution dès demain.

— La ! la !... mon cher recteur, un peu de patience, continua monseigneur. Que diriez-vous donc si je vous répétais ce qu'on m'a raconté ce matin même ?

Le recteur pâlit.

— Est-ce qu'il y aurait, demanda-t-il, quelque chose de plus grave encore ?

— Hum ! vous en jugerez vous-même. Un de vos professeurs a lu quelques tirades d'une tragédie de Voltaire, — tout haut, dans sa classe.

— De Voltaire, monseigneur ! c'est impossible. Que Votre Grandeur me pardonne si je prends la liberté de lui dire qu'un tel fait est impossible, absurde, sans exemple, et tout-à-fait invraisemblable !...

— Oui, de Voltaire, mon cher recteur, et, pour preuve, je vous citerai le morceau. C'est la tirade fameuse de *Zaïre* :

Mon Dieu ! j'ai combattu quarante ans pour ta gloire ;
J'ai vu tomber ton temple et périr ta mémoire....

Le recteur paraissait consterné.

— Dites-moi seulement, monseigneur, le nom du coupable, et j'en ferai un exemple dès ce soir. Il sera chassé de l'Université !... Des vers de Voltaire !...

A ces mots : « Dites-moi le nom du coupable », monseigneur fit une grimace significative comme pour indiquer qu'un évêque, et surtout un évêque gentilhomme, ne s'abaissait pas à ces dénonciations et laissait à M. le recteur le soin de faire la police.

Il faut l'avouer, Sa Grandeur était vraiment impayable en ces occasions. Elle avait tout à fait l'air de dire :

— Ces œuvres-là sont bonnes pour des gens de rien, des pieds plats infortunés comme vous, mon cher recteur. Vous me devez votre place et votre importance.... (Ce qui était vrai, car ce malheureux homme eût été laquais si M. Fortoul, conseillé par Mgr Grégoire, ne l'avait fait recteur.) C'est à vous de chercher les moyens de témoigner votre reconnaissance.

Et, en effet, il en trouva si bien les moyens, qu'en dix-huit mois il avait fait destituer quatre-vingt-trois instituteurs primaires, neuf professeurs de collèges communaux, sept professeurs de lycée et trois professeurs de faculté.

Mais, en récompense, monseigneur, qui disposait et qui dispose encore, comme on sait, de toutes les places du diocèse, le fit nommer officier de la Légion d'honneur.

XVIII

Jusque vers la fin du dîner, on parla peu. Les « mâchoires de l'administration », comme disait le lendemain, au cercle du Progrès, un petit avocat libre-penseur que Monseigneur avait refusé de recommander pour une place de substitut, — les mâchoires de l'administration fonctionnaient à merveille. C'étaient vraiment de fortes mâchoires, des mâchoires de crocodiles et de panthères, capables de mettre en pièces, broyer et avaler les substances les plus dures, — des mâchoires incomparables, qui se connaissaient en bonnes choses, des mâchoires d'un goût délicat, des mâchoires recherchées, des mâchoires bien endentées, des mâchoires sensuelles, des mâchoires épiscopales, des mâchoires judiciaires, des mâchoires d'officier supérieur, des mâchoires de chefs de service, des mâchoires préfectorales, — enfin et pour tout dire d'un mot, des mâchoires administratives.

Cependant ce demi-silence commençait à peser aux convives. Le recteur, pauvre homme qui cherchait à plaire à tout ce qui avait du crédit ou paraissait en passe d'en avoir, crut que le succès de mon sermon serait une excellente occasion de faire sa cour à Monseigneur, mon protecteur, et à moi qui peut-être étais destiné à protéger un jour.

Il lâcha donc, suivant son habitude, un

compliment énorme, et déclara que j'avais fait une charge à fond et triomphante sur les vices du temps.

A ces mots, le général releva la tête comme un cheval de guerre qui entend de loin le son de la trompette, et s'écria la bouche pleine :

— A propos de « charge à fond, » il faut que je vous raconte une histoire...

— Hélas, mon Dieu! de quoi sommes-nous menacés ? dit à demi-voix un grand-vicaire.

Monseigneur l'entendit, et d'un coup d'œil rappela le grand-vicaire au devoir.

La générale, qui connaissait et redoutait plus que personne les histoires et l'éloquence de son mari, essaya de l'interrompre; mais le vieux soldat n'était pas homme à lâcher prise.

— Il faut vous dire, continua-t-il en clignant les yeux d'un air fin et rusé, il faut vous dire que je n'ai pas toujours été général,et que je n'ai pas toujours commandé la 123e division militaire... J'ai fait mes premières armes dans la campagne de Wagram, en 1809, sous le grand Napoléon.

J'avais alors dix-neuf ans, et mon père, le comte Gaspard de Caméran, m'avait engagé comme volontaire dans le 6e de cuirassiers, qui appartenait alors à la cavalerie de la garde, commandée par le maréchal Bessières, un Gascon que je vois encore.

J'avais été recommandé en partant de Paris, et Bessières qui, malgré son humble origine, savait bien ce qu'on doit aux gens de qualité, m'avait fait du premier coup *marchef*, promettant de me donner l'épaulette à la première occasion favorable; de plus, il m'avait attaché à sa personne. Je suivais l'état-major et je mangeais avec les officiers, — un poste de confiance, enfin!

— Mon ami, dit la générale d'une voix douce, n'est-ce pas de la mort du maréchal Lannés que tu voudrais parler ?

— Sans doute! sans doute! dit le général d'une voix retentissante; mais il ne faut pas faire passer la charrue avant les bœufs, mille tonnerres ! Tout le monde sait bien que le maréchal Lannes, duc de Montebello, est mort; mais comment ?... Voilà le *hic !*... Et moi qui l'ai vu tomber, comme je vous vois... Mais voilà bien les femmes ! Dès qu'il est question de choses sérieuses...

— Mon cher comte , interrompit Sa

Grandeur d'un ton conciliant, nous sommes tout oreilles ! Et moi, pour ma part, je ne sais pas un mot de l'histoire à laquelle Mme la comtesse a bien voulu faire allusion tout à l'heure.

— Avec quel art Monseigneur sait déguiser la vérité ! me dit tout bas mon voisin de gauche, secrétaire gén éral de la préfecture. C'est la trente-troisième fois pour le moins, à ma connaissance, que Sa Grandeur entend le récit du général.

— J'en étais donc, reprit le général comte de Caméran, à la campagne d'Essling et de Wagram. Vous savez, monsieur de Clerfontaine, quelle était l'origine de la guerre?

Ici M. le baron de Clerfontaine, que j'avais à peine aperçu ou plutôt remarqué, tant il paraissait absorbé dans sa cravate blanche, jugea qu'il était temps d'exposer son système diplomatique. Il prit donc la parole et dit :

— La campagne de Wagram est l'une des plus grandes fautes politiques du premier Empire. Napoléon (et il le reconnut bien plus tard) aurait dû comprendre qu'après la bataille d'Iéna et la destruction du royaume de Prusse, il n'y avait plus de sécurité pour lui que dans une alliance continentale, et qu'étant brouillé à mort avec l'héritier du grand Frédéric, il devait s'allier intimement avec le dernier des Habsbourg.... C'est faute d'avoir saisi à temps l'occasion...

— Monsieur le baron, dit le préfet, il me semble, sauf erreur, que vous oubliez l'alliance qui suivit la campagne et les désastreux effets de...

— Monsieur le préfet, répliqua Clerfontaine, je ne crois pas avoir rien oublié...

— Ni rien appris, interrompit à voix basse le secrétaire général.

— Mais je dois dire, continua Clerfontaine, que dans les choses de ce monde, les principes seuls sont absolus, les intérêts ne peuvent être que contingents...

— Très bien! très bien! s'écria le grand-vicaire.

— ... Contingents!... et par conséquent variables ; donc, ce qui était une mesure excellente en 1809, pouvait être en 1810...

Le général l'interrompit à son tour.

— Vous avez raison, mon cher baron, les intérêts sont absolus, les principes contingents...

— Pardon, mon cher général, c'est le contraire que...

— Oui, oui, enfin, nous nous entendnos. Il suffit que le contingent ne soit pas l'absolu, ou que l'absolu ne soit pas le contingent...

— A propos de contingent, dit le secrétaire général de la préfecture, savez-vous que la taille des conscrits a diminué cette année, et que leurs aptitudes physiques ?....

— Je reviens à Bessières, dit le général comte de Caméran... Nous sortions donc d'Eckmühl, où les cuirassiers de la garde avaient donné contre ceux du prince Jean de Lichtenstein, et les avaient rompus... Il fallait voir !... C'étaient pourtant de braves gens, ces Autrichiens et ces Hongrois, et vraiment on avait plaisir à croiser le sabre avec eux... Enfin, l'archiduc Charles reculait...Voilà que nous arrivons devant Vienne... Connaissez vous Vienne?

Tout le monde garda le silence.

— Comment! personne ici n'a vu Vienne, la capitale de l'empire autrichien, une ville de cinq cent mille âmes, où les femmes sont si jolies, où les hommes sont si bons enfants et mangent des saucisses soir et matin !... N'importe.

— Il ne sortira jamais de Vienne! dit le directeur de l'enregistrement.

— Il aurait mieux fait de n'y jamais entrer, fit observer le grand-vicaire.

— Or, continua Caméran, Vienne étant sur le Danube, et les Autrichiens ayant rompu le grand pont, — vous ai-je dit que le grand pont était rompu? — Napoléon en fit jeter un autre de l'île de Lobau à la rive gauche du fleuve, sur laquelle était l'archiduc Charles avec cent cinquante mille Autrichiens... De l'île Lobau, où j'étais avec Bessières et Napoléon, nous voyions le feu des bivouacs de l'archiduc... Tenez, voici à peu près la position.

A droite le village d'Essling, à gauche celui d'Aspern...

(Essling était figuré par un verre de vin de Bordeaux, et Aspern par un verre de vin de Champagne).

C'étaient sa droite et sa gauche... Napoléon... (je l'ai vu comme je vous vois..., j'étais à dix pas de lui, en arrière, et je buvais la goutte avec le capitaine Trinquefort, du 5e de dragons, tout en observant la position de l'ennemi), Napoléon, donc... appuie un instant sa lunette sur l'épaule du maréchal Bessières, referme la lunette et dit : « *Maréchal, ces gens-là sont à nous !* » Voyez-vous, ce sont des choses qu'on n'oublierait pas quand on vivrait cent ans... Il avait son habit vert

de colonel des chasseurs de la garde et son chapeau à cornes...

— Et sa redingote grise? sa fameuse redingote grise, monsieur le comte ! dit le directeur de l'enregistrement.

Le comte de Caméran regarda son interlocuteur par-dessus l'épaule, et, souriant avec dédain :

— Une redingote grise le 21 mai !... par-dessus son habit vert ! Y pensez-vous ?... Autant vaudrait dire qu'il avait fourré ses pieds dans une chancelière !...

Le malheureux directeur de l'enregistrement demeura écrasé sous le coup, et n'osa plus interrompre.

— En même temps, continua Caméran, je vois l'Empereur qui prend dans la poche gauche de son gilet une pastille de chocolat et qui l'avale. Bon ! il fourre ses doigts dans la poche droite du même gilet, prend du tabac et s'en bourre le nez comme un canon ; puis avec l'index de la main gauche il décrit un arc de cercle en sifflant les premières notes de l'air de *Femme sensible*, et s'en va en disant : « Il fera chaud ici dans deux minutes ! » Messieurs, vous me croirez si vous voulez....

— Nous vous croyons, général, dit Monseigneur de sa voix grave et sonore.

— Vous me croirez si vous voulez, reprit Caméran, deux minutes après, plus de quarante canons autrichiens tiraient en même temps sur nous. On avait reconnu Napoléon, et ces gueux-là le prenaient pour cible... Mais lui, pas si bête ! Déjà loin !... Le pauvre Trinquefort, qui venait de vider avec moi son cinquième petit verre, et qui, faute de mouchoir ou de serviette, s'essuyait la moustache avec le revers de sa manche, eut la tête emportée par un boulet... C'était un brave !

Le général comte de Caméran, fit une pause. Le souvenir de la mort glorieuse du capitaine Trinquefort paraissait réveiller en lui une profonde émotion. Tous les convives gardaient le silence. Un seul, le préfet, se crut dispensé par son rang et l'importance de ses fonctions de garder plus longtemps cette respectueuse attitude.

— Vous nous disiez, monsieur le comte, que le maréchal Lannes ?...

— Ah ! pardon ! s'écria Caméran, j'oubliais... Ce n'est pas le maréchal Lannes, duc de Montebello, mais le maréchal Bessières, duc d'Istrie... Au fond, c'est tout à fait la même chose.

Le soir donc, je passe le pont avec les cuirassiers de la garde et le général Espagne, un bel homme, cinq pieds dix pouces de haut, une poitrine faite pour porter dix cuirasses, et des poignets à défoncer un éléphant. Nous chargeons, nous rechargeons, nous sabrons, nous culbutons, nous sommes culbutés; le général Espagne reçoit un biscaïen dans le front et tombe mort... Tout à coup l'on crie derrière nous : Le pont est emporté! sauve qui peut! Je me retourne... Le Danube débordait. Jugez la position. Un fleuve débordé à dos, les Autrichiens devant nous et l'Empereur, avec la moitié de l'armée, dans l'île de Lobau.

A ce moment, Lannes arrive et dit à Bessières :

— Allons, *Coquerico* (Bessières n'était pas Gascon pour rien), tu vois, nous sommes trente mille contre cent mille, et nous avons encore quatre heures de jour. Si l'archiduc nous jette dans le Danube, tout est perdu... Charge-moi cette canaille à fond.

— A fond! répliqua le Gascon. Est-ce que je charge jamais autrement?... Tu oublies à qui tu parles; mais demain je t'en ferai souvenir !...

— Quand tu voudras! dit Lannes en levant les épaules.

Les états-majors disaient :

— Les deux maréchaux vont se couper la gorge demain matin.

Mais on se trompait, car une heure après un boulet emporta les deux jambes de Lannes...

— Ouf! dit le secrétaire général, je savais bien qu'il finirait par sortir de son histoire.

Mme la comtesse de Caméran parut charmée de cet heureux dénoûment. Mgr Grégoire témoigna une grande satisfaction d'avoir appris d'un témoin oculaire des détails si intéressants et si nouveaux sur la mort du maréchal.

M. le premier président de la cour impériale fit observer, avec beaucoup de sens, qu'un duel entre Bessières et Lannes aurait été absurde, odieux et même contraire à toutes les convenances, car les deux maréchaux devaient leur sang à l'Empereur, et n'avaient pas le droit de le verser pour une querelle particulière.

M. le préfet appuya et confirma par de nouveaux arguments les belles paroles de M. le premier président.

M. le directeur de la fabrique des tabacs, ancien élève de l'Ecole polytechnique, qui a failli être militaire et qui porte moustaches, objecta qu'il est des offenses que la loi humaine ne peut ni prévoir ni réparer, et que le code de l'honneur commande de venger l'épée à la main...

M. le recteur, croyant deviner la pensée de Mgr Grégoire, se hâta de dire que rien ne pouvait excuser le duel ni les duellistes...

— A propos de duel, interrompit le général comte de Caméran, il faut que je vous raconte ce qui m'arriva un jour avec un de mes camarades, capitaine au 6e de hussards, Achille de Hautbord. Nous étions alors en garnison à Nancy, et nous faisions tous deux la cour à une petite modiste qu'on appelait Eugénie...

Les dames se regardèrent en souriant. Mgr Grégoire aperçut ce sourire et se leva. Tout le monde suivit son exemple, et le général, voyant fuir l'auditoire sur lequel il avait compté, le suivit en toute hâte dans le grand salon du palais épiscopal.

Puis comme le salon s'ouvrait de plainpied sur la salle de billard, la plupart des convives se dispersèrent, les uns pour jouer aux cartes ou au billard, d'autres pour parler politique, — d'autres enfin pour digérer en paix.

Quant à moi, petit abbé, mince personnage perdu au milieu de tant de gens considérables, je n'osais ni rester, ni partir, et je cherchais un asile où personne ne pût s'apercevoir de ma présence, mais Mgr Grégoire, qui ne m'avait pas perdu de vue, et qui s'était assis au milieu du cercle des dames, m'appela du geste et me dit :

— Venez ici, mon cher abbé !... ne vous cachez pas sous l'herbe comme l'humble violette. Les dames seront bien aises de vous connaître et de vous féliciter. Votre sermon de ce matin les aura touchées, j'en suis sûr...

Je répondis d'un air modeste et un peu troublé. Tout en regardant Monseigneur, je sentais peser sur moi le regard d'Armande.

Quelques instants après, Monseigneur se leva et me laissa seul avec les dames.

XIX

Mme de Clerfontaine commença le feu :

— Faites-vous toujours des vers, monsieur l'abbé? demanda-t-elle avec un sourire où je crus voir une épigramme.

Je me souvins alors d'Eléonore et de Torquato Tasso, et je répondis non sans quelque amertume :

— Non, madame.

— C'est dommage, monsieur l'abbé, répliqua-t-elle d'un air gracieux. Je me souviens toujours de ceux que vous m'avez récités autrefois...

— Ah! dit Mme de Caméran, M. l'abbé vous récitait des vers?

— Et des vers charmants! ma chère; des vers que Lamartine aurait pu signer!

Je m'inclinai d'un air contraint en recevant ce compliment. Au fond, j'étais indigné qu'Armande parlât aussi légèrement de ce qui avait été la première et la seule passion de ma vie.

Mais, capricieuse et tenace à la fois comme la plupart des femmes, elle avait pris, je crois, la résolution de me faire commettre ou dire quelque sottise, et ne voulait pas en avoir le démenti.

— Vous savez, dit-elle, monsieur l'abbé, quelle perte nous avons faite il y a trois mois?... Mon pauvre grand-père, qui m'aimait tant...

J'exprimai à mon tour des regrets fort sincères. Le vieux marquis de Saucy avait toujours été l'ami de mon oncle et le mien.

Elle parla de l'amitié que Renaud me gardait toujours, vanta mon sermon du matin, se dit fort touchée des vérités chrétiennes que j'avais proclamées en chaire, glissa quelques mots sur sa santé délicate, sur le dessein qu'elle avait de passer l'hiver près de son oncle Mgr Grégoire ; leva vers le ciel ses beaux yeux tout remplis d'une tendresse infinie pour les choses célestes, et conclut enfin :

— Monsieur l'abbé, M. le baron de Clerfontaine a demandé un congé de six mois. Nous espérons que vous voudrez bien venir nous voir souvent. M. de Clerfontaine me disait aujourd'hui, après la messe, qu'il n'avait rien entendu de plus beau et de plus touchant que votre sermon, et qu'il serait heureux de faire connaissance avec un homme qu'il regarde comme prédestiné aux plus hautes dignités de l'Eglise.

Elle ne doutait pas, j'en suis sûr, que je ne fusse ravi d'accepter son invitation, et je ne sais moi-même ce que j'allais répondre.

Par bonheur, Mme de Caméran, qui nous regardait fort attentivement, se pencha vers sa voisine et lui dit à demi-voix :

— Admirez donc la coquetterie d'Armande. Elle veut damner le petit abbé, je crois. Comme elle le regarde!...

Cette plaisanterie me rappela mon devoir et la blessure que mon orgueil avait reçue autrefois. Je rougis du piége où j'avais failli tomber, et, d'un air aussi froid que poli, je répliquai :

» Que j'étais profondément touché de la faveur que voulait bien m'offrir Mme la baronne, mais qu'un vœu inviolable me défendait de mettre le pied dans le monde avant six mois; que je priais Mme la baronne de croire qu'un motif aussi sacré pouvait seul...

Armande m'écouta d'abord avec étonnement, comme si elle n'eût pas compris mon refus, ou comme si elle ne l'avait pas cru possible; mais quand elle vit qu'il n'y avait rien de plus sérieux, elle devint toute de glace, et, sans se déconcerter, me félicita des dispositions édifiantes où je me trouvais.

L'arrivée de M. de Clerfontaine mit fin à la conversation.

Il me complimenta en termes chaleureux, quoique diplomatiques, renouvela les instances de sa femme, reçut mes excuses de fort bonne grâce et emmena Armande.

Quelques minutes après, me promenant dans le jardin, près de la fenêtre entr'ouverte, j'entendis Mme de Caméran qui disait à l'une de ses amies :

— Armande n'en aura pas le démenti. Si le petit abbé était allé chez elle au premier signal, elle n'aurait pas fait plus d'attention à lui qu'à son domestique; mais il a refusé. Elle voudra se venger, elle lui tournera la tête.

— Ou bien elle en aura la tête tournée, répliqua l'amie. Si le petit abbé a voulu la piquer au jeu, il a bien réussi.

XX

Les malignes prédictions de Mme de Caméran me tinrent longtemps sur mes gardes.

Est-ce l'orgueil blessé, est-ce le sentiment de mes devoirs de prêtre qui m'éloigna de Mme de Clerfontaine? Je ne sais; mais je vécus pendant quatre mois dans une retraite absolue, ne voulant voir personne, ne paraissant en public que pour obéir à mes supérieurs, ou pour faire quelquefois ma cour à monseigneur Grégoire.

Sa Grandeur, me considérant sans doute comme son ouvrage, me témoignait en toute occasion une bienveillance extraordinaire. Elle daignait me favoriser souvent de ses conseils, me reprocher amicalement ce qu'elle appelait mon « austérité exagérée, » m'engager à voir le monde.

« Croyez-moi, disait-elle, l'expérience est mère de l'indulgence. Nous ne sommes plus au temps de saint Paul et de saint Antoine; nous imiterions difficilement les pénitences de saint Jérôme et de saint Siméon Stylite, et nous devons bien nous garder de les proposer pour exemple aux fidèles.

» Pourquoi ne pas l'avouer? ce siècle a des mœurs relâchées. C'est un grand malheur, mais auquel on ne remédiera pas d'un seul coup, et en se jetant dans l'excès opposé. On épouvanterait ceux qu'il faut ramener par la douceur et la persuasion.

» Les révérends pères de la Compagnie de Jésus l'ont bien compris; et quoique les impies affectent de répéter les cruelles plaisanteries de Pascal et des jansénistes, au fond ils sentent bien que l'indulgence des jésuites est un attrait puissant pour les âmes faibles et égarées plutôt que coupables.

» Vous avez, mon cher abbé, les défauts et les qualités de la jeunesse. Vous vous laissez emporter par l'amour du bien absolu. Mettez-y quelque tempérament. Quand nous péchons, c'est par faiblesse plus que par violence. Soyez indulgent pour les femmes, surtout. Souvenez vous de la parole du Sauveur: *Sinite parvulos venire ad me,* laissez venir à moi les petits enfants.

» Le plus grand vice de la génération actuelle est de n'avoir de foi d'aucune espèce. Quelques uns, plus hardis que les autres, disent qu'il n'y a pas de Dieu ; mais ils n'en sont pas bien sûrs, et ils crient leur impiété sur les toits comme les poltrons qui chantent la nuit dans les bois pour se rassurer.

» D'autres, plus modérés, accordent volontiers qu'il y a un Dieu, car il ne faut choquer personne, mais ils ne se soucient guère de savoir quel est ce Dieu, et quel avenir il leur prépare. Ne les effarouchez pas, ne les menacez pas trop de l'enfer ou du purgatoire, de peur de les rejeter dans le camp opposé. Que la règle pour eux soit élastique et souple ; que la religion ait un aspect agréable et riant.

» En deux mots, *ne quid nimis.* Rien de trop. Plus tard, nous prendrons notre revanche. Qu'on mette les fils dans nos mains, et nous préparerons un peuple qui sera zélé catholique, et qui saura obéir aux maîtres du ciel et de la terre.

» Un mot a fait fortune depuis le siècle dernier, et sous le couvert de ce mot on fait passer bien des choses. C'est le mot : *Liberté.* Employez-le souvent, ou, pour mieux dire, ayez le sans cesse sur les lèvres. Il résonne si doucement à l'oreille des hommes, qu'on suit toujours celui qui le prononce, même quand, sous le nom de liberté, il impose la plus douce tyrannie. Répétez donc souvent ce mot glorieux, ce mot sonore, ce mot mystérieux, ce mot admirable, quelque chose que vous ayez d'ailleurs à dire, mais souvenez-vous toujours que l'Eglise catholique, apostolique et romaine n'admet que la liberté du bien.

» Toute autre liberté n'est que licence démagogique et perverse qu'il faut livrer au bras séculier.

» Qu'est-ce que la liberté d'enseignement, par exemple? Entendez-vous par là qu'on pourra enseigner toutes sortes de doctrines religieuses, philosophiques ou historiques? Non certes. L'Eglise a poursuivi de tout temps et condamné cette folie révoltante. Partout où le pouvoir séculier s'est mis à ses ordres, comme il le devait, elle a frappé l'hérétique et l'impie. Elle a brûlé Arnaud de Brescia et Jean Hus ; elle a emprisonné Abailard; elle a loué la Saint-Barthélemy; elle a révoqué l'édit de Nantes; elle a fait l'inquisition d'Espagne, la sainte inquisition, qu'on devrait ressusciter aujourd'hui pour fermer la bouche aux impies ; mais la mollesse du siècle présent ne le permet pas.

» N'ayons point de honte des œuvres de nos prédécesseurs, mon cher abbé. Tout ce qu'ils ont fait était bien fait, et s'il faut leur reprocher quelque chose, ce n'est pas l'excès de rigueur, c'est plutôt d'avoir manqué en France de prévoyance et d'énergie. Souvenez-vous du vers de Corneille :

S'il eût puni Sylla, César eût moins osé.

Si l'on avait grillé Rabelais, Erasme et Descartes, Voltaire n'eût pas empoisonné tout son siècle et les générations à venir.

» Voltaire, mon cher abbé, c'est l'infâme qu'il faut écraser. Tout le reste est à peine digne de notre colère. Ce sont de petits roquets qui jappent après que le dogue a mordu, déchiré et laissé partout la trace de ses terribles crocs. Je ris de pitié quand je vois les gens d'aujourd'hui traduire en Français deux Allemands,

Strauss et Feuerbach qui ont eux-mêmes traduit Voltaire en patois philosophique.

» Celui qu'il faut craindre, ce n'est pas le lourd métaphysicien qui parle sans cesse du moi, du non-moi, du concept, des antinomies, de la quadruple racine de la proposition de la raison suffisante, ou des deux problèmes fondamentaux de l'éthique. Quelle que soit l'idée que recouvrent ces mots obscurs, elle ne fera jamais sous ce costume son chemin dans une cervelle française. — Ce qu'il faut craindre, c'est l'enfant terrible qui, d'un mot plaisant et profond, comme Voltaire, ou même comme aujourd'hui Michelet, l'un de ses plus dangereux élèves, offre aux esprits légers dont la France est remplie, une solution toute faite, une objection en apparence invincible contre les dogmes les plus sacrés.

» Voilà mon cher abbé, l'ennemi qu'il faut haïr et combattre jusqu'à la mort. Ces prétendus gens d'esprit, ces *plaisantins*, comme dit si bien notre ami Veuillot (qui serait lui-même, s'il ne défendait les choses sacrées, un plaisantin de la pire espèce), ces bouffons qui veulent à coups de pamphlets renverser l'œuvre des siècles, doivent être traités comme Héliodore le fut à la porte du temple, c'est-à-dire foulés aux pieds et réduits par force au silence.

» Ce qui leur manque surtout, après le sens religieux, c'est l'autorité. Chacun d'eux parle en son nom. Quelle recommandation !... Vous parlez, vous, au nom de l'Eglise catholique, apostolique et romaine, au nom des conciles et des papes, au nom de saint Pierre, de saint Paul, de saint Augustin et de saint Jérôme, au nom des Saints Evangiles, au nom des prêtres et des martyrs, au nom des saints évêques qui ont confessé la foi de Jésus-Christ dans les tourments et les tortures ! Quelle distance de vous à ces folliculaires qu'enivre une confiance insensée dans leurs propres forces !... Avec de telles gens, qu'est-il besoin de raisonner ?... Il faut frapper. »

Et monseigneur frappait en effet de tout son pouvoir. J'ose dire qu'il est peu de mandements où sa grandeur n'ait vertement dit leur fait aux hommes de désordre et de libertinage, aux fauteurs de crimes, aux misérables, perdus d'ambition et de débauche, qui cachent sous de fausses vertus une envie effrénée de mettre tout à feu et à sang dans le corps social, — à ces lâches spoliateurs, avides des biens de l'Eglise... Mais tout le monde a pu lire les mandements de monseigneur,

car l'*Univers* les reproduit fidèlement dans sa première page, et ils paraissent, je ne sais pourquoi, faire la joie des journaux démocratiques.

Pour moi, docile aux leçons de la Grandeur, je paraphrasais de mon mieux le texte qu'on vient de lire, et j'avais conquis, s'il m'est permis de l'avouer, une certaine réputation mondaine qui, suivant l'expression d'un grand poète,

Chatouillait de mon cœur l'orgueilleuse faiblesse.

On se pressait dans la cathédrale les jours où je devais prêcher. Mon « éloquence » ou ce qu'on voulait bien appeler de ce nom, faisait du bruit non-seulement dans le département, mais à plus de trente lieues à la ronde.

Il était de mode de m'entendre. Le journal l'*Ordre et la Religion* me mit plusieurs fois en parallèle avec les plus illustres champions de l'Eglise militante, et si je ne craignais de céder à un mouvement de vanité puérile, je pourrais rappeler que Lacordaire et Ravignan me furent rarement préférés. Mgr Dupanloup lui-même fut reconnu plus fougueux et plus véhément, mais il n'avait pas, au dire de l'*Ordre et la Religion*, cette tendresse touchante, cette élévation sublime, ce je ne sais quoi dont les âmes des pécheurs sont pénétrées « jusqu'à la moelle. »

Du reste, je ne m'en faisais point accroire, et je reportais fidèlement à Monseigneur tous les éloges dont j'étais accablé. C'est à l'exemple de Sa Grandeur que je disais et faisais toute chose. Sa Grandeur n'était pas insensible à ces marques de modestie et de reconnaissance.

Mais c'est aux mois de mars et d'avril 1854 que mon succès parut dans tout son éclat.

J'avais été chargé de prêcher deux fois par semaine pendant le saint temps du carême, et tous les jours de la semaine sainte.

Je m'acquittai de ce devoir avec une ardeur inouïe. Abondamment nourri de la moelle des Pères de l'Eglise, de saint Thomas d'Aquin, de Thomassin et de Bourdaloue, je répandais sans relâche la semence divine dans les cœurs.

Monseigneur lui-même, étonné et charmé, ne manquait pas une de mes conférences, et, à l'exemple de Monseigneur, tout le grand monde de N***.

Au premier rang on remarquait les plus grandes dames de la province, et parmi

elles, Mme de Clerfontaine suivait assidû-
ment la parole divine.

Sauf cette marque d'attention, qui était
due peut-être à la piété d'Armande autant
qu'à un autre sentiment, rien ne m'avertissait qu'elle se souciât de mon existence. Deux ou trois fois à peine je l'avais
rencontrée dans la rue ou dans le salon
de Monseigneur; mais un profond salut,
quelques questions banales et un sourire
plus banal encore étaient seuls échangés
entre nous.

Cependant l'orage grondait à mon insu.

Dans l'intervalle de mes sermons et de
conférences, il me fallait aller au confessionnal.

Je sais que les jeunes gens s'imaginent
que ce mot de confessionnal recouvre
beaucoup de mystères, et là dessus leur
imagination s'enflamme... Qu'il me soit
permis de les détromper. Sur mille confessions, il en est une à peine qui peut
intéresser, je ne dis pas le philosophe,
mais l'homme du monde. Et quel supplice
d'écouter le récit des fautes et des sottises
humaines, de ne voir que le côté ignoble
et bas de l'homme!...

Pour moi, fatigué d'entendre ces viles
et nauséabondes confidences, je me levais,
le vendredi saint, vers six heures du soir,
pour rentrer chez moi et dîner, lorsqu'une pénitente vêtue de noir, soigneusement et hermétiquement voilée, vint
s'agenouiller dans le confessionnal et me
demander ma bénédiction.

Un doux parfum de verveine la précé-
dait et s'empara, malgré moi, de tout mon
être.

Elle leva son voile, et dans la demi-obscurité je reconnus Armande.

XXI

A cette vue, je fus saisi d'une étrange
émotion. Etait-ce le sentiment du danger
dont j'étais menacé? Etait-ce la présence
d'une femme si belle à genoux devant
moi, comme devant un maître et un juge?
Etait-ce le souvenir de ce passé que je
croyais avoir oublié, de cette flamme que
je croyais éteinte?

Je me levai à demi, prêt à fuir; et plût
à Dieu que j'eusse suivi ce premier mouvement! Mais, comment le justifier? Pouvais-je manquer à mon devoir de prêtre
et refuser d'entendre ces aveux que la religion commandait de faire et d'écouter?

Qu'auraient pensé de moi mes supérieurs,
mon évêque, et Armande elle-même?

Je me rassis donc, tout prêt à remplir
mon devoir, quoi qu'il pût m'en coûter.

Au reste, il était moins pénible que je
n'avais cru d'abord.

Mme de Clerfontaine, d'une voix plus
faible qu'un souffle, me dit :

— Mon père...

(Quel mot! d'elle à moi!)

— Mon père, je ne viens pas me confesser, mais vous demander conseil.

A travers les trous du grillage en bois
qui nous séparait, je sentais les parfums
dont sa personne tout entière était im-
prégnée. Je voyais ses beaux yeux, pleins
de douceur et de mélancolie. J'appuyais
ma joue sur le grillage pour mieux entendre... Que de dangers pour un cœur
jeune et novice, pour un prêtre inexpéri-
menté!

Cependant je me raffermis de mon
mieux, et je répondis avec gravité.

— Parlez, ma fille. L'Eglise a des remèdes pour toutes les blessures, et des conseils pour toutes les âmes faibles ou égarées.

Elle parut se recueillir un instant et dit :

— Mon père, je n'ai pas de faute grave
à expier, et ce n'est pas le repentir qui
m'amène au tribunal de la pénitence,
mais la crainte de l'avenir.

— De l'avenir!... Qu'entendez-vous par
là, madame?

Ces paroles obscures éveillaient dans
mon cœur je ne sais quelle jalousie cachée.

— Mon père, dit Armande, écoutez et
connaissez moi... Mon malheur n'est pas
de ceux qui peuvent exciter la pitié d'un
étranger et d'un indifférent; mais vous
êtes jeune, vous avez été l'ami de mon
frère et du marquis de Sancy; soyez aussi
le mien.

Si j'avais connu, comme j'ai appris à la
connaître plus tard, la littérature contem-
poraine, j'aurais facilement deviné le mal
dont souffrait Mme de Clerfontaine, et ce
vide immense de l'âme oisive que ne peuvent remplir des désirs toujours renais-
sants, toujours inassouvis; mais comment deviner sans l'avoir vue de près ou
sans en avoir étudié la description dans
les livres, cette maladie bizarre des gens
heureux qui ne connaissent pas leur bonheur?

Je m'inclinai donc et j'acceptai, sans
savoir où me conduirait cet engagement,

l'amitié dont on me faisait l'offre. Est-il un homme vivant sur la terre qui se fût montré plus sage et plus réservé que moi ?

Cependant, par un reste de défiance, je fus assez prudent pour ajouter que M. de Clerfontaine était un ami et un conseiller plus sûr que moi-même.

Ici, un sourire plein de mélancolique ironie plissa légèrement les lèvres d'Armande.

— Mon mari ! dit-elle. En effet, nul guide n'est plus sûr ni plus désintéressé qu'un mari. Mais que diriez-vous, mon père, si j'avais besoin de vos conseils contre lui même ?

— Quoi donc, madame ? M. de Clerfontaine aurait-il...

— Ce n'est pas à une femme, reprit Armande, de confesser les fautes ou les torts de son mari. Je ne l'accuse pas, mon père ; je m'accuse moi-même.

Qu'importe que M. de Clerfontaine n'ait eu en vue, lorsqu'il se mariait, que de mettre fin à une vie dissipée dont il était las ; et de rétablir sa fortune ébranlée par ses prodigalités ?... Qu'importe qu'il ne m'ait jamais aimée ? Qu'importe qu'il n'ait vu en moi que ma dot, le nom que je me porte et le crédit de mon grand-père, le marquis de Sancy ?

Qu'importe qu'après trois mois de mariage il m'ait abandonnée à moi-même, moi qui ne demandais qu'à l'aimer, à l'honorer, à le servir comme une épouse fidèle et dévouée à ses devoirs ? Qu'importe qu'après m'avoir enlevée à ma famille, moi qui le connaissais à peine (car je ne sais si Renaud vous l'a dit, mais on me maria sans demander mon consentement), qu'importe qu'il m'ait conduite en pays étranger, et que, gardant à peine les dehors du mariage, il se soit livré presque sous mes yeux à des liaisons dont il aurait dû rougir ?...

Qu'importe que je reste seule sur la terre, sans amis, sans famille, car mon grand-père, le seul qui pouvait me comprendre, est mort l'an dernier ; mon père, occupé d'entraîner des chevaux de course, m'écoute à peine, et mon frère, mon cher Renaud, votre ami et le mien, vient de partir pour Gallipoli avec son régiment.

— Et, dis-je timidement, Monseigneur Grégoire, votre oncle ?...

— Mon oncle n'est ni d'âge ni de caractère à comprendre ma tristesse. Monseigneur, absorbé depuis longtemps par les austères devoirs de l'épiscopat... Mais à quoi bon tous ces détails ?... Dois-je renoncer à l'espérance de trouver en vous, mon père, des conseils et un appui, une âme qui comprenne mes douleurs ?...

Je ne puis dire avec quel accent touchant elle prononça ces derniers mots. Je me sentis pénétré d'attendrissement et de pitié.

— Quoi donc ! pensai-je, chacun de nous sur cette terre doit payer son tribut au malheur ! Ceux mêmes que la jeunesse, la beauté, la richesse et la naissance semblent avoir mis au-dessus de tout, subissent comme les autres la loi commune.

Elle reprit après un court silence :

— Ce que je voudrais vous dire, mon père, est une confidence bien pénible pour l'orgueil d'une femme ; mais une confidence nécessaire, car si vous ne connaissiez toute l'étendue du mal, comment connaîtriez-vous le remède ?...

Ma curiosité redoubla, et en même temps je sentis mon cœur se serrer d'une terrible angoisse. Quelle pouvait être cette confidence si pénible à faire ?...

— Dans cette vie à la fois si oisive et si occupée du grand monde, j'ai passé long-temps ennuyée et solitaire, ayant en horreur les fêtes bruyantes, et ne pouvant les fuir à cause du titre et des fonctions de mon mari. Une ambassadrice n'a pas le droit de fermer sa porte et de vivre dans la solitude. Mais combien de fois, la nuit, restée seule au sortir d'un bal, ai-je regretté les beaux ombrages et les doux loisirs dont j'avais joui autrefois dans mon cher château de Sancy !... Vous en souvenez-vous, mon père ?..,

(Hélas ! je ne m'en souvenais que trop !)

Armande continua :

— Oui, je le sens, c'est là seulement que j'aurais pu trouver le vrai bonheur, au milieu de ma famille et de mes amis... Rêve inutile que je n'ai pu réaliser, et que je ne réaliserai peut être jamais ! M. de Clerfontaine, tout occupé des fonctions de sa charge, — et... pourquoi lui en ferais-je un reproche ?... — des espérances de son ambition, — car il veut être et sera prochainement ministre des affaires étrangères, — M. de Clerfontaine, dis je, croyait avoir rempli tous ses devoirs envers moi, en me demandant chaque jour, d'un ton affectueux, si je m'étais amusée la veille, si le bal avait été beau, si... mais pourquoi vous parler de ces choses frivoles ?...

(Je ne l'écoutais que trop, je buvais ses paroles !)

— Plusieurs années se passèrent ainsi, dit Mme de Clerfontaine en soupirant. Mon âme endolorie et assoupie par la fatigue, commençait à prendre l'habitude de ce supplice, lorsqu'un soir, j'appris par hasard que le nouveau secrétaire d'ambassade venait d'arriver et demandait à m'être présenté...

(J'étais sur les épines en écoutant ce récit dont je tremblais de connaître la fin.)

— C'était, reprit Armande, un jeune homme du meilleur monde, déjà connu à Paris par quelques folies et quelques duels dont les journaux avaient parlé. Vous avez dû voir son nom bien souvent.... C'est le duc de...

Au premier abord, je croyais voir un Richelieu ou un Lauzun, hardi, chevaleresque, aventureux... Rien de moins... Sa mine était d'un gentilhomme, mais simple et sévère.

En le voyant on s'étonnait qu'il eût été mêlé à vingt aventures excentriques ou scandaleuses. En l'écoutant, on ne s'étonnait de rien. Il sait prendre à son gré toutes les formes et parler tous les langages... Que vous dirai-je de plus? Il m'aima... M de Clerfontaine, distrait par ses devoirs ou par ses plaisirs, n'y fit aucune attention, et moi-même, lassée de la solitude où je vivais...

(Mon cœur palpitait en écoutant cette confidence étrange.)

— Mais, dit Armande, au moment où je me sentais faiblir, une lueur de raison me rendit la force de fuir le danger.... Je suis venue ici malgré mon mari, qui ne soupçonnait guère le motif de mon départ... Pouvais-je lui dire la vérité?... Il est reparti pour Berlin... Il m'invite, par les lettres les plus pressantes à le rejoindre... Je ne sais... Je n'ose... Non, je ne l'aime pas... Mais que dois-je faire? Conseillez moi, mon père.

Comment peindre mon embarras ? Qu'Armande aimât son mari, passe encore; mais un autre !... A cette seule pensée, je frissonnais de rage et de jalousie.

— Madame, lui dis-je, — car je n'osais l'appeler ma fille, — vous avez pris le plus sage parti. Restez !...

— Ah ! je savais bien, interrompit elle, que je trouverais en vous un appui !...

— Restez, dis-je encore ; mais ce n'est pas le monde qu'il faut craindre, c'est l'oisiveté. Soyez à votre tour l'appui des pauvres, des faibles, des orphelins...

— Et vous serez le mien ?... Vous m'aiderez de vos conseils, de votre amitié ?...

— Tous les remèdes que l'Eglise met à la disposition des âmes blessées se réduisent à deux, lui dis-je gravement : Prier et travailler.

— Et vous consentiriez à me diriger dans la voie du salut ?

— Si vous l'exigez, oui, madame.

Elle se leva et sortit du confessionnal, suivie des murmures de quatre ou cinq vieilles femmes.

— Celle là, dit l'une des vieilles, avait donc bien des histoires à raconter à M. l'abbé ?

Pour moi, le cœur inondé d'une joie immense, dont je cherchais à ne pas comprendre la cause, je rentrai dans mon modeste logement, rendant grâces au Seigneur qui m'avait donné (je le croyais du moins) les moyens de sauver une âme d'élite.

Hélas! hélas!

XXII

De ce jour datèrent mes relations avec madame de Clerfontaine, rares d'abord et respectueuses, comme il convenait à un ecclésiastique de mon âge et de ma condition sociale, puis affectueuses et fréquentes, au point d'exciter la jalousie des grands-vicaires et même l'attention de monseigneur Grégoire.

Cependant personne n'en glosa,—chose rare dans les villes de province. La réputation d'Armande était intacte, et l'orgueil bien connu de sa race la préservait de toute médisance.

Son salon réunissait l'élite de la noblesse et du clergé de la province. Là, les opinions étaient pures de tout alliage. Henri V et Pie IX étaient les deux pôles du monde civilisé. M. le marquis de Blancherue, ancien légitimiste, s'étant fait nommer sénateur du second Empire pour payer avec son traitement quelques dettes de jeu et pour procurer une préfecture à son fils cadet, fut exclu bruyamment de la maison de Mme de Clerfontaine. En vain allégua-t-il pour excuse sa fortune délabrée, son château en ruines et sa tendresse paternelle, personne ne voulut l'écouter. On lui ferma la porte au nez, et il fut réduit à faire sa société de M. le préfet, de messieurs les fonctionnaires de tout ordre et de quelques riches industriels.

M. le baron de Clerfontaine fut seul traité avec indulgence, quoiqu'il servît Napoléon III avec autant de zèle que pouvait le faire M. le marquis de Blancherue. — « Mais, comme le fit observer Armande, M. le baron sert la France et non l'Empereur ; il se doit à son pays en attendant qu'il puisse rendre hommage à son roi. »

On se paya de ces raisons, quoiqu'elles ne fussent pas meilleures que celles du marquis de Blancherue ; et en ce jour-là fut vérifié pour la millième fois le proverbe du poète :

Où la guêpe a passé, le moucheron demeure.

Comme le salon de Mme de Clerfontaine était le plus agréable de toute la province, on feignait de croire que M. de Clerfontaine était le plus pur et le plus dévoué de tous les partisans de la branche aînée des Bourbons. Au reste, il ne gênait personne, car en deux ans je ne l'ai vu qu'une fois. Il essaya d'emmener Armande à Berlin, mais elle résista vigoureusement, alléguant sa santé chancelante et qu'on mourait d'ennui dans ces sombres pays du Nord.

Il n'insista pas, et partit, étant homme de trop bonne compagnie pour user des moyens qu'offre le Code Napoléon et faire emmener sa femme par deux gendarmes.

Et plût au ciel qu'il l'eût fait !

XXIII

En ces jours-là un petit événement survint qui devait changer ma destinée.

Il arriva que, les Expositions industrielles étant à la mode, M. le maire et MM. les adjoints de la ville de N..., secondés par le conseil municipal et la majorité des habitants, résolurent de se couvrir de gloire en faisant les frais d'une magnifique Exposition.

Il arriva que les aubergistes, cafetiers et restaurateurs de toute espèce firent le plus grand éloge de l'idée de M. le maire et de M. le préfet, espérant bien qu'elle leur rapporterait de grosses sommes d'argent.

Il arriva que monseigneur Grégoire, qui ne haïssait pas la représentation, et qui avait, pour bénir les peuples, une vocation spéciale, jugea que le moment était venu d'exprimer, en présence de tout son diocèse, l'opinion qu'il se faisait des rapports du pouvoir temporel et du pouvoir spirituel, de la supériorité de l'Eglise catholique qui dispose à son gré des couronnes du ciel et de la terre, etc., etc.

C'est pourquoi l'on dépensa trois millions cinq cent mille francs, et l'on construisit un bâtiment qui faisait l'admiration de l'architecte lui même et du conseil municipal, mais qui ressemblait, — suivant quelques personnes désintéressées, — à une halle ou bien à un hangar, sauf la partie centrale, qui reproduisait fort heureusement les contours d'une magnifique cloche à melons.

Au reste, ceux qui payaient furent contents. C'est l'essentiel.

Mgr Grégoire inaugura l'Exposition par un discours. Cinq ou six mille exposants, venus des quatre coins de la France, apportèrent des fusils, des châles, des jambons, des faïences, des tapis, des porcelaines, des machines à vapeur de toute espèce, des tableaux d'histoire, des portraits, des paysages, de simples esquisses. Quatre-vingt-dix fabricants anglais, affamés de médailles, vinrent concourir avec les Français. Un correspondant du *Times* écrivit un compte-rendu spécial.

Deux ou trois personnages illustres ou éminents vinrent visiter le hangar et la cloche à melons. L'un de ces personnages, plus illustre et plus éminent que les autres, — je veux dire plus chèrement payé par les contribuables, — vint pérorer à son tour je ne sais quoi en l'honneur de la religion, de l'ordre, du travail, de l'industrie, de la famille, de la propriété... et de la dynastie impériale, à qui nous devions tant de bien. On porta des toasts, on cria : Vive l'Empereur ! Vive le prince ! Vive le préfet ! Vive l'évêque ! Vivent les locomotives ! Et tous les grands journaux de Paris, n'ayant rien de mieux à faire (on était alors en été) firent la description de ces splendeurs, et vantèrent l'hospitalité de la généreuse ville de N...

Au milieu de ces éloges, bien mérités d'ailleurs, une seule critique se fit jour.

Après avoir loué comme tout le monde la belle ordonnance de l'Exposition, la variété des produits, la beauté des femmes, le courage et l'esprit des hommes, l'architecture variée des monuments, la grandeur des églises, la profondeur de la vallée, la limpidité des eaux, la verdure des prairies, l'heureuse situation de la ville, bâtie sur le penchant d'une colline, au bas de laquelle coule une rivière admirable, l'auteur de cette critique continuait en ces termes :

« S'il était permis d'indiquer les ombres de ce riant tableau, j'oserais dire qu'il manque quelque chose à cette ville célèbre, pour qui le génie de ses habitants et la nature ont tout fait. Les rues sont étroites et tortueuses, remplies d'immondices qu'on devrait cacher à tous les yeux.

» Sauf un ou deux quartiers récemment construits, toutes les maisons sont en bois et en pisé, ce qui menace la ville de destruction en cas d'incendie, » etc., etc.

En deux mots, le journaliste se plaignait de notre malpropreté, et n'avait pas tort.

Mais comment exprimer l'indignation dont le peuple entier fut saisi en lisant ces critiques infâmes ? C'est dans ces occasions que le vrai patriotisme éclate.

On cria de tous côtés que l'étranger était un misérable, un va-nu-pieds, qui calomniait indignement une ville dont il n'avait reçu que des bienfaits... (On l'avait invité à prendre sa part d'un banquet offert à 500 personnes.) C'était là le prix de l'hospitalité !...

Si l'étranger avait reparu le lendemain, on l'aurait jeté dans la rivière. Et avec justice !... A quoi bon cette manie de dire la vérité aux gens qui ne demandent que des compliments ?

Cependant, ses critiques ne furent pas perdues pour tout le monde. Le préfet et le maire, qui enviaient les lauriers de M. Haussmann, firent décider, de concert avec la majorité du conseil municipal, qu'une partie de la ville serait jetée à bas pour cause d'utilité publique ; qu'on ouvrirait des boulevards ; qu'on percerait des rues stratégiques ; qu'on ferait communiquer entre elles deux ou trois grosses casernes munies à l'intérieur d'artillerie pour effrayer les Turcs, si par hasard ces infidèles prenaient la ville par escalade ; qu'on dégagerait les abords de la préfecture (ce seul article coûta neuf millions pour une ville de soixante-cinq mille âmes) ; qu'on ménagerait ainsi à M. le préfet le spectacle enchanteur de la rivière et de la forêt ; qu'on bâtirait, car Mgr Grégoire est tenace sur cet article, quatre églises nouvelles et une magnifique cathédrale ; la présente cathédrale ayant été construite au temps de Charles Martel ou de Hugues Capet ; qu'on élèverait des statues à tous les colonels et chefs de bureau enterrés depuis quatre-vingts ans (la ville en fourmille et les faubourgs en regorgent), et que M. le préfet prendrait enfin pour devise : *Destruam et aedificabo*, je démolirai et je reconstruirai.

A vrai dire, le journaliste insouciant qui fut la première cause de tout ce remue-ménage, ne pensait guère à tant de belles choses, et se serait bien gardé d'en suggérer l'idée. Il n'avait pensé, lui, en faisant ses critiques qu'à préserver la ville des épidémies qu'engendre la saleté, et il se souciait fort peu que les représentants de Dieu et de l'Empereur fussent bien ou mal logés ; mais le destin voulut que cette idée simple et économique fût acceptée et mise en œuvre par des hommes au génie grandiose et monumental.

C'est pourquoi la ville de N... est grevée aujourd'hui, — outre son budget ordinaire, extraordinaire, supplémentaire et rectificatif, — d'une dette permanente et consolidée de vingt-trois millions six cent trente-trois mille francs vingt-cinq centimes, laquelle n'ayant d'autre hypothèque et garantie que les droits d'octroi, a doublé en trois ans le prix de la viande, du vin et de la houille.

Mais la ville de N*** n'envie plus rien aux Parisiens. Elle a son Haussmann.

A la vérité, ce grand homme n'ose plus se promener seul le soir, de peur d'être jeté à l'eau, avec une pierre attachée au cou, par les ouvriers et les bourgeois qu'il a ruinés ; — tant il est vrai que toute médaille a son revers !

Pour revenir à mes affaires particulières, qui furent un peu troublées par ce changement des affaires publiques, un matin, mon propriétaire, ancien menuisier et charpentier qui venait de faire fortune en démolissant et reconstruisant la ville sous les ordres du préfet, — mon propriétaire, dis-je, entra dans ma chambre d'un air embarrassé, et me dit :

— Monsieur l'abbé, vous vous trouvez bien ici, n'est-ce pas ?

— Certainement.

— Et moi aussi, monsieur l'abbé, je voudrais vous y voir toujours. Un locataire comme vous, exact, honnête, tranquille, studieux, savant, rangé, payant bien, ne réclamant jamais, ne se trouve pas comme on dit, sous le pas d'une mule.

— Est-ce que vous pensez à me donner congé ?... S'il ne s'agit que de payer un peu plus cher, je ferai volontiers une concession.

— Là! Qu'est-ce que je disais à ma femme ce matin? s'écria le propriétaire attendri. Je savais bien, monsieur l'abbé, que vous m'offririez des concessions pour garder votre logement; et c'est ce qui me fend le cœur, d'être obligé de vous renvoyer!...

— Me renvoyer! Pourquoi! comment? J'espère bien, cher monsieur, que vous n'avez mais eu à vous plaindre de moi?...

— Me plaindre de vous, doux Jésus! s'écria le menuisier. Mais, monsieur, je vous payerais, moi, si j'osais, pour habiter ma maison!... Un homme tel que vous, monsieur l'abbé, vaut six cents francs par an, outre son loyer, pour un vrai propriétaire... Mais voyez un peu ma peine!... Ah! les pauvres gens sont bien malheureux!... Je suis exproprié, monsieur l'abbé, je suis exproprié!... Monsieur le préfet a besoin d'un boulevard qui descende jusqu'à la rivière. Il veut avoir la vue de la rivière! Ma maison l'empêche de prendre le frais au clair de la lune sur sa terrasse...

— Et vous serez indemnisé, au moins?

— Comme ci, comme ça, monsieur. Est-ce qu'on peut savoir? On m'offre une rente de douze mille francs sur la ville.

— C'est beaucoup.

— Le capital? oui, monsieur, et si l'on me le comptait là, aujourd'hui, sur la table, je serais bien heureux! mais la rente?... A tout moment, la ville peut faire faillite, et mes douze mille francs seront fricassés et réduits à cinq ou six mille!... peut-être à trois mille! peut-être à rien!... Les financiers d'aujourd'hui sont si canailles!

Ses lamentations durèrent encore quelques minutes. Mais, enfin, il se calma et me dit:

— Monsieur l'abbé, *ce n'est pas tout,* ça. Puisque je n'ai plus *celui* de vous loger, voulez-vous me permettre de vous indiquer un logement tranquille, à bon marché, où vous serez comme un coq en pâte?

— Dites...

— Eh bien, mon compère Jean Muret, quincaillier, au coin de la place d'Armes, vient de renvoyer son locataire du premier, qui faisait beaucoup d'embarras et qui ne le payait guère. La maison est bien placée, à quelques pas de la cathédrale et de l'évêché, au centre de la ville. Le jardin est très grand, et personne n'y entrera, excepté vous et le propriétaire... La famille Muret est très honnête, très tranquille. La mère et la fille sont comme des saintes...

Je me souvins alors de cette charmante jeune fille que j'avais remarquée un an auparavant, le jour où je prêchais mon premier sermon, et je répondis:

— Mais savez-vous si M. Muret?...

— Oh! pour lui, j'en suis sûr. Je lui en ai parlé ce matin... Voulez-vous venir avec moi voir le logement?

— Je le veux bien; allons...

XXIV

Au coin de la place d'Armes et de la rue qu'on appelle Royale, Nationale ou Impériale, suivant le nom du gouvernement nouveau qui se charge tous les quinze ou vingt ans de faire le bonheur du peuple français, se trouve la maison du quincaillier Muret.

C'est là que mon propriétaire désolé d'être forcé de se séparer de moi (du moins il eut la politesse de le dire) avait résolu de me procurer un logement.

La maison est assez étroite, mais propre et bien bâtie. Elle n'a que deux étapes. Le premier et le rez-de-chaussée étaient occupés par la famille Muret; le second était vide et se composait de trois chambres. C'est celui qu'on me destinait.

Chemin faisant, mon obligeant propriétaire me fit le portrait de la famille auprès de laquelle j'allais demeurer.

— Pierre Muret, dit-il, est un brave homme, qui vit à son aise, quoique sa famille soit assez nombreuse.

Il est venu des environs d'Issoire, où il avait appris l'état de chaudronnier. Par degrés, à force de travail et d'économie, il est devenu quincaillier. Vous n'imagineriez jamais, monsieur l'abbé, la réputation de ses chaudrons. On vient en acheter de plus de trente lieues à la ronde... Avec cela, il est entrepreneur de maçonnerie. C'est lui qui a bâti la maison de M. Bonnard, l'avocat, qui est au coin de la place d'Anjou, à côté de la Halle.

— Quel âge a-t-il?

— Cinquante-cinq ans ou à peu près; et sa femme, cinquante. Tous deux sont venus en sabots, et à pied, de leur pays;

mais, à présent, ils pourraient y retourner en voiture. Savez vous que le fils aîné est chef de rayon au magasin de la *Ville de Rouen*, rue Montmartre ; que la fille aînée est mariée depuis deux ans à M. Bringuet, le marchand de toiles, et la cadette au fils Brochet, qui est marchand de vins à Sancy.

Quel intérêt pouvais-je prendre à des gens que je ne connaissais pas encore ?.,. Il est pourtant vrai que j'écoutais le discours de mon propriétaire, avec plus d'attention que je n'en aurais eu pour la plus belle et la plus touchante histoire. L'instinct va souvent plus loin que le raisonnement.

— Est-ce là toute la famille ? demandai-je enfin.

— Les deux plus jeunes, continua mon propriétaire, demeurent avec leurs parents. Mlle Lise est déjà bonne à marier, car elle a dix-sept ans passés ; mais le père Muret, qui l'aime plus que ses yeux, ne veut pas s'en séparer. Il veut que son gendre soit quincaillier comme lui, ou du moins vive à côté de lui. Voyez-vous, il a une passion pour sa fille !.... Tout ce qu'elle veut, il le veut... Et la mère ! Je crois qu'elle est folle de cette enfant. Mais il faut avouer que Mlle Lise est la perle du quartier. On la voit soir et matin dans le magasin coudre ou travailler pour la famille. Elle ne sort que pour aller à l'église, qui est en face, ou pour se promener dans la campagne avec ses parents... Et, tenez, vous avez dû la voir bien souvent, monsieur l'abbé, car elle passe toute la matinée au comptoir, derrière la vitre.

Effectivement, je l'avais vue, et même remarquée et admirée. Mais je n'en fis rien paraître.

— Et le dernier enfant, dis-je encore, est-ce aussi une fille ?

— Oh ! pour celui-là, non. C'est un gentil garçon qui n'a pas plus de huit ou neuf ans, et que le père et la mère veulent pousser dans le latin, les sciences et tout le tremblement. On va l'envoyer au lycée l'année prochaine.

Muni de ces renseignements, j'entrai avec mon propriétaire dans le magasin du quincaillier.

Il était environ midi un quart. C'est l'heure du dîner en province, et toute la famille était à table dans l'arrière-boutique.

Au bruit que fit la sonnette d'entrée Mlle Lise accourut.

C'était bien elle, — je veux dire la charmante fille qui me contemplait avec une admiration si naïve le jour de mon premier sermon. Depuis ce temps là, je l'avais entrevue bien souvent derrière la vitre du magasin, et elle m'avait vu bien souvent aussi : mais d'un commun accord et sans savoir pourquoi, nous baissions toujours les yeux.

Cette fois, la rencontre était inévitable, et sans prévoir l'avenir, je sentais mon cœur palpiter comme à la veille d'un grand et redoutable événement.

Mais quel événement ! Saluer une jeune fille inconnue et visiter un logement !

Lise aussi m'a dit souvent, depuis ce temps-là, qu'elle avait éprouvé en me voyant une émotion insurmontable.

Ce qui est vrai, c'est que j'eus grande peine à dire :

— Mademoiselle, je viens vous prier de me faire voir le logement vide que...

Lise rougissait. Je balbutiai... Mon propriétaire, homme de sang-froid, qui ne comprenait rien à notre émotion réciproque, acheva ma phrase.

— Mademoiselle, c'est le logement dont j'ai parlé à mon ami Muret.

— Messieurs, dit Lise avec effort, prenez, je vous prie, la peine d'entrer. Je vais avertir papa.

Mais papa qui, de l'arrière-boutique, entendait la conversation et voyait l'embarras de sa fille, se leva en toute hâte, essuya ses grosses lèvres avec sa serviette et vint lui-même au-devant de nous.

Il tendit cordialement la main à son compère et me salua d'un air de déférence respectueuse.

— Voici, dit mon propriétaire, M. l'abbé Passereau dont je vous ai parlé ce matin. Sur le bien que je lui ai dit de vous, de votre famille et logement, il est venu vous rendre visite, et si vous voulez, dans trois jours il sera votre locataire.

A ces mots, Mme Muret la mère se leva aussi, poussée, comme je pense, par une louable curiosité, et le petit Edouard, se voyant seul en face du pot au lait, le vida promptement à moitié dans son écuelle, après quoi, non moins curieux que ses parents, il vint aussi, la serviette au cou, pour me recevoir.

Et vraiment, il était gentil, lui aussi, avec ses petits yeux noirs pleins de malice et de vivacité, et ses cheveux blonds bouclés comme ceux de sa sœur.

— Si vous voulez prendre la peine de passer par là, monsieur l'abbé, dit Muret, je vais vous faire voir...

Je l'interrompis en m'excusant de l'avoir dérangé et le priant de continuer son dîner. Nous attendrions dans le magasin.

— Je ne souffrirai pas, monsieur l'abbé... reprit la mère à son tour.

Mais Muret coupa court à ces politesses mutuelles en m'invitant, si cela ne me déplaisait pas trop, à passer dans l'arrière-boutique. Il aurait fini de dîner dans trois minutes ; et si son compère et moi, nous n'avions pas trop de répugnance pour un petit verre de vieux cognac...

Le compère n'avait aucune répugnance, ni moi non plus.

Nous entrâmes donc tous ensemble dans l'arrière-boutique, et la conversation s'engagea tout d'abord sur l'élévation de la température, champ de bataille connu de toutes les conversations, puis sur le prix du vin, qui devait être excellent et très abondant cette année, car disait mon propriétaire il n'y a pas eu de foin.....

Mais la raison n'était pas sans réplique. Muret déclara que la vigne avait coulé presque partout, que le raisin, il est vrai, mûrirait bien, mais qu'il y en aurait peu, que le vin se vendrait fort cher, et qu'il fallait se hâter de faire ses provisions.

L'autre lui tapa sur le ventre en riant et clignant de l'œil.

— Vous avez des vignes, papa Muret ; allons, avouez-le, et vous voulez effrayer les acheteurs.

Je passe les grosses plaisanteries qui suivirent.

Pendant ce temps, je regardais l'intérieur de la maison, les poutres noircies et le grand lit à la duchesse qui garnissait le fond de la chambre, car la salle à manger était chambre à coucher aussi et servait au père Muret et au petit Edouard, dont le lit de fer accompagnait le grand lit paternel comme une chaloupe légère accompagne un grand vaisseau à trois ponts et se tient dans son sillage.

Au premier étage était la chambre de Mme Muret et de Mlle Lise.

Toute la maison avait cet air de propreté qui fait la gloire des bonnes ménagères. Pas un grain de poussière sur les meubles, pas une toile d'araignée dans les coins obscurs de la chambre, pas un objet hors de sa place. Tout était parfaitement rangé et harmonieux.

Et la physionomie des habitants répondait à celle du logis.

En les voyant, je pensai que le hasard ne pouvait pas mieux me servir, et qu'il me serait doux de vivre avec de tels voisins.

Cependant le dîner, d'ailleurs assez frugal, touchait à sa fin.

Le père Muret nous versa le petit verre de cognac qu'il avait offert au commencement, puis un verre de cassis que sa femme et sa fille avaient distillé elles-mêmes, et il avançait déjà la main vers la bouteille d'anisette, lorsque je me levai pour mettre fin à ces libations.

Il s'en aperçut, et se leva lui-même sans insister, sachant très bien que l'hospitalité parfaite consiste à tout offrir en laissant à l'hôte la liberté du refus.

Il me montra tout l'appartement qu'on me destinait, et qui était en effet fort agréable.

L'air et le soleil entraient à flots dans les chambres.

Le prix — trois cents francs par an, — fut à peine discuté. J'avais hâte d'accepter.

— Monsieur l'abbé, dit Mme Muret, voici votre escalier qui est indépendant du nôtre. Voici vos clefs. Vous pourrez rentrer à l'heure qu'il vous plaira, sans déranger personne. Quant à votre appartement...

J'interrompis pour dire que j'avais une vieille femme de ménage.

— J'en suis bien aise, dit Mme Muret, car ma servante a beaucoup de travail dans la journée... Cependant, si vous aviez besoin de quelque chose, Lise et moi nous sommes à votre disposition... Vous n'avez qu'à parler.

Mademoiselle Lise baissa les yeux en entendant ces mots.

Le père Muret étendit la main à l'horizon.

— Vous serez très bien là, dit-il. La fenêtre de votre chambre à coucher donne du côté de l'orient, et vous aurez le soleil de première main. C'est un avis de se lever matin.

Il se mit à rire de bon cœur, comme s'il avait dit la plus belle chose du monde.

— Quant à la salle à manger, continuat-il, elle regarde le couchant. C'est encore une très bonne disposition pour les personnes mélancoliques... Vous aurez de plus la jouissance du jardin, en commun avec nous... Nous n'allons presque jamais dans le cabinet qui est au fond sous les arbres... Vous pourrez y dire votre bréviaire, si cela vous fait plaisir. Je vous laisserai le carré de choux qui est à droite... Vous voyez que les murs sont très hauts, et que les voisins ne peuvent jamais regarder chez nous. Notre maison est la plus paisible du quartier. On n'y entend aucun bruit, excepté lorsque ce galopin...

Et il désigna Edouard, qui fit la grimace.

— ... Lorsque ce galopin se met à crier et à traîner sa voiture dans les allées ; mais cela ne durera pas, nous l'enverrons au lycée dans trois mois.

A ces mots, la grimace devint plus forte.

Je caressai l'enfant et je dis :

— Voulez-vous que je me charge de son éducation ?

— Ah ! monsieur l'abbé, s'écria la mère, je n'aurais jamais osé vous en prier.

— Osez toujours, répliquai-je ; et toi, Edouard, veux-tu étudier avec moi ?

— Oh ! oui , monsieur l'abbé, s'écria l'enfant tout joyeux. Ma mère et ma sœur disent que vous êtes si savant, si pieux, si bon et que vous parlez si bien !

Tout le monde parut content de cet arrangement. J'en étais ravi moi-même plus que je ne puis le dire.

XXV

Je passai cinq mois environ dans la tranquillité la plus parfaite.

La lettre suivante que je retrouve parmi d'autres papiers donnera une idée de la vie que je menais en ce temps-là.

« N..., 31 octobre 1854.

» *A M. Bouvier, curé de Sancy.*

» Cher oncle,

» Vos bonnes lettres, toujours trop rares et trop courtes à mon gré, me sont d'un merveilleux secours pour supporter les ennuis inséparables de la solitude forcée où je vis. Depuis la mort de ma pauvre mère, vous êtes mon seul parent, mon seul protecteur et, pour tout dire, mon seul ami.

» Ne croyez pas pourtant, cher oncle, que je doive me plaindre de ma destinée. La divine Providence, qui a daigné elle-même me pousser dans la voie où je suis entré aujourd'hui, semble, au contraire, tout aplanir sous mes pas. Je suis heureux, j'ose le dire, de toutes les manières.

» Monseigneur, qui ne me perd jamais de vue, a daigné lui-même me féliciter de mes succès « oratoires ». Oui, Sa Grandeur honore presque tous mes sermons de sa présence, et me témoigne de temps en temps sa satisfaction.

» Hier encore, elle me disait : Mon cher abbé, je suis content de vous, très content ; vous êtes l'exemple et l'honneur de mon diocèse, et je me sais bon gré d'avoir encouragé vos débuts. Persévérez, et vous pourrez prétendre aux plus hautes dignités de l'Eglise.

» Ce ne sont pas de vaines paroles. Sa Grandeur m'a choisi déjà plusieurs fois pour remplir des missions de confiance. Elle a daigné me lire d'avance deux ou trois de ses mandements et solliciter mon approbation, — que je n'ai pas fait attendre, comme vous pouvez croire, — car, outre la reconnaissance que je dois à ses bontés, je trouve qu'en effet le style de Monseigneur est inimitable.

» C'est un composé de l'évêque et du grand seigneur, où les écrivains laïques ne pourront jamais atteindre Quelquefois Sa Grandeur paraît dédaigner les règles de la syntaxe ou du goût littéraire, mais c'est pour prendre un plus grand essor et s'élever dans l'azur. Pas plus que Bossuet, elle ne s'interdit, au milieu des tirades les plus éloquentes et les plus sublimes, les comparaisons triviales qui donnent plus de relief à la pensée. C'est ainsi qu'elle écrivait dans son dernier mandement :

» Au milieu des splendeurs éblouis-
» santes de la création, par delà les étoi-
» les et les mondes inconnus que l'ima-
» gination de l'homme peut à peine se
» figurer, quand la trompette du juge-
» ment dernier sonnera, quand nous pa-
» raîtrons devant l'Eternel, quand les
» anges, les archanges, les chérubins, les
» vertus, les puissances, les dominations
» se tiendront debout à sa droite, le glai-
» ve au poing, rayonnant d'un bonheur cé-
» leste et n'attendant qu'un signal pour
» obéir aux divins commandements,
» l'impie seul, triste et désespéré, sera
» livré aux exécuteurs de la justice divine
» qui le saisiront dans leurs doigts terri-
» bles et l'écraseront comme un pou ! »

« Quelquefois Monseigneur, comme un sculpteur habile, veut bien me prendre pour secrétaire et me charger de dégrossir le bloc de ses brochures et de ses mandements. Sa Grandeur, en ce cas, me laisse le soin de choisir les arguments et les citations , d'en montrer l'enchaînement et la logique; mais elle se réserve toujours de polir la statue ; en d'autres termes, son style est bien à Elle, et comme je vous le disais tout à l'heure, il est inimitable.

»Monseigneur, qui pense à tout, a bien voulu me présenter lui-même et me recommander dans quelques salons où se réunit l'aristocratie de la province. Personne, excepté les grands-vicaires et moi, n'entre là, s'il ne date au moins d'Henri IV. C'est vous dire que la faveur dont je jouis est tout à fait extraordinaire et me fait quelques envieux. Mais j'ai appris de vous, cher oncle, à ne pas m'enorgueillir de choses si vaines. L'habit dont je suis revêtu n'ouvre-t-il pas, d'ailleurs, toutes les portes ?

» De tous les salons de N..., le plus aristocratique, à coup sûr, est celui de Mme la baronne de Clerfontaine; c'est aussi celui où je reçois le meilleur accueil. Mme la baronne a pour moi des bontés sans pareilles. Elle a fait de moi son ami, son conseil, — je dirais presque son directeur de conscience, quoique je ne sois pas son confesseur.

» Je ne me livrais d'abord qu'avec réserve à cette amitié si flatteuse, car je craignais les sots discours dont aucune ville, grande ou petite, n'est exempte ; et s'il faut tout dire, cher oncle, je craignais aussi ma propre faiblesse; la baronne est bien belle et bien séduisante !... mais l'expérience m'a montré que j'avais tort de craindre. La réputation de Mme de Clerfontaine, et j'ose dire aussi, la mienne, sont si solidement établies, qu'aucune médisance n'oserait y mordre; quant à ce qui se passe dans les replis les plus secrets du cœur, je sais qu'aucune pensée équivoque ne pourrait trouver place dans une âme aussi pure que la sienne.

» Je jouis donc délicieusement et sans arrière-pensée du charme de cette intimité que tout le monde m'envie, mais à laquelle personne n'oserait redire. Une fois par semaine au moins, je dîne chez Mme de Clerfontaine ou, pour mieux dire, mon couvert y est mis tous les jours, mais je ne crois pas devoir en user davantage. Le mercredi soir je vais y faire la partie de whist avec Monseigneur, qui va ordinairement ce jour-là chez sa nièce. Mais Sa Grandeur se retire de bonne heure ; c'est là que souvent, dans un coin, pendant que l'on joue et que l'on fait de la musique autour de nous, Mme de Clerfontaine m'ouvre librement son cœur. Nous causons quelquefois pendant trois quarts d'heure des charmes de l'a-

mour divin, de la vie éternelle, du bonheur que nous goûterons à retrouver dans l'autre monde les chères âmes que nous aurons aimées dans celui-ci, etc., etc.

» De temps en temps, quelque jeune fille qu'une mère prévoyante veut produire et pousser dans le monde, interrompt les quadrilles qu'elle jouait sur le piano, et veut retourner à sa place ; mais Armande se lève aussitôt, et avec mille caresses et mille compliments, l'oblige à recommencer le morceau déjà joué ou à déchiffrer quelque *variation brillante.* — Est-ce que cela vous amuse ? lui demandais-je l'autre jour.— Pas beaucoup, mon cher abbé ; répondit-elle avec un charmant sourire ; mais ne voyez-vous pas que cette petite tapoteuse viendrait se jeter au travers de notre conversation? Ne vaut-il pas mieux qu'elle écorche Schubert ou Rosellen ?

» Au reste, l'affection de Mme de Clerfontaine n'est pas tout à fait exempte de jalousie. Hier encore, elle me reprochait assez vivement les visites fréquentes que je faisais à Mme de Caméran. J'eus beau m'en défendre et dire (ce qui est vrai) que mes visites sont de pure bienséance, que j'y vais fort rarement...

— « Jurez-moi, interrompit-elle, jurez-moi, mon cher abbé, que Mme de Caméran est laide et ennuyeuse, et je vous accorde votre pardon! »

» Je m'excusai fort de jurer une telle chose, ce qui serait peu séant à un ecclésiastique, mais j'en donnai volontiers ma parole d'homme, et fort heureusement elle voulut bien s'en contenter.

» J'espère que vous ferez de tels enfantillages, cher oncle, tout le cas qu'ils méritent.

» Pour tout le reste, je mène une vie laborieuse et retirée. J'ai trouvé au centre même de la ville, à quelques pas de la cathédrale un logement très commode et très agréable chez les meilleurs et les plus honnêtes gens du monde. Cinq fenêtres, — deux à l'orient, trois au midi. Ces dernières donnent sur un grand jardin dont les murs hauts de trente pieds arrêtent la curiosité des passants. Au fond, une allée de tilleuls, un cabinet où je travaille quelquefois et une solitude profonde. Derrière le mur se trouve une ruelle déserte, et au delà de la ruelle, les jardins de l'évêché, qui descendent vers la rivière par six terrasses ou escaliers.

» Pas une voiture ne traverse la ruelle. Pas un bruit ne se fait entendre. De mes fenêtres on ne voit rien que le jardin et la vallée. La ville est derrière moi, — une vieille ville que vous connaissez, sans industrie, sans trouble, sans remue-ménage d'aucune espèce. L'herbe pousse dans les rues.

» Mon propriétaire, ancien chaudronnier d'Auvergne, devenu quincaillier, entrepreneur de maçonnerie et riche, met toute sa maison à ma disposition. Mme Muret, sa femme, n'est jamais plus heureuse que lorsque je suis obligé de lui demander un de ces légers services que le voisinage autorise.

» Si je la laissais faire, j'avalerais à moi séul plus de bouillons que tout le reste de la province. Elle a cru découvrir que j'avais la poitrine faible et délicate (à quel signe a-t-elle pu le reconnaître?), et elle me comble d'envois de toute espèce. Le vin de Bordeaux suit les bouillons. Les bécasses suivent le vin de Bordeaux. Je ne sais comment me soustraire à l'hospitalité de Mme Muret.

» Pour y mettre un terme sans offenser cette excellente femme, j'ai consenti à me laisser inviter deux ou trois fois par mois; mais elle ne se tient pas pour battue, et trois fois au moins par semaine je reçois des marques de sa générosité. Enfin, que vous dirai-je, cher oncle? j'en suis souvent embarrassé et presque honteux.

» Mais quand j'essaye de me plaindre, elle me répète avec abondance de cœur et de paroles, protestant qu'elle sait mieux que moi ce qui me convient, que mes austérités détruiront ma santé; qu'elle me doit beaucoup pour les soins que je donne à son fils Edouard; de sorte qu'à la fin je me laisse persuader, ou plutôt que, fatigué de lutter, je lui laisse dire et faire tout ce qu'elle veut. Et elle ne manque guère de sortir triomphante de ma chambre en me laissant un panier de fruits, de gibier, de poisson ou de je ne sais quelle autre victuaille.

» Pour rendre à ces braves gens de quelque manière les soins dont ils me comblent, j'ai entrepris l'éducation de leur plus jeune enfant, le petit Edouard. C'est moi qui lui fais décliner *rosa, rosæ, dominus, domini*, et qui fais expliquer l'*Épitome historiæ sacræ*. L'enfant est fort intelligent et me témoigne une tendresse dont je suis touché jusqu'au fond de l'âme. Il est si rare que les enfants aiment ceux qui leur enseignent les choses arides et désagréables.

» Souvent aussi sa sœur, Mlle Lise, assiste à la leçon et en prend sa part. C'est afin de pouvoir répéter plus facilement à l'enfant ma leçon du matin. Mlle Lise est une personne si douce, si aimable, si docile, si naturellement portée vers le bien et le beau, que l'enseignement (avec son aide), devient agréable, facile, naturel, charmant. Je me surprends quelquefois à

faire ma leçon avec un plaisir que je n'aurais jamais soupçonné qu'on pouvait trouver dans ces graves et pénibles fonctions.

» Voilà, cher oncle, ma vie de tous les jours. Au milieu de ces plaisirs et de ces occupations, je n'oublie pas mon grand ouvrage sur les *Origines du Christianisme et l'Organisation de la primitive Église*. Je suis même étonné des découvertes que je fais chaque jour sur ce sujet en étudiant les Actes des Apôtres et les Apologétiques, des premiers Pères de l'Eglise.

» Adieu, cher oncle, je vous aime et vous embrasse cordialement.

» LUCIEN. »

XXVI

Voici comment je fis connaissance avec Mlle Lise.

Ainsi qu'on l'a vu dans la lettre qui précède, je m'étais chargé, par amitié, de l'éducation d'Edouard Muret, dont on voulait faire un avocat, ou un médecin, ou plutôt, — mais ceci était le vœu secret de la mère, qu'elle n'osait confier qu'à moi, — un élève de l'Ecole polytechnique.

Car c'est une profession en province. Plaider est bien, guérir est mieux; vendre, acheter ou fabriquer est assez mal vu, excepté quand le négociant ou le fabricant est assis sur un million; mais pouvoir mettre sur sa carte :

Ancien élève de l'Ecole polytechnique,

cela équivaut à un brevet de capacité universelle. Pour peu qu'avec cela vous ayez des manières et de la gravité, vous pouvez aspirer à tout et principalement au Sénat.

Donc, Edouard devait être un jour « ancien élève de l'Ecole polytechnique »; mais en attendant, il était forcé d'apprendre l'orthographe et ses annexes.

Chaque matin, il venait dans ma chambre pendant deux heures et recevait sa leçon.

En quelques mois il devint si savant (du moins au jugement de sa mère) que tout le monde en était émerveillé, et que les amis du père Muret s'assemblaient dans son arrière-boutique pour questionner Edouard et faire briller sa science. Mais l'enfant, modeste au milieu de son triomphe, rejetait sur moi la plus grande part de ses succès.

C'était un aimable enfant, vif et doux, paresseux comme tout le monde, mais qui savait au besoin secouer la paresse. Je m'attachais à lui comme il s'attachait à moi, et bientôt nous devînmes inséparables. Il me suivait à la promenade, revenait avec moi dans ma chambre, s'asseyait en face de moi pendant mon travail, et, soit qu'il prît un livre, soit qu'il regardât seulement le feu avec une gravité supérieure à son âge, il demeurait immobile et silencieux. S'il m'arrivait de lever la tête et de rencontrer ses yeux par hasard, il me souriait aussitôt, et ce sourire était pour moi un encouragement au travail.

Un soir, comme il paraissait plus pensif et plus sérieux qu'à l'ordinaire, je lui demandai s'il était malade ou s'il avait quelque chagrin.

Il secoua la tête et dit :

— Non, monsieur l'abbé.

— Pourquoi me regardes-tu d'un air triste ?

— Je vous regarde, mais je ne suis pas triste.

Et il s'enfonça dans ses réflexions.

J'ouvris mon secrétaire, je pris une tablette de chocolat d'Espagne, présent de Mme de Clerfontaine et j'en offris un morceau à l'enfant.

Il le prit avec distraction, le mangea pourtant d'un air de grand appétit, puis il vint s'asseoir sur mes genoux comme il faisait souvent, mit son bras autour de mon cou, et me dit :

— Monsieur l'abbé, croyez-vous que ma sœur Lise soit bien savante ?

— Je n'en sais rien, je ne l'ai jamais interrogée.

— Mais croyez-vous qu'elle pourrait devenir savante ?

— Oui, si elle étudiait.

Cette réponse, tout à fait incontestable, parut faire rêver Edouard. Enfin, après quelques minutes, il prit une grande résolution :

— Monsieur l'abbé, voulez-vous me promettre de ne pas dire un grand secret ?

— Quel secret, mon ami ?

— Oh ! il faut d'abord que vous promettiez.

— Je te le promets.

— Jurez-le-moi.

— Entre gens d'honneur, Edouard, la parole suffit.

— Oui, dit Edouard, mais c'est un si grand secret !... Maman me gronderait si elle savait que je vous en ai parlé d'avance.

— Eh bien, mon ami, souviens toi de la parole du sage : si tu veux qu'on garde ton secret, garde-le toi-même.

Mais ma discrétion obstinée ne faisait pas le compte de l'enfant. Moins je me souciais d'entendre, et plus il avait envie de parler. Enfin il m'ouvrit son cœur.

— Eh bien, monsieur l'abbé, puisque vous ne voulez pas le savoir, je vous dirai tout. Hier au soir, on m'a interrogé.

— Qui ?

— M. l'avocat Regnard Lodbrog.

— Sur quoi ?

— Sur l'histoire de France et la géographie.

— Et tu as bien répondu ?

— Très bien. M. Regnard Lodbrog a dit qu'il n'avait jamais rien entendu de pareil.

— Prends garde au péché de vanité, Edouard !

— Oh ! n'ayez pas peur, monsieur l'abbé. Et, comme M. Lodbrog faisait son compliment, papa et maman ont dit que c'était vous qui me donniez des leçons ; et après le départ de M. Lodbrog, ils ont été si contents, que papa a dit (mais c'est un secret) qu'il voulait vous donner pour votre fête un panier de vin de Vouvray, et maman une douzaine de couverts de vermeil pour monter votre maison quand vous serez évêque, et ma sœur Lise vous brode une douzaine de surplis.

J'étais touché jusqu'au fond du *cœur* de la reconnaissance naïve de toute la famille.

— Et toi ? lui dis-je enfin. Ne feras-tu rien pour moi ce jour-là ?

— Oh ! moi, je vais apprendre par cœur la tragédie d'*Esther*, et je sais que cela vous fera plus de plaisir que tout le reste.

Je l'embrassai pour ce mot.

— Mais ce n'est pas tout, continua Edouard d'un air encore plus mystérieux.

— Ah ! mon Dieu ! Qu'y a-t-il donc ?

— Il y a que ma sœur Lise, oui, ma grande sœur Lise, qui a sept ans de plus que moi, me disait ce matin : Que tu es heureux de devenir si savant, Edouard !

— Eh bien ! qu'elle étudie comme toi !

— C'est ce que j'ai dit ; mais elle m'a

répondu : Avec qui veux-tu que j'étudie ? Est-ce que je sais étudier, moi ? Toi, à la bonne heure : M. l'abbé te montre tout ce qu'il faut faire. — Eh bien, veux-tu que j'en parle à M. l'abbé ? — Oh ! je n'oserai jamais. — Oui, mais j'oserai, moi... — N'en parle pas, je ne veux pas ! Edouard, nous serons brouillés si tu en parles ! Je suis sorti sans l'écouter..... N'est-ce pas, monsieur l'abbé, que vous voudrez bien donner des leçons à Lise, en même temps qu'à moi ?...

Je ne répondis pas d'abord à cette question. Sans être de ces esprits prévoyants et circonspects qui devinent l'approche du danger et savent se garder à temps, je craignais toujours de faire quelque fausse démarche.

Etonné de mon silence, Edouard reprit :

— Est-ce que vous me refusez, monsieur l'abbé ?

Et il parut fort attristé de ce refus, qu'il n'avait pas prévu.

Je lui fis quelques caresses pour le consoler et je dis :

— Avant tout, il faudrait que mademoiselle Lise eût le consentement de ton père et de ta mère.

— Pour devenir savante ? s'écria Edouard plein de joie. Je suis sûr que papa et maman le donneront bien volontiers.

Je n'en étais pas aussi sûr que lui, mais je ne voulus pas le décourager. Au fond, cependant, je craignais et je désirais que la négociation réussît.

Est-il besoin de dire la raison de ces deux sentiments contradictoires ? Si j'avais été sage, j'aurais suivi les conseils de l'*Imitation de Jésus-Christ* ; je me serais détaché des créatures pour me renfermer dans l'amour et la contemplation du Créateur ; mais quoi ! je fus faible ; je crus ne céder qu'à un bon mouvement, je crus remplir un des devoirs de mon état, ou plutôt Satan qui veille et guette sans cesse autour de nous, *quærens quem devoret*, me fit illusion à moi-même sur ma propre sagesse.

Hélas ! que j'ai eu sujet de m'en repentir !

XXVII

Enfin le jour de ma fête arriva, et tous les présents prédits par Edouard me furent offerts par la famille assemblée. M.

Muret déposa modestement dans ma chambre le glorieux panier de bouteilles de Vouvray ; Mme Muret glissa sur la cheminée une très jolie boîte recouverte de chagrin et contenant les couverts de vermeil. Mlle Lise qui rougissait et osait à peine entrer, quoique accompagnée de son père et de sa mère, m'offrit une douzaine de surplis ourlés par ses blanches mains, et mon ami Edouard récita d'un bout à l'autre la tragédie d'Esther, excepté deux vers auxquels il donna quatorze syllabes et un troisième qui seul de son espèce n'avait que neuf pieds, et que pour cette raison nous appelâmes :

Le Vers solitaire.

Cette plaisanterie, répétée par Edouard à tous ses amis, passa pour l'une des choses les plus gaies et les plus spirituelles qui eussent jamais honoré l'Eglise de France.

Pour comble d'honneur, je fus embrassé par toute l'assemblée, — Mlle Lise exceptée, qui n'osa s'avancer, et que je me contentai de saluer avec respect.

Puis il fut décidé, malgré moi, mais je ne pus m'en défendre, que Mme Muret, ornée de son chapeau à plumes, irait inviter ses autres enfants à célébrer ma fête dans un banquet dont la quincaillerie devait garder le souvenir.

Enfin, que vous dirai-je ? J'étais, malgré moi, le héros de toute la famille. On ne parlait que de moi ; l'on ne jurait que par moi : toutes mes paroles passaient en proverbe, et les quatre mots :

« Comme dit M. l'abbé. »
semblaient être le début naturel de tous les discours.

Il fallut donc céder au vœu de Mlle Lise, transmis par sa mère, et l'admettre aux leçons que je donnais à mon ami Edouard.

Je me souviens encore de la première soirée de cet enseignement.

C'était au printemps de 1855, vers cinq heures de l'après-midi. Lise, les cheveux négligemment noués, vêtue d'une robe noire qui faisait admirablement ressortir l'éclat éblouissant de son teint blanc et rose, vint s'asseoir à côté d'Edouard dans le cabinet qui est au fond du jardin.

Il s'agissait de leur raconter la première croisade.

Je commençai par peindre l'état affreux de la Palestine depuis la mort de Jésus-Christ, les guerres civiles, les massacres, Jérusalem conquise et détruite par les Romain Titus, — délice du genre humain,— qui fit périr de faim, sous le sabre ou dans l'Amphithéâtre, plus de neuf cent mille Juifs, juste châtiment de l'horrible sacrilége que cette race impie avait commis en assassinant Son Sauveur et son Dieu.

Ensuite, je montrai la clémence et la bonté du Dieu de miséricorde, Sainte-Hélène, mère du glorieux Constantin, plantant sur le Saint-Sépulcre l'étendard de la Croix, saint Jérôme illustrant de sa pénitence et de ses vertus la solitude de Bethléem ; mais les hérétiques remplissent de nouveau la Terre-Sainte, et Dieu inflige nouveau châtiment, c'est-à-dire un nouvel avertissement à son Eglise.

Mahomet et les hordes arabes, et plus tard les Turcs, envahissent Jérusalem, souillent de tous les crimes et de toutes les tyrannies le berceau du Sauveur ; puis l'horizon s'éclaircit ; la nation française, élue par Dieu même pour servir de rempart à son Eglise, arrache Rome aux Lombards, convertit les Thuringiens, les Saxons, les Avares, arrête l'invasion des barbares idolâtres d'Attila, et celle des Maures musulmans ; refoule ceux-ci au delà des Pyrénées, rétablit partout la vraie foi, conquiert l'Angleterre et la soumet au joug de saint Pierre, chasse les Sarrasins d'Italie, les poursuit jusqu'en Sicile et en Sardaigne, et enfin, prenant les armes tout entière au signal d'un simple moine, traverse l'épée à la main l'Europe et l'Asie et monte, sous la conduite de Godefroy de Bouillon, de Tancrède et du comte Raymond de Toulouse, à l'assaut de Jérusalem.

Voilà, disais-je en finissant, par quels exploits la France a mérité d'être appelée la fille aînée de l'Eglise et d'entraîner à sa suite, même quand elle est frappée d'aveuglement et d'erreur, le monde civilisé tout entier. Aimez-la bien, mes enfants, cette chère patrie, cette mère vénérable qui a porté dans son sein tant de saints, tant de héros, tant de grands hommes ; car, après la patrie céleste, il n'en est pas de plus belle.

Elle a souvent commis de grandes fautes et même de grands crimes ; mais elle a aimé la justice et haï l'iniquité, et voilà pourquoi Dieu lui tend la main sur le bord des précipices, pourquoi tous les peuples ennemis, réunis contre elle et la tenant sous leurs genoux, terrassée, épuisée de sang, presque désespérée, n'osèrent lui porter le coup mortel.

Lise m'écoutait en silence, avec une attention profonde. Je suivais dans ses yeux toutes ses émotions, et j'étais ému moi-même de son silence. Nos âmes commençaient à s'entendre et à se sentir unies par le même enthousiasme.

Quand la leçon fut finie, elle se leva, me salua profondément et rentra dans la maison, où Edouard ne tarda guère à la rejoindre. Tout le jour je revis dans ma solitude ce doux et charmant visage ; il me poursuivait jusque dans la lecture des Pères de l'Eglise, jusqu'au milieu des discussions d'Arnauld et des Jésuites sur la grâce suffisante ou efficace.

Quelques jours après, pendant qu'assis à mon bureau, j'essayais de travailler, un laquais galonné entra et me remit le billet suivant :

« Mon ami, voulez-vous me faire le plaisir de dîner ce soir en tête-à-tête avec moi ? Ma porte sera fermée à tout le monde. J'ai besoin de vos conseils. Il s'agit de prendre une résolution irrévocable et qui décidera de ma vie entière. Je compte sur vous, n'est-ce pas ?

ARMANDE DE CLERFONTAINE.

Pouvais-je hésiter ? L'attachement que j'avais pour le nom et la famille de Sancy, la confiance et l'amitié que me témoignait Armande ne me le permirent pas.

J'arrivai donc chez elle à l'heure indiquée.

XXVIII

Armande était assise ou plutôt à demi couchée sur une chaise longue, dans l'attitude d'un convalescent qui commence à recouvrer la santé. Ses beaux yeux bleus, si doux et si fiers n'avaient rien perdu de leur éclat. Sa pose nonchalante était pleine de grâce et d'abandon. Sa robe même, à peine serrée à la taille, tombait à plis flottants autour d'elle avec une langueur, — j'ose à peine le dire, — presque voluptueuse.

En me voyant, elle se leva à demi, me tendit sa main blanche comme l'ivoire et transparente comme l'opale, et me dit avec effort :

— Je vous remercie, mon ami, d'être venu. J'avais besoin de vous voir. Mais ce n'est pas le moment de vous parler de mes affaires. Je vous les dirai après dîner. Asseyez-vous en face de moi, de l'autre côté de la cheminée.

J'obéis, et elle reprit sa première pose, ni assise, ni couchée, croisant le genou droit sur le gauche. Dans ce mouvement, d'ailleurs si naturel, j'aperçus au-dessus d'un petit pied, très mince, bien cambré et divinement modelé par la nature, une cheville charmante que la pantoufle de couleur écarlate faisait valoir et ressortir d'une façon admirable.

Je baissai les yeux, m'efforçant de regarder le feu de la cheminée ; mais, par un malheureux instinct, ils revenaient obstinément à la pantoufle et à un jupon de dentelle dont l'extrémité n'était séparée de la pantoufle que par un court intervalle.

Elle s'en aperçut enfin et s'assit tout à fait, ce qui interrompit fort à propos ma rêverie. Puis, étendant la main, elle tira la sonnette.

— Justine, mettez le couvert.... Vous m'excuserez, mon ami, ajouta-t-elle, si je vous fais dîner dans ma chambre à coucher... La saison est très froide... la cheminée de la salle fume depuis quelque temps, et les ouvriers ne sont pas encore venus...

Je protestai que cet arrangement ne me gênait en rien. J'attendais, je dois le dire, avec une curiosité singulière les communications qu'Armande m'avait promises, et en même temps, sans savoir pourquoi, ce tête-à-tête, cet air de mystère me troublaient d'avance et me mettaient hors de garde.

Le dîner fut servi sur un guéridon, — vrai dîner de choix. — Deux ou trois plats seulement, mais exquis ; des vins de haut parage et en petite quantité. Armande mangea cependant de bon appétit et m'encouragea par son exemple. Moi-même, quoique préoccupé et peut-être pénétré, à mon insu, d'un sentiment que je n'ose avouer, je fis honneur au dîner.

La femme de chambre qui nous servait, jeune fille brune au fin sourire, nous regardait sournoisement d'un air qui ne me mettait pas à l'aise. On eût dit qu'elle attendait ou prévoyait certaines choses qui pourraient bien fournir un sujet de chronique.

Je fis cette réflexion plus tard, — et trop tard.

Enfin, Justine leva le couvert et nous laissa seuls.

Armande garda le silence pendant quelques minutes comme si elle hésitait, à cause de la gravité des confidences qu'elle devait faire ; enfin, après un léger soupir, elle me dit :

— Mon ami, puis-je compter sur votre discrétion absolue ?

Je la rassurai sur ce point.

— Et sur une franchise égale à votre discrétion, — la franchise du seul ami à qui je puisse confier mes pensées et demander conseil ?... Songez qu'il ne s'agit pas d'une vaine promesse, car la situation où je me trouve est bien délicate, et ce ne sont pas seulement les vagues conseils d'un prêtre ou d'un ami ordinaire que j'attends de vous... Au reste, vous allez en juger.

Elle fit une pause et reprit :

— Quand je vous ai parlé de moi, l'an dernier, pour la première fois, je ne vous ai pas tout dit, mon ami, je n'ai pas osé vous faire une confidence complète. Je craignais trop de porter atteinte à l'honneur d'un homme dont, après tout, quels que fussent ses torts envers moi, j'avais accepté le nom. Mais le moment est venu de lever tous les voiles. M. de Clerfontaine, par sa conduite indigne, m'a mise enfin dans la nécessité de prendre un parti décisif.

Tant de préparatifs aiguillonnaient ma curiosité. Quel pouvait donc être le crime de M. de Clerfontaine. Au reste, quel qu'il fût, je l'avais condamné d'avance.

Et qui n'aurait condamné comme moi en voyant les larmes que faisait couler ce coupable gentilhomme, car je pouvais dire comme le malheureux Thésée :

J'ai vu, j'ai vu couler des larmes véritables.

Enfin, Armande mit un terme à mon incertitude. Elle se leva, prit dans un chiffonnier un carré de papier imprimé qui paraissait avoir appartenu à plusieurs maîtres, car il était marqué de taches de toute espèce, et me le tendit en disant :

— Lisez cela, mon ami.

C'était un extrait de la correspondance allemande de l'*Indépendance belge* :

« Berlin, 21 octobre.

» On parle beaucoup ici d'une aventure bizarre qui serait arrivée à un diplomate étranger, M. le baron de ***.

» Ce gentilhomme, dont on vante d'ailleurs la politesse exquise et l'urbanité parfaite, aurait eu, dit-on, une querelle fort vive avec l'un des aides de camp de Sa Majesté, le comte de ***.

» On assure que le diplomate étranger qui représente à notre cour l'une des nations les plus puissantes du continent, aurait voulu acclimater à Berlin les traditions galantes de sa nation, et qu'il aurait été fortement soupçonné d'entretenir des relations compromettantes avec Mme la comtesse de ***, femme de M. le comte de ***, aide de camp et agnat de S. M. le roi de Prusse.

» On ajoute que M. le baron de *** profitant d'une absence de M. le comte de ***, à qui Sa Majesté avait donné l'ordre d'inspecter le 5e corps de l'armée prussienne, aurait été rencontré plusieurs fois, et à des heures indues, dans l'hôtel de M. le comte; que celui-ci n'aurait été averti que par une lettre anonyme du tort que les assiduités du baron faisaient à la réputation de Mme la comtesse; qu'il serait revenu subitement à Berlin sans avertir personne; qu'il se serait caché dans son propre hôtel; qu'il aurait acquis de ses propres yeux la preuve de son déshonneur; qu'il aurait tiré, sans l'atteindre, deux coups de pistolet sur M. le baron de ***, qui serait parvenu à s'échapper sans blessure; que le lendemain les deux adversaires se seraient battus en duel; que M. le comte aurait reçu dans la poitrine un coup d'épée, et M. le baron une égratignure légère au bras.

» Les médecins assureraient du reste que la vie de M. le comte de *** n'est pas en danger et qu'un repos de trois semaines lui rendra la santé.

» Ce qui rendrait encore cette aventure plus piquante, c'est le détail suivant que je tiens d'une source très autorisée.

» Il paraîtrait que M. le baron de ***, ne bornant pas ses conquêtes à Mme la comtesse de ***, aurait eu, depuis deux ans, pour maîtresse une jeune cantatrice de la plus grande beauté, Mlle Chouka, célèbre avant ce temps, en Allemagne, par sa vertu autant que par le charme de sa voix.

» Or, cette demoiselle, furieuse de se voir abandonnée, aurait la première éveillé les soupçons de M. le comte de *** et serait parvenue, on ne sait comment, à forcer le secrétaire de M. le baron, à saisir ses lettres d'amour et à les envoyer à M. le comte de ***.

» De là le scandale et le duel.

» C'est la nouvelle du jour, et l'on ne parle pas d'autre chose dans les salons politiques de Berlin. M. le comte de *** est l'un des chefs du parti féodal dont la *Gazette de la croix* est l'organe.

» On prétend que Sa Majesté, très mécontente d'un pareil scandale, aurait fait fort mauvaise mine à M. le baron de ***, lors de la dernière soirée officielle, et qu'elle aurait même demandé le rappel de l'ambassadeur.

» On dit encore que M. le baron de *** indigné de la trahison de Mlle Chouka aurait infligé à cette amante jalouse, outre une verte réprimande, une correction manuelle si vive, que la cantatrice aura été pendant dix jours dans la nécessité de garder la chambre et presque lit, — ce qui aurait interrompu les représentations de *Robert le Diable*, — que le public sera fort mécontent, et que le célèbre Meyerbeer, indigné de cette interruption et de l'accident qui l'a rendue inévitable, sera parti pour Paris.»

— Eh bien, dit Armande, vous avez tout lu... Suis-je assez malheureuse?...

— Mais, madame, qui vous prouve?...

— Que M. le baron de *** est M. de Clerfontaine?... Tout le prouve!... Ne l'avez-vous pas reconnu sous les périphrases entortillées du journal?... Mais, outre qu'il est assez clairement désigné dans cet article, j'ai des preuves plus certaines... Lisez-moi ceci.

Elle tira de sa poche une lettre froissée.

— Pas de signature! lui dis-je.

— Qu'importe? interrompit elle. Au style vous verrez bientôt qu'elle est véridique et qu'elle est de Mlle Chouka... Car j'ai des rivales qui s'appellent Chouka, qui chantent!... et qui dansent devant le parterre!... Chouka!... Le joli nom!... Elle monte à cheval, fume son cigare, boit du genièvre et fait des armes, cette demoiselle!...

A ces mots Armande éclata d'un rire amer.

— Ne croyez pas du moins que je m'offense d'une telle rivalité, dit-elle. Que cette sauteuse prenne M. de Clerfontaine et le garde! Qu'elle l'arrache aux comtesses prussiennes et qu'elle reçoive pour prix de sa jalousie des coups de cravache que m'importe? La fille du marquis de Sancy ne se mettra pas en concurrence avec Chouka; mais que M. de Clerfontaine, ambassadeur, en vue de toute l'Europe, s'expose à ces aventures ridicules qu'il fasse de moi une femme abandonnée, qu'il m'expose à subir la pitié des imbéciles. Oh! c'est cela que je ne pardonnerai jamais! non jamais!...

— Madame, dis-je timidement, il ne faut pas faire de tels serments. La charité chrétienne, le devoir d'une épouse fidèle.

Elle m'interrompit.

— Le devoir d'une épouse !... Et lui, M. le baron, n'a-t-il pas juré comme moi ? N'a-t-il pas des devoirs aussi bien que moi ?... Mais lisez, mon ami, lisez le billet que voici :

« Madame la baronne, quelqu'un qui vous veut du bien...

(C'est toujours, dit-elle ironiquement, de quelqu'un qui nous veut du bien qu'on reçoit de pareilles confidences.)

... » Qui vous veut du bien doit vous avertir de l'horrible et scandaleuse trahison de M. le baron. Cet infidèle et déloyal gentilhomme qui était comme vous savez peut-être, l'amant de Mlle Chouka, du Théâtre-Royal de Berlin, l'a indignement trahie, et vous aussi, madame la baronne... »

— Chouka voudrait me mettre de moitié dans sa vengeance, dit Armande en riant et compte sans doute que je vais comme elle arracher les yeux à mon mari.

Je continuai :

« ... Et vous aussi, madame la baronne, pour la comtesse de Karol-Steinbeck, femme du général-major comte de Karol-Steinbeck. Et quelle comtesse, madame ! Une grande femme rousse, sotte, acariâtre, qui est faite comme un tambour-major ou comme un suisse de paroisse. Je ne sais pas pourquoi les jeunes gens tournent toujours autour d'elle, ni ce qu'ils trouvent de si beau dans ses yeux de faïence bleue.

» M. le comte a été averti ; il a surpris M. le baron chez Mme la comtesse. Il a tiré deux coups de pistolet et l'a manqué. Mais le lendemain M. le baron l'a presque tué d'un coup d'épée... De plus, il a battu comme plâtre Mlle Chouka. Elle garde encore le lit et portera longtemps ses marques. Ah ! madame, est-ce là le prix dont il devait payer un amour si fidèle, et qui ne lui coûtait rien, car en deux ans, la pauvre Chouka n'a reçu que fort peu de chose de monsieur le baron qui est aussi avare que traître ?...

— Passez les injures qu'on dit à mon mari, interrompit Armande. Je m'intéresse fort peu aux lamentations de Mlle Chouka... Ce billet servait d'enveloppe au carré de papier imprimé que vous avez lu tout à l'heure... Eh bien, mon ami, suis-je assez indignement, je ne dis pas abandonnée, — ce qui m'est fort égal, mais affichée devant toute l'Europe ? M. de Clerfontaine est-il assez sot de me provoquer ainsi ?... Le malheureux ?...

Et quand je pense au sacrifice que je me suis imposé moi-même, dans le secret de ma conscience, n'ayant et ne voulant avoir que Dieu pour confident....

A ces mots, je tressaillis ; j'entrevoyais l'abîme.

XXIX

Oui, continua Mme de Clerfontaine en s'accoudant mélancoliquement, j'ai tout sacrifié à mon mari ; il me doit la plus grande partie de sa fortune, l'alliance des plus nobles familles de France, son ambassade même ; et voilà ma récompense ! Et moi, pendant ce temps, dévouée uniquement à mes devoirs, j'ai vu l'amour s'offrir à moi, et j'ai détourné la tête... car vous ne savez pas, mon ami, vous ne pouvez pas savoir...

Elle poussa un profond soupir, et leva les yeux sur moi. Son regard rencontra le mien, et je me sentis frémir intérieurement.

Parler d'amour, c'est faire l'amour, dit-on. Je ne parlais pas encore, mais j'écoutais. On me faisait ou l'on allait me faire d'étranges confidences.

J'aurais dû les repousser et sortir. Quelle funeste curiosité me retint, cloué sur mon fauteuil ?...

Et cependant, je le jure, non, je n'avais pas de pensée coupable. Si j'écoutais, c'était pour mieux connaître la profondeur de la blessure ; c'était pour guérir une âme en péril.

Et quelle âme !

Jamais Armande n'avait été plus belle. Aux grâces de la première jeunesse, elle joignait toutes les séductions d'une femme qui connaît le monde et qui en est l'idole. Sa beauté était célèbre dans trois ou quatre départements. Sa naissance était illustre. Son mari tenait l'une des premières places parmi ces oisifs de haute volée qui décident au hasard du destin des peuples. Sa fortune était immense, quoiqu'un peu entamée par les folles dépenses de M. de Clerfontaine. Tous ceux qui la voyaient lui faisaient une cour assidue. Vingt gentilshommes de bonne mine et de petite cervelle venaient caracoler tous les jours sous sa fenêtre, espérant être remarqués et recevoir un regard ou un sourire.

Monseigneur Grégoire lui-même, oui, Monseigneur, si altier, si impérieux, si rempli de confiance dans ses propres lumières, ne faisait rien, disait-on, sans la consulter, et plus d'un mandement épiscopal, destiné à faire trembler le gouvernement français et à ramener les pécheurs dans le sentier de la vertu, fut médité, revu et corrigé dans le salon de Mme de Clerfontaine.

Et c'est moi, si jeune encore, obscur, presque inconnu, qu'une si grande dame daignait choisir pour confident !

Qu'on ne s'imagine pas cependant que je fusse ébloui par le rang et la fortune de Mme de Clerfontaine. J'ai lu et médité trop souvent les paroles du divin Sauveur pour croire qu'aucune créature humaine soit faite d'une pâte différente de celle avec laquelle Dieu pétrit tous les fils d'Adam.

Ce qui me troublait, — pourquoi ne pas l'avouer ? — c'était cette confidence fatale qu'on me faisait entrevoir ; elle excitait dans mon esprit une curiosité déplorable et qui me serrait le cœur.

Quoi donc ?... On avait osé parler d'amour à Mme de Clerfontaine !... Un autre que son mari avait osé !... et si je devais en juger par le ton dont elle parlait d'une si criminelle tentative, Armande n'avait pas d'un regard foudroyé le coupable ! Peut-être n'avait-elle fui que pour échapper à sa propre faiblesse !

A cette pensée je me sentais crispé par une douleur horrible. Le souvenir de mon ancien amour, si respectueux, si timide, honteux de lui-même jusqu'à n'oser s'avouer, — ce souvenir soulevait en moi mille regrets tumultueux, puis une rage insensée..... Un autre avait osé lever les yeux sur ce trésor !... Un autre ! j'aurais voulu le voir périr !..

Je ne sais quels mots je balbutiai. Probablement j'encourageais Armande à continuer son discours, tout en pensant comme Figaro : « Quelle rage a-t-on d'apprendre ce qu'on craint de savoir ? »

— Mon ami, reprit-elle en me couvrant d'un regard noyé qui m'attendrit jusqu'à la moelle des os, oubliez pour un instant que vous êtes prêtre, et écoutez-moi !...

(Hélas ! je ne l'écoutais que trop.)

... Ma vie est finie, je le sais, je le sens...

(Et comme je me récriais vivement) :

Ne vous y trompez pas. Mon cœur est mort avant d'avoir vécu... Au moment peut-être où j'allais pour la première fois le sentir vivre ; car je puis vous le dire maintenant que l'épreuve est passée, il n'y a pas trois semaines que j'ai subi l'une des crises les plus douloureuses de ma vie... I m'avait écrit, lui...

— Qui donc ? interrompis-je vivement

— Lui, le duc... Celui que j'étais si près d'aimer. Il voulait me rejoindre... m'enlever, me conduire en Orient, dans le désert et vivre seul avec moi... Mais tenez lisez vous-même la fin de sa dernière lettre.

« ...Chère Armande, je connais au fond du désert de Mésopotamie, à vingt lieues de Bagdad, sur les bords du Tigre, une retraite inconnue du monde civilisé.

» C'est une sorte de château fort féodal qui appartient à un chef Kurde de mes amis, Osman Kouvroglou, à qui j'ai sauvé la vie il y a deux ans. Voici à quelle occasion :

» Le pauvre Osman-Kouvroglou, qui descend ou croit descendre de Téglath-Phalazar et de quarante rois de Babylone de Ninive, de Perse et d'Arménie, se considère naturellement comme seul et légitime souverain de tout le pays, et lève l'impôt comme il peut, à trente ou quarante lieues autour de son château, sur les grands chemins.

» C'est la manière orientale. Quiconque traîne un sabre derrière ses jarrets lève aussitôt l'impôt sur son voisin. S'il réunit sous ses ordres une trentaine de traîneurs de sabre, il se fait receveur des contributions de la ville voisine, et si ces trente arrivent au nombre de soixante, leur chef devient receveur général de la province, c'est-à-dire pacha.

Osman-Kouvroglou en était là justement lorsque le pacha de Bagdad, craignant la concurrence, le fit venir à Bagdad sous un prétexte, et là, donna ordre de lui couper la tête.

» Par bonheur, j'étais là, et je vis les chiaoux tirer son sabre du fourreau.

» Il faut vous dire que mon brave Osman est le plus beau vieillard que l'on puisse rencontrer. Sa barbe blanche aussi bien peignée que celle du Persan de l'Opéra-Comique, lui donne un air si vénérable, que vous croiriez voir le vieil Abraham qui s'avance hors de sa tente pour donner la main à la jeune Rébecca que conduit le fidèle Eliézer.

» Cette barbe blanche, et le souvenir d'un mouton au riz qu'il m'avait fait manger trois mois auparavant au pied du mont Ararat (car personne n'est plus hospitalier qu'Osman quand la recette est faite), peut-être aussi le désir d'essayer l'influence française dans le pays d'Haroun-al-Raschid, tout cela m'oblige d'intervenir en faveur du pauvre prince.

» Grâce à mes puissantes instances, il en fut quitte pour la peur et pour deux cent mille piastres que le pacha de Bagdad lui fit donner. Dix jours après, une caravane, qui portait des marchandises anglaises en Perse, paya les deux cent mille piastres à Kouvroglou.

» Le consul anglais, à son tour, fit payer 400 mille piastres au pacha, et c'est ainsi que chacun rentra dans son argent, — même le pacha, qui ne pouvant pas mettre la main sur Osman, fit payer une amende de 600 mille piastres aux habitants de Bagdad. C'est ce qu'on appelle la justice turque.

» Pour revenir à mon ami Osman, dans le premier élan de sa reconnaissance et de sa joie, il voulut me donner sa fille en mariage. Je le remerciai poliment, alléguant la différence des religions et des races ; et sur mon refus, il m'offrit son château, qui est admirablement situé sur les dernières pentes des monts Elbrouz, et qui domine une des vallées les plus vastes et les plus fertiles de l'Asie.

» — Ne croyez pas me faire tort en l'acceptant, me disait avec chaleur ce bon vieillard, j'en ai cinq autres tout pareils et mieux fortifiés encore dans la montagne, et l'invincible sultan lui même avec toute son armée ne pourrait pas en prendre d'assaut un seul.

» J'acceptai donc conditionnellement, c'est-à-dire en me réservant d'entretenir pour ma garde, dans l'intérieur et aux environs de la forteresse, une petite armée de 500 braves Kurdes, armés de fusils fantastiques (la plupart ont encore des arquebuses à mèche). L'entretien de cette armée me coûtera environ 50,000 francs par an, et, pour ce prix, nous serons princes souverains d'une province aussi grande et plus fertile que la Bretagne et la Normandie.

» Armande, chère Armande, laissez-vous toucher, consentez à m'aimer et à me suivre... »

— Quelle réponse avez-vous faite ? demandai-je en tremblant.

— Pouvez-vous le demander, mon ami? répliqua Mme de Clerfontaine. Je n'ai pas répondu. Le silence n'était-il pas une réponse suffisante ?... Mais il est venu, lui, sous un déguisement, il s'est jeté à mes genoux, il m'a suppliée de l'aimer, de fuir avec lui, que sais-je ?... Je sentais ma résolution s'ébranler, ma tête se perdre.

— Et ?... demandai-je avec anxiété.

— Eh bien, j'ai eu la force de le renvoyer.

Cette conclusion me rendit un peu de tranquillité. Armande continua :

— Oui, je l'ai renvoyé ; je lui ai dit, il n'y a pas dix jours, un éternel adieu ; et cependant j'avais le cœur déchiré de douleur ; mais je n'ai pensé qu'à mon devoir, qu'à mon mari... Et lui, pendant ce temps, lui, M. de Clerfontaine, s'affichait aux yeux de toute l'Europe !...

Elle poussa un profond soupir, et dit :

— Mon parti est pris. Je veux rompre avec M. de Clerfontaine.

— Mais...

— Non mon ami, la vie commune est impossible. Je ne veux plus le revoir. Qu'il soit libre, qu'il me rende ma liberté, je n'en demande pas davantage... Ma fortune, par la prévoyance de mon grand-père, est à peu près hors de ses atteintes. Quant à moi, quelle que soit là loi (et la loi même est en ma faveur, je crois), je ne consentirai jamais à recevoir un homme qui m'a fait une si sanglante injure. Je le lègue à Mlle Chouka et à ses pareilles. Qu'elles le consolent, si elles peuvent, et qu'elles fassent son bonheur. Je ne m'y oppose pas.

J'essayai, mais pour la forme, de faire quelques objections :

— Vous ne serez pas toujours irritée, lui dis-je ; vous pardonnerez un jour ; ne fermez pas au coupable le chemin du repentir...

— Non, mon ami, ma résolution est prise. Si j'avais plus de foi religieuse ou si j'étais plus âgée, j'entrerais sans doute dans un couvent ; mais le temps de ces grandes résolutions est passé. D'ailleurs, si j'entrais au couvent, on croirait, il croirait lui-même, que j'ai des torts à expier.

Il y eut un instant de silence. Je pensais, je l'avoue, à toute autre chose qu'à offrir des conseils. J'étais touché jusqu'aux larmes d'une destinée si belle et sitôt flétrie par le malheur... Involontairement, je m'étais rapproché d'Armande, et je voulais lui offrir les consolations de l'amitié.

De l'amitié ?... ou d'un sentiment plus tendre ?

Presque sans m'en apercevoir, je lui pris une main dans les miennes et je dis :

— Madame, chère madame, croyez-moi, il n'est pas de douleur que l'amitié ne puisse adoucir...

Elle leva les yeux sur moi, — ses yeux

mouillés de larmes, — et me dit sans dégager sa main :

— Ah ! mon ami, si vous...

Au même instant, Julie entra, et je m'éloignai brusquement d'Armande qui demanda d'un air surpris et mécontent :

— C'est vous, Justine? Que me voulez-vous ?

— Madame, je venais pour demander si madame voulait avoir du thé.

A ces mots, je me levai. Armande ne chercha pas à me retenir. Pour moi, je pris congé d'elle, tout troublé, et je rentrai chez moi.

XXX

Revenu chez moi, je m'assis près de la fenêtre ouverte, et quoique le froid fût assez vif à cause du voisinage de la rivière et des montagnes, je passai plus de deux heures à réfléchir en contemplant le ciel et la vallée.

Il était déjà près de minuit. La lune brillait seule dans un ciel sans nuages ; quelques rares étoiles étaient à peine visibles au firmament. J'entendais au loin la rivière qui passe en grondant sur l'écluse du meunier de Borsec, et qui se brise avec fracas contre le rocher du Grand-Diable.

De temps en temps un passant attardé faisait retentir du bruit de ses pas la place d'Armes et les rues qui l'avoisinent. Puis le bruit s'éteignait peu à peu et tout rentrait dans le silence.

Je repassais dans ma mémoire cette longue conversation qui avait rempli toute la soirée, les plaintes d'Armande, les torts de son mari, les conseils qu'elle m'avait demandés (et qu'elle n'avait pas attendus), la résolution qu'elle avait prise; je la plaignais, je l'aimais, j'aurais voulu la servir, je la trouvais plus infortunée qu'aucune créature vivante (d'autant plus qu'elle gardait dans son infortune presque toutes les apparences du bonheur); enfin, je me rappelais, non sans quelque honte, de quel attendrissement subit et irrésistible j'avais été saisi vers la fin de son discours, et de quelle situation délicate m'avait tiré la subite entrée de Justine.

A ce dernier souvenir, j'éprouvais quelque remords.

Et cependant, toute amitié d'homme à femme est-elle impossible? Est-ce que saint Jérôme n'entretenait pas un commerce assidu de lettres avec les saintes femmes de Rome et de l'Orient? Est-ce que les plus belles patriciennes, les petites-filles des Scipions et des Gracques ne lui demandaient pas conseil? Est-ce qu'il se défiait de lui-même au point de s'interdire tout commerce mystique avec les créatures humaines et avec le monde? Qu'avait donc mon attendrissement de si coupable? Pouvais-je rester insensible aux malheurs d'une amie parce que cette amie était jeune et belle ?...

Si, par un scrupule exagéré, je m'écartais de Mme de Clerfontaine, n'aurait-elle pas droit de s'étonner, de s'indigner peut être ? Devais-je craindre sa fragilité ? S'il arrivait qu'elle soupçonnât de quel danger je me croyais menacé, n'aurait-elle pas sujet de rire et de répéter les vers de Tartuffe :

Vous êtes donc bien tendre à la tentation,
Et la chair sur vos sens fait grande impression...

Au contraire, de quelle utilité pouvais-je être à cette âme si pure encore, mais incertaine de la route, et facile à détourner du devoir (elle l'avait avoué !); quelle conquête pour Jésus-Christ !

Tout bien considéré, je crus donc pouvoir m'exposer sans danger à cette amitié redoutable, oubliant le vieux proverbe : « Qui cherche le péril, périra. »

Mon excuse est dans mon ignorance.

Cependant les rêves de cette nuit-là auraient dû m'avertir.

Je m'endormis assez tard, contre mon habitude, et je crus me voir en songe aux pieds de Mme de Clerfontaine. Je lui parlais, j'ai honte de le dire, oui, je lui parlais d'amour... Elle m'écoutait avec complaisance ; puis, tout à coup, je ne sais comment, son sourire devenait une grimace affreuse et menaçante ; elle me montrait du doigt Mlle Lise ; puis j'entendais sonner les cloches de la cathédrale à toutes volées, et j'étais chargé de dire les dernières prières sur le corps d'une personne que j'aimais tendrement, mais dont je ne pouvais pas retrouver le nom; d'autres images encore, les unes riantes, les autres lugubres me charmaient et m'épouvantaient tour à tour ; enfin on me toucha du doigt l'épaule, et je m'éveillai.

Il était huit heures du matin et le jeune Edouard Muret venait prendre sa leçon comme à l'ordinaire.

— Est-ce que vous êtes malade, monsieur l'abbé? demanda l'enfant.

— Moi! non.

— D'où vient donc que vous n'êtes pas levé, vous qu'on entend toujours dès cinq heures du matin ?

— Je me suis couché tard.

— Ah ! oui, dit Edouard. Ma sœur Lise dont la chambre est au-dessous de la vôtre, m'a dit que vous aviez dîné chez Mme la baronne de Clerfontaine, et que vous étiez rentré vers minuit. Est-ce vrai ?

— Oui, mon enfant.

— Et encore, Lise dit que vous ne vous êtes pas couché tout de suite, car deux heures du matin sonnaient à la pendule quand vous avez fermé la fenêtre.

— Mlle Lise a raison ; mais elle ne dort donc pas ? demandai - je assez étonné des remarques de la jeune fille.

— Oh ! si. Mais Lise a le sommeil très léger ; cette nuit, d'ailleurs, elle était un peu fatiguée, et n'a pas dormi comme à l'ordinaire.

Pendant que l'enfant parlait, je m'habillai.

— Allons, Edouard, il faut réparer le temps perdu. Où est le *De viris* ? Et nous commençâmes la leçon.

XXXI

Trois jours plus tard je retournai chez madame de Clerfontaine comme à l'ordinaire ; elle parut d'abord surprise et même un peu fâchée de ne pas m'avoir revu plus tôt ; mais elle me fit un charmant accueil ; et, quoique l'élite de ce qu'on appelle « l'aristocratie de N*** » fût réunie dans le salon, elle m'interrogea avec tant d'art, écouta mes réponses avec tant de complaisance, et me témoigna en toute occasion une déférence si flatteuse, qu'il ne fut bruit, dès le lendemain, dans toute la ville, que du grand ouvrage que je préparais pour confondre les libres-penseurs athées et libertins de ce temps-ci, et qui devait, au dire d'Armande, produire autant d'effet que feu le *Génie du christianisme*, de M. le vicomte de Chateaubriand.

On y retrouvait la même grandeur, la même poésie, le même charme , mais avec plus de profondeur, de vigueur et de solidité.

(C'est le jugement de Mme de Clerfontaine et de ses amis que je rapporte, et non le mien, cher lecteur.)

Cependant il est vrai de dire que mon livre qui plus tard a paru chez Douniol, sous ce titre approuvé par monseigneur :

La confusion des Panthéistes,

ne manquait pas d'un certain mérite. M. Louis Veuillot en a fait l'éloge en son temps, mais avec une réserve que plusieurs catholiques éminents ont attrbuée à l'envie… Je n'ose me prononcer sur un sujet qui me touche de si près. D'un côté, il me répugne de croire qu'un tel sentiment puisse trouver place dans l'âme d'un si vaillant champion de l'Eglise militante; de l'autre… la charité chrétienne me défend de conclure.

Au reste, mon livre n'a pas eu seulement l'honneur d'être loué par M. Veuillot (quoique avec réserve) ; il a excité les clameurs de la presse anti-catholique, qui se sentait blessée à l'endroit sensible, c'est-à-dire dans sa vanité littéraire.

Je ne voudrais pas ici rappeler le plan et l'ordonnance de mes principaux arguments ; je me contenterai (pour ceux qui n'ont pas lu la *Confusion des panthéistes*) de dire que je prenais pour point de départ de mon livre cette idée si juste et si profonde qu'en dehors du christianisme il n'y a jamais eu dans le monde que fourberie, bassesse et stupidité; que la liberté si vantée des anciennes Républiques grecques n'était qu'oppression et tyrannie ; que leur philosophie n'était qu'un amas de sophismes et de mensonges ; qu'ils connaissaient à peine les sentiments les plus naturels et les plus délicats ; enfin, je concluais en montrant par de nombreux exemples tirés des auteurs modernes et des contemporains les plus célèbres que la littérature française elle-même, si supérieure pourtant à toutes les autres, est tombée dans une décadence avilissante depuis le siècle de Louis XIV, c'est-à-dire depuis que la foi s'est éteinte dans les cœurs.

« Quant à ces prétendus progrès de la science moderne, disais-je encore, qu'on vante et qu'on célèbre par-dessus toutes choses, supposons qu'ils aient quelque réalité : en quoi servent-ils au bonheur de l'homme ? Vous avez des chemins de fer et des télégraphes : est-ce pour communiquer plus facilement avec le ciel ?

» Vous inventez tous les jours quelque chose. A quoi servent vos inventions? A remplacer par des machines qui sont d'origine humaine, le génie de l'homme qui est d'origine divine. Vous aviez autrefois la peinture de Rubens et de Michel-Ange; maintenant, vous avez des photographies. Raphaël faisait le portrait de Jeanne d'Aragon, reine de Naples ; aujourd'hui, de sottes femelles, vêtues d'une façon qui choque la pudeur, se montrent derrière la vitrine des photographes. Déjà on donne leurs noms; bientôt on donnera leur adresse.

» Vous mettez le luxe et l'art à la portée de tout le monde, et vous vantez les progrès de la civilisation ; mais ce luxe est doré, cet art est mécanique. Et quelle nécessité, malheureux, vous pousse à doubler le nombre de vos besoins, à vous rendre esclaves de votre propre mollesse?

» Autrefois, le serf, sur le sort duquel vous avez versé des pleurs de crocodile, le serf travaillait à peine cinq ou six heures par jour, et, grâce aux fêtes chômées, deux cents jours par an tout au plus. Aujourd'hui, c'est autre chose. Grâce aux besoins factices que vous avez su créer, l'ouvrier (qui se croit libre) travaille douze heures par jour et tous les jours. Mais vous l'avez délivré du joug de l'Eglise, l'infortuné, et du préjugé qui lui prescrivait de se reposer le dimanche. Il ne se repose plus maintenant, si ce n'est au cabaret ; il a oublié Dieu, et Dieu l'oublie et le livre aux mains des Pharisiens et des publicains... »

Je ne dois pas cacher que ce passage et quelques autres où je prenais corps à corps quelques-uns des faux grands hommes de ce siècle, et où je les traitais comme Jésus-Christ traita les marchands du temple, firent donner à mon ouvrage le nom de diatribe calomnieuse; le procureur impérial lui-même s'en émut un instant et crut devoir commencer des poursuites judiciaires. Mais on verra cela plus tard.

Pendant que je travaillais nuit et jour à mon livre, suivant exactement le précepte de Boileau :

> Polissez-le sans cesse et le repolissez,
> Ajoutez quelquefois et souvent effacez,

je continuais avec un zèle extraordinaire l'éducation d'Edouard Muret et de Mlle Lise.

Souvent même, après la leçon donnée, l'un et l'autre restaient à côté de moi, pour m'écouter, comme s'ils avaient eu peine à se séparer de moi. Le doux regard de Lise, toujours attaché sur le mien, semblait, même après que j'avais fermé tous les livres, m'exciter à parler encore.

Pendant qu'Edouard, plus jeune et plus remuant, se levait, s'asseyait, me faisait mille caresses, Lise m'interrogeait sans cesse.

Sa mère, retenue en bas par les soins du ménage, assistait rarement à la leçon, qu'd'ailleurs elle ne comprenait pas. Hors la cuisine et le commerce de la quincaillerie, la pauvre femme ne voyait goutte en quoi que ce soit.

Le père Muret, retenu ailleurs par son travail, ne rentrait dans la maison qu'aux heures des repas et pour dormir. J'étais donc seul la plupart du temps avec Lise, car son frère faisait à peine attention à nous.

J'avais ou je croyais avoir pour ces charmants enfants toute la tendresse d'un père, et je ne souhaitais rien au monde sinon de voir ma vie couler douce et tranquille à côté d'eux. Leur tendresse si naïve et si pure suffisait à mon bonheur.

Hélas ! souvent il arrive qu'au jour où l'on se défie le moins, la tempête est proche.

Un soir, contre son habitude, Mme Muret monta dans mon appartement. J'étais seul et je mettais la dernière main à mon livre. Sa visite, qui me dérangeait, ne me faisait pas grand plaisir; cependant, comme elle me paraissait fort émue, je la fis asseoir au coin du feu, et j'attendis qu'elle me parlât la première.

— Monsieur l'abbé, dit-elle enfin, vous savez combien nous vous aimons tous. Mon mari et moi nous nous jetterions dans le feu pour vous. Les enfants ne parlent toute la journée que des belles choses que vous leur enseignez et des bontés que vous avez pour eux.

— Croyez bien, ma chère madame Muret, que j'ai de mon côté, pour vous et pour toute votre famille, l'affection la plus dévouée.

— Eh bien, monsieur l'abbé, il faut vous l'avouer, depuis quelque temps nous sommes dans la peine, mon mari et moi, et vous pouvez nous rendre un grand service...

A ces mots, je crus qu'il s'agissait de quelque embarras d'argent, et je protestai que toutes mes ressources étaient à la disposition de M. Muret. A la vérité elles n'étaient pas très considérables, mais...

Mme Muret me détrompa sur-le-champ.

— Ce n'est pas d'argent qu'il s'agit, reprit-elle avéc une certaine fierté. Nous ne manquons pas d'argent, Dieu merci, mais depuis quelque temps nous avons une grande inquiétude au sujet de Lise.

XXXII

Dès les premières paroles de Mme Muret, je ne pus me défendre d'une certaine émotion. Quel rapport pouvait-il y avoir entre moi et la peine que lui causait Mlle Lise ?

— Oui, monsieur l'abbé, reprit-elle, si vous ne venez pas à notre aide, je ne sais où donner de la tête, et mon mari, qui aime Lise par-dessus tout, en fera une maladie.

Mais d'abord, il faut que je vous dise, monsieur l'abbé, tous les projets que nous avions formés pour elle.

Il y a environ un an que M. Perponcher, l'avoué, est venu nous voir sous prétexte de marchander un lot de ferraille qu'il voulait envoyer à sa maison de campagne, au Verger... Vous connaissez bien l'avoué Perponcher ?

— Non, madame.

— Comment, vous ne connaissez pas M. Perponcher, le père, un petit gros, avec un nez rouge, des yeux bleus et des cheveux blancs, celui qu'on appelle à cause de cela Perponcher-Tricolore, et qui a marié sa fille aînée avec cent mille francs à M. Saillard, de Croyenvic, un bossu qui a bien de l'esprit et encore plus d'argent !

Je fis signe que je ne connaissais pas plus Perponcher-Tricolore que Saillard, le bossu de Croyenvic.

« — Enfin, peu importe, continua Mme Muret. Revenons à nos moutons...

Donc, M. Perponcher examinait sa ferraille et faisait mille questions, demandans si le commerce allait bien. — Assez bien, dit mon mari. Vous savez ? le commerce, ça va et ça ne va pas. — Enfin, ça boulotte, n'est-ce pas ? continua Perponcher. — Oui, ça boulotte. — Ah ! ah ! Hum ! Hum ! dit Perponcher. C'est un bon métier que la quincaillerie ?... —Euh! dit mon mari, c'est un bon métier si l'on veut; mais il n'y a pas de morte saison. — Enfin, reprit Perponcher, vous avez bien marié vos filles ? vous leur avez donné de bonnes dots ? — Oui, oui,,... — soixante mille francs au moins ?

— Davantage.

— Soixante-dix ?

Mon mari secoua la tête.

— Diantre ! dit l'avoué. Quatre-vingts ?.. quatre vingt-dix ?...

Ici, mon mari fit signe que l'autre ne se trompait pas.

— Et vous avez bien gardé quelque chose pour Mlle Lise ?

— Oh ! celle-là, dit le père Muret, ne sera pas embarrassée pour entrer en ménage. Ontre les quatre-vingt-dix mille que je lui destine et qui sont placés en bonnes rentes sur l'Etat en en bonnes obligations de chemins de fer, — pas des chemins de fer espagnols, non ! — sa tante, qui est morte il y a trois ans, lui a laissé trente mille francs et une petite maison avec un jardin.

L'autre se léchait les doigts en l'écoutant. Enfin il lui dit :

— Tenez, père Muret, entre honnêtes gens il n'y a qu'un mot qui vaille. Mademoiselle Lise est un jolie fille, et une honnête fille, et une bonne fille, et une charmante fille, et mon Charles est un bon garçon, et un honnête garçon, bien planté, robuste, et qui me donnera de jolis petits enfants, je m'en vante... Voulez-vous faire affaire ensemble ?

— Faudra voir, dit le père Muret. Combien aura-t-il le jour de son mariage, votre garçon bien planté ?

— Mon étude d'abord, qui vaut vingt-cinq mille francs par an comme un sou. Et plus tard, quand je serai *ad patres*, eh bien, j'ai environ trois cent mille francs d'économies que mes trois enfants se partageront... Voyons, l'affaire vous convient-elle ? Voulez-vous rédiger le contrat ?

— Minute, dit mon Muret, qui est prudent, minute. Il faudra voir si le garçon convient à Lise ; et s'il convient à Lise, il faut qu'il me convienne, à moi, et à Etiennette ma femme (car il ne fait rien sans me consulter, monsieur l'abbé, c'est une justice à lui rendre); et si toutes les convenances y sont, eh bien, j'attendrai que vous lui cédiez votre charge ; parce qu'enfin, le contrat fait, le mariage bâclé et consommé, si vous veniez à changer d'idée...

— Oh ! père Muret, interrompit Perponcher, pouvez-vous croire ?...

— Bon ! bon ! un tiens vaut mieux que deux tu l'auras. Lise n'est pas en peine de se marier; d'ailleurs elle est bien jeune encore.

Tout ça, monsieur l'abbé, c'était pour prendre le temps de me consulter.

Le soir, en enfonçant son bonnet de coton jusqu'aux oreilles, Muret me raconta la chose. C'est un bon parti, dit-il. Perponcher-Tricolore a plus d'argent qu'il ne veut l'avouer. Depuis trente ans, il plume les paysans ; il a dû faire bonne maison. Quant à son fils, ce n'est pas un aigle, et il a bien dépensé quelques billets de mille francs de trop à Paris sous prétexte de faire son droit ; mais tous les jeunes gens en sont là. Veux-tu le recevoir ? cela ne nous engage à rien, et s'il nous déplaît, ou s'il déplaît à Lise, je saurai bien lui donner son congé.

Naturellement, je ne voulus pas contrarier Muret, et nous fîmes alors connaissance intime avec la famille Perponcher. On dîna quatre ou cinq fois les uns chez les autres à la campagne, et les Perponcher firent le plus bel accueil à Lise. C'était à qui vanterait sa grâce, sa beauté, son bon caractère ; tout ce qu'elle disait était bien dit ; tout ce qu'elle faisait était bien fait ; une merveille, quoi !... Le père Perponcher ne pouvait pas se lasser de l'admirer. Quant au fils, il ne la quittait pas d'une minute.

Pendant ce long récit de Mme Muret, je ne savais quelle contenance garder. J'ose à peine avouer avec quelle anxiété j'attendais la conclusion. Mais comment forcer Mme Muret à suivre la ligne droite et à dire en deux mots son affaire !

— Enfin, monsieur l'abbé, reprit-elle, tout allait le mieux du monde. Nous étions contents ; M. Perponcher-Tricolore était dans la joie ; son fils était amoureux comme un tigre ; Lise avait l'air de l'écouter avec plaisir, et l'on commençait déjà à parler de la fixation du mariage, lorsque tout à coup, sans que nous sachions comment, Lise est devenue froide comme glace.

— Depuis quand ? demandai-je au hasard et pour dire quelque chose.

— Depuis deux ou trois mois environ, monsieur l'abbé... Tenez, c'est à peu près six semaines après que vous êtes entré ici.

Je fus frappé de ces derniers mots quoi qu'ils n'eussent rien de bien remarquable en apparence : mais plus tard j'ai eu trop de motifs de me les rappeler.

— Ce n'est pas, continua Mme Muret que Lise soit devenue impolie pour la famille Perponcher ou qu'elle reçoive moins bien M. Charles ; mais je ne sais pourquoi elle s'éloigne d'eux et leur parle maintenant comme à des étrangers.

— Peut-être, dis-je alors, a-t-elle été offensée secrètement par quelqu'un de la famille Perponcher ?

— Je le croyais d'abord, monsieur l'abbé, dit madame Muret, et je lui ai fait mille questions pour le savoir ; mais elle m'a toujours répondu qu'il ne s'était rien passé, que monsieur Perponcher père était un homme excellent, que son fils était charmant, que ses filles lui montraient toujours beaucoup d'amitié...

— Mais enfin, Lise, on dirait que tu leur en veux ?...

— Bien au contraire, je leur souhaite toutes sortes de prospérités.

— A quel jour veux-tu qu'on fixe le mariage ?

— Je ne veux pas me marier.

— Tu le voulais pourtant, il y a trois mois.

— C'est vrai, maman, je le voulais, mais j'ai changé d'avis.

— Pourquoi ?

— Parce que...

— Est-ce le mari qui te déplaît ?

— Non.

— C'est donc le mariage ?

Elle n'a rien répondu.

— Est-ce que tu veux être religieuse ?

— Non, maman. Je suis très bien comme cela, près de vous, et je ne demande rien de plus.

— Vous savez, monsieur l'abbé. On ne fait pas boire un âne qui n'a pas soif. Lise est douce comme un mouton, mais plus entêtée qu'une mule. Impossible de lui faire dire ce qu'elle ne veut pas dire.

— Mais, interrompis-je alors, son père l'a-t-il interrogée ?

— Muret l'a tournée et retournée de toutes les façons, elle s'est obstinée. Il s'est mis en colère et lui a reproché son ingratitude ; Lise a pleuré toute la journée et s'est retirée dans sa chambre ; mais elle n'a pas voulu s'expliquer. Que faire pourtant ?... Muret voulait rendre sa parole à M. Perponcher-Tricolore ; mais je n'ai pas voulu, je l'ai prié d'attendre encore quelques jours. Peut-être ce caprice passera, si ce n'est qu'un caprice. Monsieur l'abbé, vous voyez Lise tous les jours vous êtes son confesseur; elle a grande confiance en vous ; peut-être vous dira-t-elle son secret.

Je fis un geste pour repousser cette mission trop délicate.

—Monsieur l'abbé, dit Mme Muret d'une voix suppliante, nous n'avons de recours qu'en vous ; en l'interrogeant avec adresse, vous qui avez tant d'esprit, vous saurez ce qu'elle veut faire, et pourquoi. Est-ce le fils Perponcher qui lui déplaît ; eh bien, qu'elle l'avoue, mon Dieu ! Le mariage n'est pas fait et l'on peut encore se dédire ; mais au moins qu'elle nous dise ce qu'elle a sur le cœur.

Je me défendis très longtemps d'interroger Lise ; mais Mme Muret insista si fortement et avec tant de persévérance, que je finis par le lui promettre.

Pourquoi ne pas dire toute la vérité ? J'étais pris d'une dangereuse curiosité de connaître ce qui se passait au fond du cœur de Lise. Peut-être aussi n'étais-je pas insensible au plaisir de jouer le rôle de médiateur et presque de bienfaiteur et de père dans une famille qui me témoignait tant d'affection et de tendresse.

Enfin je m'engageai à questionner Lise, en dehors, bien entendu, du tribunal de la pénitence, dont les lois ecclésiastiques ne me permettaient pas de révéler le secret.

On s'étonnera sans doute de l'imprudence de Mme Muret et de la mienne ; mais cette imprudence n'est-elle pas commise tous les jours par un million de mères chrétiennes et françaises ? Le clergé catholique tout entier n'est-il pas exposé à ces périlleuses tentations ? Si beaucoup de prêtres y succombent, ne doit-on pas excuser leur faiblesse ?

Au reste, je puis dire que j'allais le cœur haut et sans défiance de moi-même au-devant du danger.

Mme Muret sortit enfin après m'avoir comblé des plus chauds remerciements, et je remis au mercredi suivant l'interrogatoire de Lise.

Le matin de ce jour-là, vers dix heures, suivant leur habitude, Lise et son frère Edouard vinrent prendre leur leçon d'histoire et de littérature française dans ma chambre ; car, à cause de la neige et du froid, il n'était plus possible d'aller au fond du jardin.

Tous deux entrèrent en me disant bonjour très affectueusement et je commen-çai mon cours, non sans quelque distraction.

Je rêvais, tout en racontant le règne de François Iᵉʳ, à la manière de questionner Lise, et j'étais fort embarrassé.

Comme je la regardais avec plus d'attention encore que de coutume, elle s'en aperçut, et parut un peu émue. Cependant elle était loin de soupçonner la mission dont sa mère m'avait chargé.

La leçon durait à peine depuis un quart d'heure, lorsque Mme Muret entra dans ma chambre d'un air affairé.

— Edouard ! Edouard !

L'enfant se leva.

— Descends vite. Ton père a oublié des plans, ce matin, sur son bureau, et il en aura besoin avant midi. Va, mon chéri, va les lui porter tout de suite.

Edouard, très joyeux de faire une promenade quelconque sous un prétexte quelconque, ne se fit pas tirer l'oreille.

— Où est mon père ! demanda-t-il.

— A une demi-lieue d'ici, sur la route de Saint-Sulpice. Viens avec moi, je vais te donner les plans...

Et comme Lise se levait aussi, ne sachant si elle devait partir ou rester seule avec moi :

— Reste, dit Mme Muret. M. l'abbé aura bien la bonté de continuer la leçon en l'absence d'Edouard.

Je répondis que j'y consentais volontiers, et Mme Muret emmena Edouard en me lançant un fin coup d'œil d'intelligence qui semblait me dire :

— C'est le moment d'interroger Lise.

Ce qui suivit, restera tant que je vivrai, gravé dans ma mémoire et dans mon cœur.

XXXIII

Lise, évidemment, ne s'attendait à rien moins qu'à mes questions. Sa figure, calme et reposée, resplendissait de beauté, de douceur et de charme. Elle avait, s'il m'est permis de me servir d'une comparaison biblique, toute l'innocence et la candeur d'Eve avant le péché.

Quand la mère eut fermé la porte et nous eut laissés seuls, Lise reprit sa pose d'écolière attentive et docile.

A coup sûr, le seul embarrassé de nous deux, c'était moi. Bien qu'il me fût arrivé souvent de parler en chaire de questions fort délicates, les apôtres, les pères de l'Eglise, nos prédécesseurs nous ont laissé un tel amas de formules toutes faites qu'on peut sous ce manteau commode glisser en public des paroles d'une hardiesse extrême. La seule précaution à laquelle un jeune prêtre soit toujours assujetti, c'est de se munir à propos d'un texte latin. Mais en tête-à-tête le texte latin n'est plus d'aucun secours.

Au confessionnal même j'avais fait souvent à beaucoup de femmes vieilles ou jeunes, et sans aucune curiosité vaine ou dangereuse, je le jure, des questions qu'un père, un frère, un mari, une mère même n'oserait se permettre, mais je suivais le formulaire avec indifférence. D'où vient donc que ce jour-là je me sentis ému jusqu'au fond de l'âme? Il ne s'agissait pas d'obtenir de Lise des aveux terribles. Je n'avais, non plus que ses parents, aucun soupçon dont elle pût rougir et s'offenser.

Cependant mon émotion était extrême, et je ne savais par où commencer.

Pour gagner du temps et chercher une transition, j'offris d'interrompre la leçon commencée, et d'attendre le retour d'Edouard. Puis, sous prétexte de vérifier si elle avait bien profité de mon enseignement, je fis quelques questions sur l'histoire de France, et je lui demandai quel était son héros de prédilection.

Elle réfléchit un peu et répondit :

— C'est Jeanne Darc.

— Est-ce à cause de son courage que vous la préférez? lui dis-je.

— Non, c'est parce qu'elle était douce, bonne et vertueuse dans un temps où presque tout le monde était brigand, et surtout parce qu'elle avait pitié des pauvres gens dont personne n'a jamais eu pitié.

— Est-ce que sa mort si terrible ne vous effraierait pas?

Les grands yeux de Lise rayonnèrent d'enthousiasme.

— Oh! dit-elle, peut-on être malheureux quand on reçoit tous les jours les consolations de la sainte vierge et des anges?

Je crus alors avoir deviné pourquoi Lise n'aimait pas le mariage, et je commençai à lui donner raison dans mon cœur. En effet, qui ne préférerait le commerce des saints et des anges à celui des hommes que nous rencontrons chaque jour sur la terre? Pour m'en assurer da-

vantage, je lui dis d'un air moitié riant, moitié sérieux :

— Ce bonheur, ma chère Lise, n'est pas donné à tout le monde. Beaucoup d'entre nous, même parmi les plus purs, ne le connaîtront jamais avant d'avoir remis le pied dans la patrie céleste.

— Je le sais bien, répliqua-t-elle, mais c'est là que je voudrais atteindre...

— Et, dis-je encore, nous avons plus d'un devoir à remplir sur la terre. Il faut aimer ses parents, ses enfants, son mari...

Je parlais lentement et feignais de chercher mes mots pour l'observer mieux. Au dernier, elle m'interrompit vivement et d'un ton assez résolu :

— Je ne veux pas me marier.

— Bon! C'est la réponse de toutes les jeunes filles. Elles refusent toujours de se marier jusqu'à ce que le mari se présente...

Ce mot devait la piquer et la faire parler; mais elle me regarda d'un air doux et mélancolique comme pour me reprocher cette légère taquinerie, et répéta :

— Je ne veux pas me marier. Le mari s'est déjà présenté, et je l'ai refusé.

— Qui donc? demandai-je à mon tour comme si j'avais tout ignoré.

Elle ne parut pas étonnée de ma curiosité et répondit simplement :

— C'est M. Charles Perponcher, le fils de l'avoué.

— Ah !

Il y eut un court silence. Petit à petit j'arrivais par de savants détours et des circonvallations jusqu'au cœur de la place et Lise, ingénûment, me montrait elle-même le chemin.

— J'ai entendu parler de ce jeune homme, lui dis-je. Il paraît qu'il est très bien élevé.

— Très bien élevé, oui.

— Qu'il a de l'esprit.

— Il a de l'esprit, oui.

— Et qu'il parle bien.

— Très bien.

Toutes ces réponses furent faites d'un ton d'écho. Evidemment, Lise ne se souciait pas du tout de Charles Perponcher, te ne s'inquiétait guère de m'approuver ou de me contredire sur ce point. D'ailleurs, ces éloges un peu vagues n'avaient rien d'alarmant pour elle.

— M. Perponcher, ajoutai-je encore, sera très riche, dit-on.

Mais je me repentis d'avoir lâché cette plate insinuation, car Lise me regarda d'un air si doux, si fier et si détaché des biens de ce monde, que j'eus honte d'avoir parlé d'argent comme si elle avait pu s'en émouvoir.

— Qu'il soit riche ou non, que m'importe? répliqua-t-elle, puisque je ne veux pas l'épouser?

— Est-ce que vous ne le trouvez pas assez beau ?

— Tout aussi beau que les autres.

— Ou bien est-ce qu'il n'a pas bon caractère, et craignez-vous qu'il ne puisse pas faire votre bonheur?

— Oh! je ne pense pas de mal de M. Charles.

A mesure que j'approchais du but et que mes questions devenaient plus précises, je voyais Lise s'émouvoir. Sa respiration devenait pénible et oppressée. Son teint était plus animé. Elle baissait les yeux. Moi-même je n'osais m'avancer qu'avec précaution, craignant de froisser par mes questions cette âme délicate et virginale Certes, si ce n'eût été la pensée de rendre le repos à la famille Muret, je m'en serais tenu là; mais j'étais allé trop loin pour reculer; d'ailleurs je commençais à m'intéresser moi-même à la découverte de ce mystère beaucoup plus qu'il n'eût été convenable; combien de fois est-on dupe de la pureté de ses propres intentions?

— Enfin, lui dis-je, ma chère Lise, vous êtes une personne aimable, raisonnable et de bon sens, incapable de faire de la peine à un honnête homme sans un motif grave : quelle raison avez-vous de refuser M. Charles Perponcher ?

Elle détourna la tête et dit :

— Aucune.

— Est-ce qu'il a déplu à vos parents ?

— Au contraire. On m'engage tous les jours à l'épouser.

— Est-ce que vous avez contre lui une répugnance invincible ?

— Non.

— Mais alors, pourquoi?

— Parce que.

Ce mot, comme on sait, est la dernière raison des femmes, et la plus concluante. Je sentais que Lise venait de chercher refuge dans un asile imprenable. J'essayai encore un effort.

— Est-ce que... est-ce qu'il vous aurait offensée?... Excusez-moi, ma chère enfant, si ma curiosité vous importune ; mais il s'agit de votre bonheur, et...

Je fus surpris et épouvanté de la réponse de Lise.

Tout à coup elle fondit en larmes et s'écria :

— Non, monsieur l'abbé, non, il ne m'a pas offensée, je vous le jure; mais,... mais... je ne l'aime pas.

A ces mots elle cacha sa tête dans ses mains et se mit à sangloter.

L'émotion de Lise me gagna moi-même tout d'un coup, et je me repentis bien vivement d'avoir accepté la mission que me confiait Mme Muret.

J'essayai de calmer Lise par quelques douces paroles, mais elle m'écoutait à peine.

Ces trois mots : « Je ne l'aime pas, » m'étonnaient singulièrement.

Quoi donc ? si jeune encore et si candide, élevée à l'ombre de la maison paternelle et de l'Eglise, sévèrement gardée contre toutes les influences, excepté la mienne, pouvait-elle connaître l'amour, ou ne faisait-elle que répéter, sans en comprendre le sens, une phrase de roman?

Cependant il fallait prendre un parti. Edouard allait rentrer bientôt ; il trouverait sa sœur en larmes ; il le répéterait; on ferait mille commentaires dans le quartier; je voyais de loin la chronique scandaleuse du pays s'emparer de cet incident...

— Ma chère enfant, ma bonne Lise, lui dis-je enfin, vous savez bien que je n'ai pas voulu vous contrarier, ni vous donner du chagrin.

— Oh! non, monsieur l'abbé, vous êtes si bon !

— Vous savez aussi toute l'amitié que j'ai pour vos parents ?

— Je le sais, monsieur l'abbé.

— Voyons, dites-moi la vérité comme à un ami, comme à un second père.

Et en même temps pour lui rendre la confiance et le calme, j'approchai mon fauteuil de la chaise où elle était assise, et sans y ajouter d'importance, croyant parler à une enfant, je passai mon bras autour de sa taille, et je l'attirai à moi doucement.

Elle se laissa faire sans résistance et pencha sa tête sur ma poitrine. Ah ! c'est alors que j'aurais dû fuir ce dangereux et délicieux contact. Une mollesse enivrante s'empara de tous mes sens ; je me sentis (ô honte !) tenté de baiser ses cheveux blonds, dont les boucles effleuraient ma joue ; je résistai pourtant à cet instinct, et je murmurai à son oreille cette question :

— Parlez-moi franchement, ma chère Lise ; si vous ne l'aimez pas, est ce que... est-ce que...

Ma voix s'étranglait dans mon gosier, et je pouvais à peine prononcer distinctement les mots.

— Est-ce que... vous aimez un autre homme ?

Elle me répondit par de nouvelles larmes.

Je répétai ma question plus distinctement. Lise, sans relever la tête, fit signe que j'avais trouvé l'obstacle.

Qui pourrait dire le désir, la curiosité, l'anxiété, l'angoisse dont je fus saisi en ce moment ? Elle aimait ! Qui donc ?... mon cœur se serrait et palpitait avec une violence inouïe. Hélas ! quand on veut être prêtre, ne devrait-on pas être plus qu'un homme ?

Mais je n'étais pas allé si loin pour m'arrêter là. Quel était le nom de l'homme aimé ? Voilà ce que je voulais avoir à tout prix.

Après un court silence pendant lequel j'essayai de reprendre mon calme accoutumé, je continuai :

— Ma chère enfant, il n'y a peut-être pas de mal à cela. Vos parents vous aiment avec trop de tendresse pour vous refuser rien. Si M. Charles Perponcher ne vous plaît pas, on peut aisément rompre le mariage. Quant à celui que vous aimez....

Ici je sentis que son cœur palpitait plus vivement encore que le mien.

— Quant à celui que vous aimez, c'est sans doute un homme qui est digne de votre tendresse.

— Oh ! oui, s'écria-t-elle avec enthousiasme.

— Il est jeune ?

— Oui.

— Est-il... Est-il de ce pays-ci ?

— Oui.

Ce fut un signe de tête plutôt qu'une réponse. Elle n'osait plus parler.

— Est-il commerçant ?

— Non.

— Militaire ?... Employé ?...

— Je ne puis pas l'épouser, dit-elle.

Je fus saisi d'une crainte horrible.

— Est-ce qu'il serait marié ?

— Non.

— Est-ce que ce serait une personne... consacrée... à Dieu ?...

Elle garda le silence, et se remit à pleurer.

Ici je vis la profondeur du précipice ; mais j'ouvrais les yeux trop tard pour mon malheur !... Je ne pouvais plus faire un pas en arrière... Je n'étais plus maître de moi...

Pourtant, j'eus encore la force de ne pas faire une dernière question qui aurait tout perdu, et quoique trop certain d'être aimé, je n'osai la forcer à le dire.

Mais, — car Satan se plaît à souffler le sacrilège, — je relevai Lise en lui disant ces paroles de l'Evangile :

— Reprenez courage, ma chère Lise ; il sera beaucoup pardonné à ceux qui auront beaucoup aimé.

Pourquoi cette parole divine de pardon me vint-elle à l'esprit plutôt qu'aucune autre ? Est-ce une passion criminelle qui corrompait mon esprit ? Est-ce seulement l'habitude des saintes formules qui venait se jeter à travers de mes pensées ? Je ne sais. Il n'y eut point préméditation, à coup sûr ; et cependant la situation présente donnait au texte saint un sens abominable et sacrilège.

Lise releva lentement la tête et me regardant avec ses beaux yeux humides et suppliants :

— Vous me pardonnez ? dit-elle.

Car elle sentait qu'elle avait laissé échapper son secret, et la pauvre enfant, si chaste, si belle et si douce, craignait de m'avoir offensé.

Lui pardonner !... J'aurais voulu me mettre à ses genoux et lui crier :

— Je t'aime !

Je me contins pourtant, et je me levai en effleurant son front d'un baiser.

Une joie immense sécha ses yeux comme par enchantement. Je vis qu'elle m'aimait, la douce créature, et elle vit que je l'aimais. Moment trop court de bonheur parfait ! Hélas ! Le remords n'était pas loin, — le remords au pied boiteux, mais sûr.

Je ne sais ce que nous aurions pu dire encore ; nous entendîmes dans l'escalier la voix joyeuse d'Edouard Muret qui grimpait les marches de l'escalier en chantant de toutes ses forces la belle chanson qui faisait alors les délices de toute la France :

> Avait pris femme,
> Le sire de Franc-Boisy...
> La prit trop jeune,
> Bientôt s'en repentit, etc.

Nous reprîmes en toute hâte nos places accoutumées, et quand Édouard entra, je lui dis assez sévèrement :

— Mon ami, tu m'avais promis de ne plus chanter ces vilaines chansons des rues.

L'enfant, un peu confus, s'excusa.

Hélas ! quelle réprimande n'aurais-je pas méritée, moi qui réprimandais les autres ?

Faites ce que je dis et non ce que je fais, a dit un prédicateur qui était un homme de sens et un philosophe.

XXXIV

Il ne fut rien dit de plus pendant le reste de la leçon. Lise et moi, d'un commun accord, nous évitions de nous regarder et presque de nous parler. Heureusement la vivacité d'Edouard l'empêchait de voir nos distractions.

Enfin, l'heure sonna. J'attendais ce signal avec une terrible palpitation de cœur. Je sentais bien que mes relations avec Lise et avec la famille Muret tout entière devaient se resserrer encore ou se rompre tout à fait ce jour-là : terrible alternative !

Cependant tout se passa comme à l'ordinaire. Edouard, pressé de quitter ses livres, descendit l'escalier comme une trombe, à cheval sur la rampe. Sa mère toujours criarde et tendre, lui dit :

— Maudit polisson ! Tu déchireras le fond de ta culotte... Voyons, qu'est-ce que tu veux pour ton déjeuner?... De la soupe aux choux? du gigot? des confitures ? Viens ici, mon chéri...

Comme tu as chaud!... Tu es tout en nage... ne va pas dans la rue...

(C'est une particularité du tempérament d'Edouard qu'aux yeux de Mme Muret il avait toujours trop chaud ou trop froid, et qu'il devait toujours être enveloppé de flanelle et chaussé de caoutchouc.)

Pendant qu'Edouard retournait en grognant un peu sous les ailes de sa mère, Lise, restée seule avec moi, s'en allait lentement et à regret.

Elle me dit adieu comme à l'ordinaire, mais en baissant les yeux. Cependant sa main rencontra la mienne, et je ne pus me défendre d'un délicieux frémissement.

Mais je gardai le silence.

Après ce choc inattendu, mon âme repliée sur elle-même n'osait se livrer à ses mouvements naturels. Pendant que je cherchais un mot d'adieu, nous entendîmes les pas de Mme Muret, qui montait très vite, et nous nous séparâmes d'un commun accord.

Mme Muret était impatiente de connaître le résultat de mes questions, et cette impatience, que j'avais bien prévue, me causait le plus grand embarras. Que répondre? Dire la vérité! Impossible. Garder le silence? Je craignais déjà de me rendre suspect, et, dans le cas le plus favorable, ce n'était qu'ajourner la difficulté. Mentir?

Pendant cette réflexion rapide, Mme Muret entra toute essoufflée.

— Eh bien, monsieur l'abbé? dit-elle.

— Eh bien, madame!

— Avez vous tiré quelque chose de cette petite obstinée ?

— Pas grand'chose, répliquai-je en secouant la tête.

— Oh! voyez-vous, dit la mère indignée, c'est une péronelle qu'il faudrait corriger... Je le disais bien à son père, hier au soir; mais Muret la gâte; il ne voit rien que par ses yeux. A peine s'il regarde Edouard, et cependant le pauvre enfant fait tout ce que je veux.

(Effectivement, Edouard était de l'espèce de cette petite fille si spirituelle et si naïve qui disait souvent : « Mon grand-père et moi, nous faisons tout ce que je veux. » Mais il y a des grâces d'état, et Mme Muret ne s'en apercevait pas.

— Lise n'a donc rien avoué? reprit-elle après une pause.

— Mlle Lise, madame, est digne de tous vos respects et de toute votre tendresse, mais c'est une âme délicate et fière, qui a besoin de ménagements.

— Des ménagements! monsieur l'abbé... mais nous n'avons que de ça pour elle... Mon mari passerait dans le feu pour lui éviter un désagrément. Il lui donnerait tout l'argent qu'il gagne... Tenez, l'autre jour, il est allé à Paris pour ses affaires, il lui a porté deux robes de soie, et à moi à peine une robe de drap... Il voudrait la voir parée comme la châsse de Saint-Etienne... Vous n'avez pas d'idée de sa bêtise quand il parle d'elle... si elle voulait, il mettrait toute sa maison à l'envers.

— Mais, dis-je, mademoiselle Lise n'en abuse pas.

— Oh ! non, monsieur l'abbé. C'est une justice à lui rendre. Elle travaille toute la journée avec moi ; mais enfin, pourquoi ne veut elle pas M. Charles Perponcher ?

— Je crois, dis-je au hasard, qu'elle se trouve encore trop jeune.

— Bah ! bah ! c'est des raisons ! J'étais mère de famille à son âge.

— Au reste, ajoutai-je, en rougissant, car je me sentais mentir pour la première fois de ma vie, tout espoir n'est pas perdu, et je suis presque certain de la décider à vous obéir ; mais il faut attendre un peu, ne pas heurter brusquement.

— Ah ! monsieur l'abbé, s'écria la mère, je n'ai confiance qu'en vous... Chapitrez-la, je vous en prie, car enfin qu'est-ce que nous voulons, si ce n'est le bonheur de notre enfant ? Tâchez de causer avec elle de temps en temps, en tête-à-tête, quand Edouard n'y sera pas, et décidez-la, si vous pouvez, au mariage. Il y a tant de choses qu'une fille n'ose pas dire à sa mère et qu'elle peut dire à son confesseur !

Je le promis.

C'est ainsi que peu à peu je descendais la pente de l'abîme.

XXXV

Trois semaines environ se passèrent sans qu'aucune explication vînt aggraver la crise. Je donnais mes leçons comme à l'ordinaire ; Lise restait quelquefois dans ma chambre, un instant après que son frère était sorti, mais le plus souvent je descendais avec elle au jardin, et là, me promenant avec elle je continuais la conversation commencée et je m'enivrais du bonheur de la voir.

Cependant aucune parole d'amour ne fut prononcée entre nous. Ce mot même était proscrit par une convention tacite. A quoi bon, d'ailleurs ? Ne nous entendions-nous pas assez ?

Seul ensuite dans ma chambre, je repassais dans ma mémoire les incidents de la journée. Je me faisais illusion à moi-même sur mes propres sentiments et sur l'avenir inévitable. Repousser les tentations les plus dangereuses, n'est-ce pas le signe de la vertu parfaite ? Qu'est-ce qu'un homme qui n'a pas combattu ?... C'est par de tels sophismes que se perdent les meilleurs.

Mme Muret me pressait toujours d'exhorter Lise à l'obéissance. Enfin, je sentis qu'il fallait prendre un parti.

Un matin, Lise entra dans ma chambre et m'offrit un bouquet de violettes qu'elle venait de cueillir exprès pour moi, car tout le monde dans la maison, et Lise la première, me regardait à cause de mon caractère ecclésiastique comme un être d'une nature supérieure.

— Asseyez-vous, ma chère Lise, lui dis-je en présentant un fauteuil. Je voudrais vous parler sérieusement.

Elle pâlit.

— Est-ce que vous allez nous quitter ? demanda-t-elle effrayée.

— Non, ma chère Lise, mais je ne dois pas vous cacher que votre mère m'a chargé d'une mission délicate... En deux mots, vos parents désirent beaucoup que vous épousiez M. Charles...

— Oh ! s'écria-t-elle en pleurant, je croyais, monsieur l'abbé, que vous ne me parleriez plus de cet odieux mariage...

— Mais, ma chère enfant, ce n'est pas moi qui... Rassurez-vous, je vous en supplie... ne pleurez plus... Je ne croyais pas vous causer autant de chagrin...

En même temps je lui pris les mains pour la caresser doucement et la consoler. Mais elle les retira vivement.

— Et c'est vous, dit-elle d'un ton de reproche, c'est vous, monsieur l'abbé.... Oh !...

Et elle cacha sa tête dans ses mains.

— Mais enfin, lui dis-je, que répondrai-je à votre mère ?

— Tout ce que vous voudrez. Je ne veux pas me marier. Je ne veux pas de M. Charles Perponcher... Je veux qu'on ne m'en parle plus...

C'est là qu'un subterfuge dont je me repentirai toujours s'offrit à ma pensée. Quitter Lise m'était désormais impossible. Je ne vivais plus que pour elle. Mais l'amitié si pure que je croyais pouvoir lui offrir en toute sûreté de conscience, devait certainement, un jour ou l'autre, exciter les soupçons de la famille Muret ou des voisins. Il importait donc de laisser croire à tout le monde que Lise finirait par céder au vœu de sa famille. Mais comment lui conseiller ce mensonge ?

— Ma chère enfant, lui dis-je enfin, je ne vois pour vous qu'un moyen de vous dérober aux instances de votre famille et de ramener la paix dans la maison. Il faut feindre...

— Feindre !... dit-elle.

Je rougis du reproche muet de cette enfant à qui j'allais enseigner l'art de mentir; mais trop avancé pour reculer :

— Il est, ma bonne Lise, de pieuses ruses que l'intention justifie. Certes, en tout temps nous devrions dire la vérité; mais quand elle peut chagriner le prochain, et surtout ceux qui nous touchent de plus près, nos parents ou nos amis les plus chers, Dieu lui-même permet qu'on l'adoucisse et qu'on l'enveloppe de formules caressantes ou même qu'on la couvre pour quelque temps d'un voile léger. Si votre père était dangereusement malade, si quelque émotion violente devait causer sa mort, si vous receviez tout à coup la nouvelle que votre mère vient de mourir loin de vous subitement, et si votre père vous demandait quelle est la santé de votre mère, ne vous croiriez-vous pas engagée, que dis-je? forcée de commettre un pieux mensonge et de lui laisser croire jusqu'à sa guérison complète que votre mère est bien portante ?

Lise fit un signe d'assentiment.

— Eh bien, ma chère enfant, le cas est tout pareil aujourd'hui, quoiqu'un peu moins grave. Il y a des maladies morales et des tristesses aussi dangereuses que la fièvre ou la peste. Si votre père et votre mère croyaient que vous êtes résolue à leur désobéir, ils en contracteraient un chagrin mortel. Evitez donc de leur causer cette affliction. Gardez-vous de les heurter de front. Laissez-les croire qu'avec le temps ils vous décideront à ce mariage. En attendant faites bon accueil à la famille Perponcher...

— Je ne pourrai jamais, dit-elle.

Cette déclaration me comblait de joie.

— Tâchez, continuai-je, de vaincre cette répugnance. Il le faut. Que vous en coûtera-t-il ? Un peu plus tard, je me charge de faire naître des obstacles, de suggérer d'autres idées à vos parents, ou

même à la famille Perponcher ; je me chargerai, s'il le faut, de chercher une femme pour M. Charles.

— Et vous ne me quitterez pas ? dit-elle en me tendant la main.

— Je vous le promets. Je vous le jure !

— J'ai tant besoin de votre présence, dit-elle, de vos... conseils..., de votre... amitié... Je ne suis qu'une pauvre fille ignorante, et si vous m'abandonnez, je resterai seule sur la terre.

Ah! que ses yeux étaient éloquents, et que son sourire était doux ! C'est d'elle qu'il est dit dans le Cantique des cantiques...

Hélas ! vais-je encore blasphémer la parole sainte ?

Dès le soir même, je dis à Mme Muret que Lise devenait plus docile, et cette bonne femme me combla de remercîments de toute espèce, m'appelant le bienfaiteur de sa famille.

Jusque-là je n'avais pas péché d'intention, mais le temps était proche.

XXXVI

Vers ce temps-là je *reçus* de Mme de Clerfontaine qui habitait Paris depuis quelque semaines, la lettre qu'on va lire:

« Mon cher abbé,

» Je n'ai plus aucune nouvelle de vous, ni de la *Confusion des Panthéistes*. Ce beau livre que le monde religieux et philosophique attend avec impatience, demeurera-t-il longtemps encore en manuscrit? N'aurez-vous jamais fini d'y mettre la dernière main ?

» Mon ami, laissez aux petits esprits de l'Académie le soin de polir et de lécher leurs œuvres pendant vingt années de suite au coin de la cheminée. Votre vigoureux génie est au-dessus de ces scrupules littéraires. Venez donc, et sans tarder davantage.

» Hier encore, je parlais de votre livre à M. le comte de M..., ce grand défenseur de la religion catholique. Il a paru frappé comme d'un coup de foudre par votre démonstration de la Trinité. Ce triangle équilatéral qui est *Trois* et qui est *Un* tout ensemble, l'a ravi d'admiration. C'est porter, m'a-t-il dit, dans la théologie toute la rigueur des mathématiques, c'est faire une moisson nouvelle dans ce champ de la métaphysique religieuse tant de fois ensemencé et moissonné par les plus grands hommes des temps passés...

» Enfin, il m'a témoigné le plus vif désir de vous voir.

» Donc, mon ami, faites votre malle et partez.

» Mon père vous offre une chambre à l'hôtel de Saucy, rue Saint Dominique-Saint-Germain, 430. C'est là que je suis descendue moi-même; car je ne veux plus remettre les pieds dans la maison de mon mari. Vous aurez toute la solitude nécessaire pour travailler; tous vos goûts seront respectés; vous pouvez venir sans crainte.

» Je viens d'écrire à Mgr Grégoire et de lui demander pour vous un congé de deux mois. Ce n'est pas trop d'un tel délai pour corriger les épreuves, lancer le livre et faire connaissance, avant de partir, avec les critiques les plus influents de Paris.

» D'abord, je me suis assurée de la bienveillance du célèbre M. C..., du *Journal des Débats*. Il m'a promis de faire trois grands articles, et il tiendra parole, car il sait que je dispose de trois voix à l'Académie. Un article par tête d'académicien, ce n'est pas trop. Songez qu'il se présente depuis dix ans bientôt aux suffrages des immortels, et qu'à ce métier on vieillit vite.

» Nous aurons aussi M. Sainte-Beuve et M. Louis Veuillot. Le premier aime à faire les réputations, et le second à les défaire. Mais dans le cas présent, M. Louis Veuillot montrera beaucoup de zèle pour vous : il est brouillé depuis deux ans avec les chefs les plus illustres de son parti; il sera bien aise de leur faire pièce en vantant votre livre. Dire que vous avez du génie, et que la *Confusion des Panthéistes* est une œuvre admirable, c'est insinuer très clairement que vous êtes supérieur à tel et tel qu'il déteste.

» Ce n'est pas tout, mon cher abbé. J'ai besoin de vos conseils, — oui, un pressant besoin. Je suis bien triste, mon ami, bien désolée de l'abominable conduite de M. de Clairfontaine. Croiriez-vous que Mlle Chouka est revenue en faveur, qu'il l'affiche publiquement, et qu'il a dépensé des sommes énormes pour elle ? Mon notaire m'avertit d'y prendre garde, et mes amis de Berlin m'écrivent que tout le monde en est indigné.

» Je suis allée, il y a quelques jours, consulter un avocat, le célèbre M. Lepointu, dont vous avez sans doute entendu le nom. C'est un homme unique pour les séparations de corps et de biens. Il n'y a pas d'exemple qu'il ait manqué de gagner sa cause.

» Voyez-vous, madame, a-t-il dit, ma méthode est bien simple. Si le mari refuse la séparation, je ne m'amuse pas à prouver au tribunal qu'elle est nécessaire, je la rends moi-même nécessaire.

» J'énumère les mauvais traitements auxquels ma cliente est en butte depuis si longtemps, je fais la biographie du mari. Je le prends dès le collége, où il montrait, cela va sans dire, les dispositions les plus perverses; je le suis dans l'adolescence; c'est là que ses vices, encore en germe, se sont développés; je l'amène jusqu'au seuil du mariage; c'est là qu'il faut frapper les grands coups.

» Quel contraste, madame la baronne, quel contraste d'une jeune femme charmante, délicate comme une fleur, impressionnable comme une sensitive, avec cet homme brutal et débauché qui apportait tous les jours sous le toit conjugal les âcres émanations des mauvais lieux !...

» Ici, j'ai cru devoir rectifier un peu. M. de Clairfontaine est au contraire fort soigné de sa personne, et...

» — J'entends bien, madame, a répliqué maître Lepointu en relevant ses lunettes sur son nez. Mais croyez-moi, les âcres émanations feront le plus grand effet à l'audience; et enfin, voulez-vous gagner votre cause, oui ou non ? Si oui, laissez-moi le soin de choisir ce que je dirai.

» Croyez-vous que mon adversaire vous ménagera davantage ? Pas du tout, madame. Soyez sûre qu'il dira de vous, de vos parents, de vos amis, toutes les noirceurs imaginables. Prenez l'avance; il aura l'air de récriminer. En pareil cas, celui qui attaque le premier est toujours réputé innocent.

» Je me suis laissé persuader, car enfin il ne faut pas être dupe de sa bonté, et si je dois être insultée, je veux du moins rendre affront pour affront, injure pour injure, œil pour œil, dent pour dent.

» Trop heureux encore M. de Clerfontaine que je me contente d'une vengeance si légère ! Mlle Chouka me donne vraiment beau jeu; mais je sais trop ce que je me dois à moi-même...

» Mon ami, aussitôt que vous aurez reçu cette lettre, allez vous-même chez Mgr Grégoire, priez Sa Grandeur de vous laisser partir. Je lui écris moi-même à ce sujet. J'ai besoin de votre amitié.

» ARMANDE. »

Au moment où je finissais de lire cette lettre, Lise entra dans ma chambre sous prétexte de me demander un livre; mais je vis bien qu'elle pensait à autre chose.

Enfin, après avoir tourné quelque temps autour de la table en feignant de chercher ce livre, elle me dit, en regardant ma lettre du coin de l'œil :

— Vous avez reçu des nouvelles ce matin, monsieur l'abbé ?

— Oui, mon enfant.

— C'est de votre oncle, sans doute ?... M. le curé de Sancy se porte bien , j'espère ?...

— Très bien, Lise. Mais ce n'est pas lui qui m'écrit.

— Ah !

Elle n'osa pas pousser plus loin ses questions ; mais je voyais son inquiétude et j'en eus compassion.

— C'est une lettre de Mme la baronne de Clerfontaine, lui dis-je enfin.

— Aussi, répliqua-t-elle naïvement, j'avais cru reconnaître une écriture de femme quand le facteur est venu.

— Vous regardez donc l'enveloppe, Lise ?

Elle rougit.

— Ne rougissez pas, ma chère enfant, il n'y a pas de mal aujourd'hui, mais la curiosité est un grand défaut.

Cette petite réprimande la troubla vivement, car la pauvre enfant était d'une sensibilité extraordinaire. Je vis qu'elle allait pleurer. Je la pris dans mes bras pour la consoler, et lui donnant un baiser au front, je lui dis en souriant :

— Avouez, ma chère Lise, que vous êtes bien curieuse de savoir ce que m'écrit Mme de Clerfontaine.

— Moi ! oh ! non, s'écria-t-elle vivement.

Mais ses yeux démentaient ses paroles.

— Eh bien, Lise, puisque vous ne voulez pas le savoir, je puis vous le dire sans inconvénient. Mme de Clerfontaine m'écrit d'aller à Paris.

— A Paris, dit Lise en pâlissant. A Paris, vous, monsieur l'abbé ? Pourquoi faire ?

— Pour chercher un éditeur, ma chère Lise, et publier la *Confusion des Panthéistes*.

— Mais, dit-elle, n'avez-vous pas d'imprimeur ici ? Bernabé sera bien aise de vous imprimer ; il imprime déjà tous les mandements de monseigneur.

— Ce n'est pas tout que d'imprimer, Lise, il faut encore...

— Ah ! s'écria-t-elle, je vous ennuie, je le vois bien. Je ne suis qu'une petite sotte, moi, une petite ignorante ; je ne sais pas dire de belles paroles comme les grandes dames.

— Eh bien ! Lise, interrompis-je sévèrement.

Mais au fond, j'étais ravi de cette jalousie naïve.

— J'ai tort, monsieur l'abbé, reprit-elle en me regardant avec tant de douceur que je me trouvai sans force contre sa résignation, j'ai tort, oui, je le vois bien ; mais que ferai-je quand vous serez parti ? à qui demanderai je des leçons ? qui fera la classe de ce pauvre Edouard, qui vous aime tant ? Et cependant il faut partir.

Elle fondit en larmes.

Que faire ? pouvais-je affliger un cœur si tendre, si dévoué, si délicat, si détaché de lui-même ? Je n'en eus pas le courage.

— Eh bien ! ma chère Lise, mon voyage n'est peut-être pas très nécessaire.

Mme de Clerfontaine s'exagère assurément l'importance de l'affaire. Je ferai imprimer mon livre ici.

— Oh ! s'écria Lise dans un transport de joie, comme je vous remercie, monsieur l'abbé... Comme vous êtes bon pour moi, indulgent pour mes caprices !

— Mais alors, ajoutai-je en riant, vous m'aiderez à corriger mes épreuves.

— C'est cela, s'écria Lise, je corrigerai vos épreuves et Edouard les portera chez M. Bernabé.

— De sorte que nous y travaillerons tous trois également, et je mettrai en tête du livre :

LA CONFUSION DES PANTHÉISTES,

PAR

M. l'abbé Lucien Passereau, Mlle Lise Muret et M. Edouard Muret.

Cette idée la fit rire aux éclats et ramena la joie dans son cœur.

Tout à coup Edouard monta, portant un billet de Mgr Grégoire ainsi conçu :

« Que faites-vous, mon cher abbé ? je ne vous vois presque plus. Il faut travailler, mon cher ami, mais non au-delà de vos forces. Venez me voir aussitôt que vous aurez reçu ce billet ; j'ai reçu des nouvelles qui vous intéressent.

» GRÉGOIRE. »

Je fus très étonné et même un peu inquiet de ce billet. J'avais perdu depuis quelque temps l'habitude de faire ma cour à Monseigneur ; Lise absorbait tous mes loisirs, mais je ne croyais pas que Monseigneur eût daigné s'apercevoir de

— 76 —

mon absence. Il paraît que je m'étais
trompé.

Je devins fort sérieux après cette lecture. Lise, qui m'observait et qui recevait
le contre-coup de toutes mes impressions,
commença à s'inquiéter.

— Qui a porté ce papier? demandai-je
à Edouard.

— C'est le valet de chambre de monseigneur.

— Mes enfants, laissez-moi et faites-le
monter.

Ils se retirèrent avec respect, et Martin
entra.

— Est-ce que monseigneur a besoin de
moi? lui dis-je, car je savais que Martin
est le confident le plus intime de Sa Grandeur.

— Oui, monsieur l'abbé. Sa Grandeur
vient de recevoir une lettre de Paris qui
vous concerne. Je crois, sauf erreur,
qu'elle est de Mme la baronne, sa nièce.
Monseigneur, après l'avoir lue, avait un
air tout singulier. Il a pris la plume et
écrit le billet que je vous apporte.

— Qu'appelez-vous « air singulier, »
mon bon Martin?

— Monseigneur se promenait avec agi-
tation et marmottait je ne sais quoi entre
ses dents. A vous dire vrai, je crois qu'il
n'est pas de bonne humeur aujourd'hui.
Madame la baronne aura fait des siennes.
C'est qu'elle a une tête de fer, cette petite
femme-là!

Je remerciai Martin de ses renseignements et je le suivis avec inquiétude.

XXXVII

Je fus très vite rassuré sur les dispositions de Mgr Grégoire. Sa Grandeur se
promenait tranquillement dans son cabinet de travail, les mains croisées derrière
le dos comme feu Napoléon Ier, à qui elle
croyait ressembler et ressemblait en effet
autant qu'un homme grand, gros et roux
ressemble à un homme petit, brun et
gros.

— Ah! c'est donc vous, l'abbé, dit monseigneur en me voyant, c'est donc vous
qui entretenez des correspondances avec
ma nièce?

Et en même temps il me pinça l'oreille
en riant, — toujours à la manière du
grand Napoléon.

Je ne m'excusai pas, et je dis, — ce qui
était vrai, — que je n'avais pas pris, jusqu'ici, la liberté d'écrire à Mme la baronne de Clerfontaine, mais qu'elle m'a-
vait fait, — elle, — l'honneur de m'écrire
le matin même et de me demander conseil sur une affaire assez délicate.

— Bien, bien, l'abbé. Je connais votre
prudence, interrompit Monseigneur. Et
quelle est cette affaire si délicate?

Je ne crus pas devoir, de peur de me
rendre suspect à Sa Grandeur, cacher la
confidence d'Armande et son projet de
séparation de corps.

Ici Monseigneur devint fort sérieux.

— Cette petite femme est romanes-
que... Elle a cru trouver dans son mari
un héros de roman, jeune, fier, senti-
mental et beau, *point froid et point jaloux;*
elle s'est trompée. Clerfontaine n'a pas de
vice essentiel; c'est un galant homme qui
n'a pas le sens commun, car il donne à
ma nièce un exemple bien dangereux;
qu'y faire?... Ce procès va le rendre ridicule; ce ne serait pas un mal et il l'a
bien mérité; mais il en rejaillira né-
cessairement quelque chose sur Armande,
et c'est ce qu'il faut éviter...

Monseigneur reprit pendant quelques
minutes sa promenade, réfléchissant en
silence; enfin, il se tourna vers moi:

— De sorte, continua-t-il, qu'Armande
vous engage à partir pour Paris?

— Oui, monseigneur, et à solliciter la
la permission de Votre Grandeur.

Il me regarda d'un air pénétrant.

— Et que pensez vous de cette proposition, l'abbé?

— Moi, Monseigneur!... je suis aux ordres de Votre Grandeur; mais si j'osais
avoir un avis personnel...

— Osez, l'abbé.

— Eh bien, dis-je en pensant à Lise, je
crois qu'il serait préférable que je pusse
demeurer ici...

Hum! hum!

Je ne sais s'il avait quelque soupçon;
mais ma contenance tranquille dut les
dissiper à coup sûr; et, en effet, il m'était
très pénible de quitter Lise.

— Mme de Clerfontaine m'écrit que
vous avez besoin de publier votre livre à
Paris... Ce livre est terminé?...

— Oui, monseigneur.

— Et il a pour titre?

— *La Confusion des Panthéistes.*

— Et vous les avez réellement confon-
dus, j'espère?

— Je l'espère aussi, monseigneur, répliquai-je avec une orgueilleuse modestie.

Sa Grandeur daigna sourire légèrement et me dit :

— Eh bien, mon cher abbé, vous me remettrez le manuscrit dès ce soir. Je le lirai moi-même pour voir s'il ne contient aucune doctrine dangereuse dont les païens, les hérétiques et les idolâtres puissent tirer avantage contre l'Eglise, et dès que cet examen sera terminé, je vous donnerai un congé de deux mois. Vous partirez pour Paris...

— Mais, monseigneur...

— Vous partirez, l'abbé! Et tout en publiant votre livre, vous n'oublierez pas la commission très délicate dont je vous charge... Vous essayerez d'abord de réconcilier Armande avec son mari...

— Et si elle refuse, car vous savez, monseigneur, que Mme la baronne...

— N'en fait qu'à sa tête. Oui, je le sais... Si elle refuse, vous empêcherez à tout prix que cette rupture ne se fasse avec éclat... A tout prix, entendez-vous?... Clerfontaine n'est pas un méchant homme; c'est un sot possédé de l'envie de faire parler de lui; vous le persuaderez sans peine; quant à la baronne, vous lui direz que c'est ma volonté la plus expresse qu'elle ne fasse aucun procès...

— Mais, monseigneur, si Votre Grandeur...

— Se chargeait de la commission, n'est-ce pas ce que vous voulez dire, l'abbé?... Je ne veux pas écrire à ma nièce. Deux ou trois fois déjà je les ai réconciliés; ils se sont toujours querellés; je suis las de ce jeu ridicule où ma dignité épiscopale se compromettrait... Mais vous, qui n'avez pas encore paru, et qui d'ailleurs, si je ne me trompe, avez quelque influence sur ma nièce...

— Monseigneur !...

— Je sais ce que je dis, mon cher abbé, et je ne vous blâme pas...

Vous pouvez donc prendre ici ma place, et en mon nom, renouer ou couper le fil... Ainsi, c'est convenu... Envoyez-moi tout de suite votre manuscrit. Vous partirez jeudi prochain.

Je sortais déjà, lorsque Sa Grandeur me rappela.

— Vous n'accepterez pas l'offre d'Armande, qui veut que vous alliez à l'hôtel de Sancy, mais comme il n'est pas juste que vous fassiez les frais de votre voyage...

En même temps, Monseigneur tira de son secrétaire deux billets de banque de mille francs et me les offrit. Je voulus en vain m'en défendre.

— Non, non, dit Sa Grandeur; je connais les appointements d'un vicaire, et je ne veux pas que vous soyez gêné à Paris. Il faut que vous fassiez honneur à notre mère l'Eglise... Prenez donc; c'est votre évêque qui l'ordonne.

Muni de ce viatique imprévu, mais qui n'était pas inutile, je rentrai chez moi, où Lise, sous un prétexte quelconque, ne tarda pas à me rejoindre. La pauvre enfant était plus morte que vive.

Je lui racontai les paroles de Monseigneur, en laissant de côté, bien entendu, les affaires particulières de Mme de Clerfontaine.

— Et Sa Grandeur veut que vous partiez? dit Lise en soupirant.

— Elle le veut, ma chère enfant, et comment résister à mon évêque? Sa Grandeur est d'ailleurs si bonne pour moi !

— Ah ! si j'étais homme !...

— Eh bien ?

— Eh bien, dit-elle, car elle s'enhardissait un peu, personne ne me ferait partir malgré moi...

Je vis que j'allais avoir une lutte à soutenir, et j'en avais le cœur déchiré d'avance.

— Vous savez bien, Lise, que nous devons obéissance absolue à notre évêque ?

— Que vous êtes heureux, continuait-elle sans m'écouter, que vous êtes heureux, vous autres hommes, d'aller ainsi où il vous plaît, comme les oiseaux des champs !... Et vous allez voir cette belle madame de Clerfontaine ?... Oh ! je la déteste d'avance !

J'employai plus d'une heure à calmer Lise en la caressant comme un enfant. Elle pleurait beaucoup, mais enfin elle se laissa persuader et me laissa seul.

— Où me mènera cette funeste passion? pensais-je quand elle fut sortie de ma chambre. Il est temps que je parte.

En effet, je sentais ma faiblesse coupable, et j'éprouvais déjà de cruels remords. Cependant je pouvais dire comme Phèdre et même plus innocemment :

Hélas! du crime affreux dont la honte me suit,
Jamais mon triste cœur n'a recueilli le fruit.

XXXVIII

Trois jours après, je partis.

Monseigneur avait daigné lire et approuver mon manuscrit. Sa Grandeur avait poussé l'indulgence jusqu'à recommander *la Confusion des Panthéistes* à son éditeur, car on n'a pas oublié, je crois, que Mgr Grégoire s'était fait une grande réputation par ses mandements.

— Mon cher abbé, dit-il en me congédiant, votre livre est excellent et fera honneur au diocèse. Je suis surtout très satisfait de la vigoureuse manière dont vous flagellez les vices et l'ignorance de ces païens de Paris. Point de pitié pour ces misérables.... Allons, mon ami, je ne vous retiens plus.... Voici vos lettres de recommandation. Armande fera le reste.

Lise, au moment du départ, tomba dans mes bras en pleurant.

— Au moins, vous ne m'oublierez pas, monsieur l'abbé, s'écriait-elle toujours. Vous me le jurez?...

— Je le jure.

— Si votre absence se prolonge, j'en mourrai!

Quelle âme tendre, charmante et fragile!... Je crus devoir l'encourager et même la gronder un peu.

— Ma chère enfant, lui dis je, il ne faut pas vous abandonner sans cesse à ces élans de sensibilité exagérée. Vous ne mourrez pas pour ne m'avoir pas vu pendant quelques jours. Il y a des douleurs plus fortes...

— Oh! non, je le jure, monsieur l'abbé, dit elle en sanglotant.

— ... Et qu'il faut supporter avec patience. Dieu n'aime pas qu'on s'attache trop fortement à ses créatures....

Influence extraordinaire de l'habitude et du métier! Je lui parlais avec une froideur calculée au moment même où j'étais saisi d'une folle tentation de lui donner un baiser d'amour.

Enfin, j'entendis Mme Muret qui venait s'assurer si rien ne me manquait pour le voyage. Elle m'apportait une chancelière, des bottes fourrées, du vin de Bordeaux, du chocolat de Bayonne, et me destinait aussi un chapon rôti. (Mais pour celui-là je le refusai énergiquement.)

Au bruit de ses pas (elle marchait lentement, étant fort chargée), je ne fus plus maître de moi. Dans mon égarement, j'appuyai mes lèvres sur celles de Lise, qui était debout, mais à demi renversée dans mes bras. Elle poussa un profond soupir et me regarda avec des yeux noyés de joie et de tendresse.

Cette fois le doute n'était plus possible. Ce n'était pas d'amitié pure, mais d'amour qu'il s'agissait entre nous.

Si j'avais osé reculer, j'aurais défait ma malle, et je serais resté sans me soucier davantage de monseigneur ou du procès de Mme de Clairfontaine; mais comment affronter le scandale? Et quel scandale que d'oser désobéir à mon évêque, — un évêque qui était obéi et craint de tout son diocèse!

Au reste, l'entrée de Mme Muret coupa court à mes réflexions. Elle déposa sur tous les meubles les provisions dont elle était chargée, et me proposa de les placer dans le sac de nuit.

Lise, qui s'était assise brusquement et s'essuyait les yeux, offrit d'aider sa mère, et se mit aussitôt à l'œuvre.

— Comme tu as pleuré, ma pauvre enfant! dit Mme Muret. Tu as les yeux bien rouges. Ah! monsieur l'abbé, vous ne pouvez pas croire comme Lise et Edouard vous aiment; ils parlent de vous toute la journée. C'est une vraie bénédiction que vous soyez venu loger dans notre maison.

Une bénédiction! Hélas! pauvre femme! combien de fois elle a dû maudire le jour où j'avais rencontré sa fille! Mais nous étions tous aveugles.

Au dernier moment, près de monter en diligence, j'embrassai toute la famille, et Lise la dernière.

— Vous ne m'oublierez pas? me dit-elle à l'oreille.

— Jamais.

— Et vous reviendrez?

— Je t'aime!

Ces derniers mots furent prononcés si bas que personne ne put les entendre, excepté Lise.

Pour la première fois j'étais vraiment coupable.

Et cependant la Providence, en m'envoyant à Paris, me donnait encore le temps de réfléchir, de revenir sur mes pas, de dire à Lise un éternel adieu; mais je ne devais pas profiter de l'indulgence divine.

Hélas! faut-il donc qu'une chute entraîne toujours une autre chute?

XXXIX

Je reçus un tel accueil à l'hôtel de Sancy, qu'il semblait que j'en fusse devenu le maître et le propriétaire véritable.

Le comte, devenu marquis par la mort de son père, me fit vingt offres de services, et voulut tout d'abord me conduire à ses écuries pour me faire admirer un magnifique poulain pur-sang *Inkermann*, né de *Lady-Athol* par *Romulus*, comme il eut la bonté de me l'expliquer dans le magnifique langage des courses.

Heureusement, Armande veillait et me dispensa de cette corvée. Au reste, après une conversation de dix minutes, le marquis, n'ayant plus rien à dire, puisque je ne voulais pas entendre la description d'*Inkermann* et de ses « *performances*, » prit son chapeau et s'en alla au *Jockey-Club*.

Mme de Clerfontaine me gronda doucement de n'avoir pas accepté son hospitalité; mais je m'excusai sur les ordres de Mgr Grégoire, et elle n'insista pas davantage.

— Venons à vos affaires, dit-elle. Vous savez que votre livre est déjà célèbre?

— En vérité, madame! Mais personne ne l'a lu, hors Monseigneur, et depuis deux jours seulement.

— Oui; mais ces gens de Paris ont tant d'esprit et savent si bien deviner ce qu'on ne lui a pas montré. Tenez, lisez vous-même.

En même temps, elle me présenta un journal, l'*Axe du Monde*, et j'eus le plaisir de lire que M. l'abbé Passereau allait publier un grand ouvrage, *la Confusion des Panthéistes*; que l'univers religieux était depuis longtemps dans l'attente de ce grand événement; que la critique philosophique et historique en serait renouvelée tout entière, etc., etc.

— Doutez-vous? dit-elle en riant. Ce n'est pas moi qui ai rédigé ces prophéties; mais...

— Vous les avez inspirées.

— N'ai-je pas le droit de servir mes amis?

Je la remerciai comme il convenait, et je demandai des nouvelles de M. de Clerfontaine. A ce nom elle redevint sérieuse.

— Il est à Paris, dit-elle.

— Vous l'avez vu?

— Pourquoi faire? Ma résolution est prise irrévocablement. Maître Lepointu a dû lancer l'assignation hier.

— Et vous n'avez pas de regrets?

— Regretter l'ami de M!le Chouka! mon cher abbé, ma conscience est fort à l'aise... Savez-vous que ce bon gentilhomme a hypothéqué sur mes terres un emprunt de trois cent mille francs, et que si je le laisse faire, il me ruinera entièrement.

— Mais au moins, lui dis je, ne pourriez-vous pas éviter le scandale? Le monde est si perfide!

— Que m'importe la perfidie du monde? répliqua-t-elle avec hauteur.

Que pourrais-je craindre?

— De la médisance, rien, madame, assurément; mais de la calomnie?

— Tout cela est bien subtil, mon cher abbé; d'ailleurs maître Lepointu m'a promis...

— Et peut-il vous garantir que l'avocat de M. de Clerfontaine ne cherchera pas à vous noircir?

— Je l'en défie bien.

Armande, vindicative comme toutes les femmes, tenait à faire un procès éclatant. Elle voulait être non-seulement séparée, mais vengée.

Cependant après une longue conversation, où je m'appuyai surtout du sentiment de Mgr Grégoire, elle consentit me donner pleins pouvoirs pour arranger l'affaire.

— Arranger ne signifie pas réconcilier, dit-elle pour conclusion; mais je veux bien épargner à M. de Clerfontaine la plaidoirie de maître Lepointu.

J'allai aussitôt chez M. de Clerfontaine, qui me reconnut et me reçut d'un air froid. Le pauvre gentilhomme me soupçonnait peut-être d'entretenir l'animosité de sa femme contre lui. Cependant, il se rasséréna en voyant la lettre de recommandation dont l'évêque m'avait chargé, et parut m'écouter avec attention.

Mais dès les premiers mots de séparation amiable, il se leva et me dit assez sèchement :

— Vous n'avez pas d'autre proposition à faire, monsieur l'abbé?

Ce ton me déplut et je répondis :

— Non, monsieur le baron.

— Eh bien! votre mission est terminée. Mme de Clerfontaine veut avoir un procès. Elle l'aura... Et d'abord, je vais la sommer de revenir au domicile conjugal.

Là-dessus, je lui remontrai vivement

toutes les conséquences d'un éclat si fâcheux. Allait-il appeler à son secours la force publique, se donner en spectacle à tout Paris, si friand de scandales domestiques, fournir de nouveaux arguments à M⁰ Lepointu ?

— Voulez-vous lire dans tous les journaux l'histoire de Mlle Chouka agrandie, embellie, aiguisée, envenimée ?... Votre carrière diplomatique...

Après l'avoir tourné et retourné de cent manières différentes, car le pauvre homme n'était pas un grand diplomate, je finis par découvrir le point sensible.

Ce qu'il redoutait le plus, ce n'était pas de se séparer d'Armande, — chose déjà faite, — mais de rendre les trois cent mille francs qu'il avait empruntés sur sa dot. M. de Clerfontaine avait tellement entamé son propre patrimoine, qu'une telle restitution était à peine possible.

Je m'attachai donc à le rassurer sur ce point, et je lui dis très clairement, mais à mots couverts, afin de ménager son amour-propre, qu'on n'exigerait pas de lui cette restitution avant vingt ans.

Qui a terme ne doit rien. Cette promesse me gagna son cœur, et je vis qu'il ne serait plus question de procès. Il consentit de grand cœur à tout ce que je voulais; il écrivit même sous ma dictée et signa sur-le-champ l'engagement suivant :

« Je soussigné, Hector, baron de Clerfontaine, déclare me séparer volontairement de corps et de biens de Mme Armande de Sancy, baronne de Clerfontaine, ma femme, et je renonce à toute répétition de comptes que j'aurais droit d'exercer contre elle ou ses héritiers, à condition que la renonciation sera réciproque. »

Puis il signa et me remit le papier.

Je retournai à l'hôtel de Sancy, où Mme de Clerfontaine parut enchantée du succès de mes négociations, quoiqu'il dût lui en coûter une somme d'argent assez forte.

— Du moins, je serai libre, dit-elle.

Elle se hâta d'écrire un engagement tout pareil à celui de son mari et de l'envoyer à M. de Clerfontaine.

— Maintenant, il faut avertir M⁰ Lepointu que je n'ai plus besoin de son éloquence. Venez avec moi, mon cher abbé.

M⁰ Lepointu nous reçut d'un air assez froid. Il nous regardait alternativement par-dessus ses lunettes, et paraissait fort mécontent d'avoir perdu un si beau procès.

— C'est M. l'abbé, demanda-t-il, qui a préparé cet arrangement?

— Je m'inclinai en signe d'assentiment.

—Ah ! ah ! dit Lepointu en me considérant d'un air railleur.

Évidemment il me soupçonnait d'avoir dans cette affaire plus d'intérêt qu'il ne convenait à un ecclésiastique.

— Et comment réglez-vous les affaires d'argent ?

— J'abandonne à mon mari, dit Armande, les trois cent mille francs qu'il a empruntés sur ma dot.

— C'est une générosité louable, madame, et dont Mlle Chouka vous sera certainement reconnaissante.

A ce nom, les yeux d'Armande étincelèrent, et je vis que mon œuvre était en péril.

— Mme la baronne s'est souvenue, dis-je alors, des préceptes de l'Evangile ; elle rend le bien pour le mal.

— Tenez, madame, parlons franchement, continua M⁰ Lepointu. J'ai reçu de Mlle Chouka elle-même, qui craignait que vous ne voulussiez vous réconcilier avec M. de Clerfontaine, oui, j'ai reçu secrètement de Mlle Chouka communication de certaines lettres qui auraient fait grand effet à l'audience, j'en suis certain, et qui vous auraient cruellement vengée de cette fille.

Le serpent faisait briller l'espoir de la vengeance aux yeux d'Armande. Je vis qu'elle commençait à se repentir de la démarche où je l'avais engagée, qu'elle regrettait la signature donnée, et je me levai en toute hâte pour l'emmener.

Maître Lepointu nous reconduisit jusqu'à la porte, et comme Armande descendait la première, il me retint et me dit à demi-voix :

— Un beau procès ! monsieur l'abbé. C'est un beau procès que vous me faites perdre. J'en aurais occupé Paris pendant trois jours ; et mon adversaire ne sera pas moins contrarié que moi, car il y aurait eu beaucoup à dire, monsieur l'abbé, oui, beaucoup à dire sur l'intervention de l'Eglise dans les affaires conjugales.

Je n'eus pas le temps de m'indigner de cette insinuation perfide. Il referma la porte en ricanant, et je rejoignais Armande.

— Venez-vous dîner avec moi ce soir? dit-elle en soupirant d'un air attristé.

Je crus qu'elle regrettait sa vengeance perdue et je voulus la ramener à des sentiments plus généreux.

— Hélas ! s'écria-t-elle, me voilà donc seule sur la terre, sans appui, sans soutien, sans amis... Pardon, je vous oubliais, mon cher abbé.

Elle appuya son mouchoir sur les yeux et s'enfonça dans le coin de la voiture.

Pleurait-elle ? Je ne sais. A quoi pensait-elle ? On le devinera peut-être en lisant la fin de cette histoire.

Pour moi, je faisais quelques réflexions un peu tardives sur la promptitude avec laquelle j'avais mené cette négociation délicate.

Etait-ce bien là ce que monseigneur Grégoire m'avait recommandé? N'aurais-je pas dû insister davantage et réconcilier les deux époux? Empêcher le procès, c'était bien ; mais empêcher la séparation n'était-ce pas mille fois plus préférable? Qui sait quels commentaires maître Lepointu faisait en ce moment même sur le rôle que j'avais joué?

En cela je ne me trompais pas. Maître Lepointu raconta dès le soir même à vingt-cinq ou trente confrères que M. l'abbé Passereau, seul chargé de la confiance et des intérêts de Mme de Clerfontaine, avait terminé le procès par un arrangement amiable.

— Et, dit un confrère, quels sont les honoraires de l'abbé?

— Incalculables, mon cher ! répliqua Lepointu en riant. La soutane a ses priviléges.

X L

Quand j'arrivai à l'hôtel de Sancy avec Armande, on me remit une lettre dont je reconnus sur-le-champ l'écriture enfantine et capricieuse. Elle venait d'Edouard Muret. La voici. C'est un des chers et douloureux souvenirs du passé.

« Monsieur l'abbé,

» Je vous écris pour vous dire que je suis bien triste de votre départ, mais que je suis sage et que je travaille toujours comme je vous l'avais promis.

» Tout le monde vous regrette beaucoup dans la maison, — moi, papa, maman, Lise et Vanini.

(Vanini était le nom du chien. C'est moi qui l'avais appelé ainsi pour humilier les athées dans la personne de l'athée Vanini.)

» Hier, après votre départ, Lise a beaucoup pleuré. Moi aussi, j'ai pleuré. Puis, je suis allé à la pêche des grenouilles avec ma grande ligne et un morceau de velours rouge que j'avais attaché à l'hameçon. J'en ai pris six grises et douze vertes. J'en ai manqué deux qui ont sauté dans l'herbe et de là dans l'eau, mais je crois qu'elles étaient bien blessées et qu'elles n'en reviendront pas. Maman a fait sauter les autres dans la poêle avec du beurre et du vin blanc, et nous les avons mangées. C'était très bon. Lise n'a pas voulu en goûter, disant qu'il ne fallait pas faire de mal à ces innocentes bêtes ; mais je lui ai dit : « Pourquoi manges-tu du poulet? » Est-ce que le poulet t'a fait du mal ? » N'est-ce pas que j'avais raison ?

» Ce matin, Auguste Miquelon est venu me dire qu'il connaissait dans la rivière un endroit où les goujons se réunissent tous les jours. Il dit qu'il y en a plus de trois cent mille. Nous irons les voir ensemble ce soir, et j'emporterai mon panier. Auguste, qui est plus fort que moi, prendra l'épervier de son père, et nous tâcherons de le lancer à nous deux.

» Hier soir, Vanini a trouvé un hérisson derrière une haie, et l'a attaqué courageusement. Le hérisson s'est bien défendu et l'a piqué au nez. Le pauvre Vanini hurlait de toutes ses forces et se frottait le nez avec ses pattes ; mais il n'a pas lâché prise, et à la fin il en est venu à bout. Les Bohémiens qui sont campés au champ de foire nous ont demandé le hérisson pour en faire de la soupe. Je le leur ai donné.

» Vous voyez, monsieur l'abbé, que je m'amuserais beaucoup si vous étiez ici ; mais je travaille aussi.

» Ce matin, j'ai lu l'histoire d'Epaminondas et de Pélopidas, qui ont délivré leur patrie des tyrans, et j'ai bien ri quand le tyran Archias a été poignardé pendant son dîner. C'est bien fait. Pourquoi était-il si glouton? Est-ce que tous les tyrans sont gloutons comme celui-là ?

» Je suis aussi très content d'Epaminondas, qui n'avait qu'une tunique et qui restait couché les jours où elle était chez la blanchisseuse ; mais pourquoi ne travaillait-il pas pour avoir une autre tunique ? Est-ce que les grands citoyens n'aiment pas le travail ? ou bien est-ce qu'ils ne se soucient pas d'avoir des tuniques ?

» Voilà, monsieur l'abbé, tout ce qui s'est passé chez nous depuis hier matin.

6

Je laisse une petite place pour Lise dans ma lettre.

» Adieu, monsieur l'abbé, je vous embrasse de tout mon cœur.

» ÉDOUARD MURET. »

Et plus bas, de la main de Lise :

« Monsieur l'abbé, nous nous portons bien, nous sommes bien tristes, nous vous aimons bien et nous attendons votre retour avec impatience.

» Votre dévouée et affectionnée servante,

» LISE MURET. »

XLI

Mon livre, à peine lancé, du premier bond alla jusqu'aux étoiles. Je ne sais comment s'y prit l'éditeur, car, pour moi, je ne me fais pas illusion sur mon faible mérite, et s'il a plu à la divine Providence de favoriser mon entendement de quelques dons périssables, je n'oublie pas cependant qu'on a vu, même en ce siècle, des hommes plus illustres que moi et plus dignes de l'être.

J'avais promis de confondre les panthéistes, et je tins parole. En cinq jours la première édition fut enlevée. On eut à peine le temps de préparer la seconde qui ne dura que trois jours, tant le public était affamé de vérité.

La troisième ne fit que paraître et disparaître, aussi bien que la quatrième, la cinquième et la sixième, et l'éditeur, haletant sous le poids de ce succès prodigieux, ne reprit enfin haleine qu'à la septième.

Mgr D... eut la bonté de m'écrire à ce sujet une lettre de félicitations qui fut tirée elle-même à quinze mille exemplaires, car l'éloquent et fougueux prélat n'écrit pas, comme on sait, un seul billet ou une seule invitation à dîner qui ne passe par les mains de son imprimeur et du public. Ici-bas, chacun de nous a sa manie. Si j'osais croire que Mgr D... est sujet à quelque petite infirmité morale ou intellectuelle, je dirais que Sa Grandeur a peut-être un trop profond respect pour la collection de ses œuvres complètes. Tout ce que nous écrivons n'a pas toujours également bon air dans la gazette. Il faudrait savoir se borner et choisir.

Au reste, les félicitations de monseigneur D... étaient entremêlées des plus sages conseils. Monseigneur aime à diriger, à montrer le chemin ; c'est un petit reste de son ancien métier, car Sa Grandeur a professé longtemps—et avec éclat,— je me hâte de le déclarer. Grattez le Russe, disait Napoléon, vous retrouverez le Tartare. S'il m'était permis d'appliquer à Sa Grandeur l'expression vulgaire, mais expressive de Napoléon, en grattant ce noble et grand évêque, on retrouverait facilement le pédagogue. Que Dieu me pardonne cette opinion, qui ne diminue en rien le profond respect que j'ai toujours professé pour les vertus et les talents de Sa Grandeur!

Je reçus d'ailleurs, on peut le croire, avec toute l'humilité qui convenait à mon âge et à ma situation ecclésiastique, les conseils et la protection de monseigneur D***, mais je me hâtai comme c'était mon devoir et mon inclination, de reporter la plus grande partie de mes faibles mérites sur monseigneur Grégoire qui avait bien voulu, disais-je dans la préface que je mis en tête de ma septième édition, honorer ma jeunesse de sa bienveillance particulière et de ses conseils.

« C'est à monseigneur Grégoire, ajoutais-je en forme de péroraison ; c'est à la haute bienveillance de cet illustre évêque, le digne successeur de saint Augustin et de saint Hilaire ; c'est à ses conseils paternels, c'est à son mâle et prodigieux génie qui n'a pas eu d'égal dans l'Église de France depuis le temps de Bossuet et de Fénelon, que l'humble auteur de ces lignes doit le peu qu'il est, s'il est vraiment quelque chose. Si le lecteur retrouve dans ce livre sincère quelque faible parcelle de l'éternelle vérité, c'est à la méditation assidue des œuvres admirables de Monseigneur Grégoire que cette parcelle est empruntée ; on se fait une joie et un honneur de le déclarer ici. Après l'Esprit saint qui daigne répandre sa grâce où il lui plaît, l'écrivain doit tout à Monseigneur Grégoire, et c'est avec un cœur délicieusement ému de cette respectueuse affection que le diacre Laurent portait à son évêque, qu'il ose déposer publiquement aux pieds de Sa Grandeur l'hommage d'une sincère et profonde reconnaissance. »

Sous ces phrases un peu longues on n'aura pas de peine à reconnaître que j'étais heureux de ramener à la fois Mgr D... à l'humilité chrétienne, dont il est trop souvent tenté de s'écarter, et de plaire à Mgr Grégoire, mon propre évêque, de qui j'avais reçu d'ailleurs de véritables marques d'affection, — autant du moins que Sa Grandeur, qui n'est pas tendre, peut en donner à ses subordonnés.

J'ai lieu de croire que ma préface atteignit pleinement ce double but, car monseigneur D..., qui m'avait comblé jusque-là des témoignages de sa protection hautaine, cessa tout à coup de s'occuper de moi.

Sa Grandeur ayant daigné d'abord m'inviter à venir visiter son diocèse, il ne fut plus question de rien aussitôt que ma préface eut déclaré que Mgr Grégoire avait un génie sans égal, et j'en fus fort aise, car il ne me convenait nullement d'être le protégé de Mgr D... et d'entrer, humble planète, dans l'orbite de ce soleil.

Peu de jours après, j'eus le chagrin d'apprendre que Sa Grandeur, qui m'avait paru d'abord si favorable, parlait maintenant de moi avec un dédain calculé.

— Qu'avez-vous donc fait à monseigneur D...? me dit un soir Mme de Clerfontaine.

— Moi ? Rien du tout, madame. Qu'est-ce qu'un pauvre prêtre comme moi peut faire à un si grand évêque ?

Armande me regarda en riant :

— Mon ami, dit-elle, je ne sais quels griefs il a contre vous, mais il a des griefs, c'est certain. Hier, j'étais chez Mme Kirchkoff, — vous savez, cette dame russe si célèbre par sa piété; — il y avait nombreuse compagnie, comme toujours, et la conversation tomba sur votre livre et sur vous.

— Avez-vous lu la préface de la *Confusion des Panthéistes?* demanda Mme Kirchkoff. C'est un morceau fort remarquable et tout à fait digne du livre.

Monseigneur D... se pinça les lèvres et répondit d'un air négligent :

— Oui, ce petit abbé ne manque pas de talent, quoiqu'il ait pris ses idées un peu partout, et que son style se ressente un peu de l'enflure de ses modèles.

Vous connaissez Mme Kirchkof. C'est une femme d'une piété souveraine et d'une bonté au-dessus de tout éloge, mais qui ne résiste pas toujours au plaisir de se moquer de ses amis. Quand elle vit que Sa Grandeur parlait de vous sur ce ton, elle devina quelque jalousie d'écrivain offensé, et se mit à vous louer de telle sorte que Mgr D..., qui n'est pas la patience même, comme vous savez, fut forcé de convenir peu à peu que vous aviez l'esprit médiocre, beaucoup d'ignorance, encore plus de fatuité et une pointe d'ingratitude. Toute l'assistance riait aux éclats, et le petit vicomte Raoul, que vous connaissez, et qui était assis près de moi, et me dit tout bas, dans ce beau langage que les gentilshommes du Jockey-Club apprennent je ne sais où :

— Comme elle fait monter monseigneur à l'arbre !

Allusion fine, du moins je crus le comprendre, aux exercices que l'ours Martin fait dans sa fosse pour amuser le public du Jardin-des-Plantes.

Enfin, Mgr D... s'aperçut qu'on riait et leva le siége d'un air irrité. Mme Kirchkoff aura de la peine à l'apaiser... Mon ami, soyez fier de vous-même. Vous avez excité la jalousie de Sa Grandeur, et ce n'était pas chose facile, car Sa Grandeur, vous le savez, a la meilleure opinion de son propre génie.

Je me consolai facilement d'être tombé dans la disgrâce de monseigneur D..., car je reçus en revanche, très peu de jours après, la lettre suivante de monseigneur Grégoire :

« J'ai reçu, mon cher abbé, la septième édition de votre livre et la préface qui l'accompagne. Mon ami, je vous louerais davantage si j'étais moins loué. Mais j'ai peine à me reconnaître dans ce portrait si flatteur pour mon amour-propre. Vous me gâtez par ces louanges.

» Votre amitié vous aveugle et vous cache des imperfections dont je n'ose me croire exempt, car elles sont inhérentes à la nature humaine. J'aime mieux ne voir dans ce panégyrique, dont la forme d'ailleurs est exquise et digne du meilleur temps de la littérature française, que l'expression d'une reconnaissance vraiment filiale.

» Au reste, si vous vous faites gloire, avec une modestie qui vous honore, de rendre justice à votre évêque et à votre père spirituel, j'apprends aussi et de plusieurs côtés que vous lui faites vraiment honneur par vos talents. Il n'y a qu'un avis là-dessus. Tout le monde croit que vous serez une des colonnes de l'Eglise catholique. L'article de M. C... dans le *Journal des Débats* a produit le plus grand effet. Je sais de bonne part que monseigneur D... en est un peu jaloux.

» Pour moi, mon cher ami, je vous félicite de tout mon cœur, et je veux dès aujourd'hui vous donner des marques de ma satisfaction. L'abbé de Saint-Corentin, mon grand vicaire, est un peu fatigué de ses fonctions. Je vais l'en relever, et je vous choisis pour le remplacer.

» N'ébruitez pas d'avance ce changement dont l'abbé n'est pas encore averti. Peut-être en aurait-il quelque chagrin. J'aime mieux le lui dire moi-même avec tous les ménagements nécessaires. Il faut toujours avoir des égards pour un vieux serviteur. Je lui destine d'ailleurs une compensation très enviable, la cure de Saint-Pierre, qui est la meilleure du diocèse, et qui lui permettra de ne pas me quitter.

» Adieu, mon ami, continuez à combler de joie votre évêque par vos succès et vos bons sentiments. *Perge, amice.*

» De votre côté, mon cher enfant, croyez toujours à l'inaltérable amitié que je vous ai vouée,

» ✝ GRÉGOIRE.

» Je vous attends dans trois jours. »

Et plus bas :

« Le procureur général de la Cour impériale sort de mon palais et m'apprend une nouvelle assez étrange. Il paraît (n'ayez d'ailleurs aucune inquiétude), il paraît que M. le préfet du département veut vous faire un procès. Il s'est fâché, dit le procureur général, d'un certain passage de votre livre où vous malmenez fort son grand-père, l'ancien conventionnel régicide.

» Je me suis fait indiquer le passage. Il est assez vif en effet. Le voici :

« Quand ces misérables assassins (ceux qui condamnèrent à mort Louis XVI) ayant toute honte bue, se vautrèrent dans la fange et dans l'infamie, un d'eux, le trop célèbre Lavorey, dont le nom est attaché pour jamais au pilori de l'histoire, trouva moyen de se distinguer par les crimes les plus inouïs.

» Ce prêtre apostat, poursuivi par le remords de son apostasie, comme Oreste par les Furies, cherchait à étouffer dans le vin et les débauches de toute espèce le souvenir importun du Dieu qu'il avait trahi. Bientôt même, non content de porter le déshonneur et la mort dans les familles les plus illustres de sa province, le misérable voulut jouir de la vue du sang répandu, et insulter à l'agonie de ses victimes.

» On raconte — et c'est une tradition confirmée par vingt témoins oculaires — que ce nouvel Héliogabale, bien digne de l'ancien, ayant promis à la pieuse et chaste fille du baron de K... la vie de son père en échange de son honneur, et cette malheureuse victime ayant, par tendresse filiale, cédé aux désirs de ce monstre, il eut l'abominable cruauté,

après le sacrifice accompli, de faire dresser l'échafaud sous les fenêtres du château de K..., et de faire guillotiner le baron sous les yeux de sa fille, qui devint folle de honte et de désespoir.

» C'est le même homme qu'on a vu plus tard comte d'empire, sénateur, pair de France, ministre des Bourbons, comme il l'avait été de Bonaparte, et qui mourut en 1834, plein de jours, comme un patriarche vénérable. Tant il est vrai que le royaume de Notre-Seigneur Jésus-Christ n'est pas de ce monde, et que nous recevrons ailleurs le châtiment de nos vices ou le prix de nos vertus.

» Il paraît, mon cher abbé, que M. le comte de Rosslyn-sur-Epte est, par sa mère, le propre petit-fils de cet atroce gredin, de sorte que vous avez frappé cet honorable fonctionnaire dans ses affections de famille.

» Vous n'en saviez rien, ni moi non plus, car, en temps ordinaire, M. de Rosslyn-sur-Epte cache soigneusement cette origine à laquelle il doit pourtant le plus clair de sa fortune. Les Rosslyn-sur-Epte étaient de maigres sires au retour de l'émigration, et si le chef de la famille n'avait pas brigué l'honneur d'épouser la fille du régicide Lavorey, je crois bien que son fils balayerait l'hôtel de la préfecture, dans lequel il donne aujourd'hui des ordres.

» Le procureur général, très bien disposé d'ailleurs pour vous, m'a dit que le procès n'aurait pas eu lieu si le rédacteur du journal le *Cri du Peuple*, auquel M. le préfet a refusé les annonces judiciaires, n'avait, pour se venger, découvert et levé ce lièvre.

M. de Rosslyn, sommé publiquement de se prononcer, est forcé de vous poursuivre devant les magistrats pour avoir diffamé son grand-père maternel. Il s'excuse fort, du reste, de cette nécessité, et sachant toute l'affection que j'ai pour vous, il proteste d'avance de la pureté de ses intentions.

» Nous verrons bien.

» Vous, mon cher abbé, revenez. Votre titre de grand-vicaire que vous pourrez prendre trois ou quatre jours avant l'audience, produira, je l'espère, un certain effet chez les magistrats, et modérera l'ardeur du réquisitoire.

» Dans tous les cas, soyez sûr que je ne vous abandonnerai pas. »

Presque en même temps que la lettre de Mgr Grégoire je recevais une assignation à comparaître devant le tribunal de N....; pour diffamation injurieuse de la mémoire du feu comte Lavorey de Pistoïa, ancien conventionnel, ancien ministre de l'intérieur sous Napoléon Ier, ancien sénateur du premier Empire, ancien pair de France sous la Restauration, ancien grand-croix de la Légion d'honneur, officier de la couronne de Fer d'Italie, etc., etc.

On noircirait une page entière en énumérant les fonctions que cet ancien régicide converti avait remplies sous les rois et les empereurs.

J'allai le soir même, devant partir le lendemain, annoncer mon départ et faire mes adieux à Mme de Clerfontaine.

Je me fis annoncer. Elle était seule, et pleurait. Je voulus me retirer par discrétion; mais elle essuya rapidement ses larmes, me tendit la main et dit :

— Restez, mon ami, restez. Je n'ai pas de secret pour vous, et jamais je n'eus plus grand besoin de votre amitié.

Je m'assis à côté d'elle, sur le canapé, ému d'avance de ces paroles mélancoliques, et pressentant qu'un malheur terrible allait fondre sur elle et peut-être sur moi.

Hélas ! je ne me trompais pas.

XLII

Il y eut un instant de silence. Je respectais sa douleur sans en connaître la cause. De son côté, Mme de Clerfontaine paraissait rêver.

Enfin, je demandai :

— J'espère que M. le marquis de Sancy se porte bien ?

— Oui, dit-elle, mon père se porte bien, très bien, fort bien.

Ces derniers mots furent prononcés d'un air distrait et presque ironique. On aurait cru qu'elle avait à se plaindre du pauvre marquis ; et cependant, en vérité, ce digne gentilhomme ne gênait guère sa fille.

— Est-ce que M. de Clerfontaine...

— Mon mari?... il se porte très bien aussi, oui, mieux encore que mon père. D'ailleurs, ce n'est pas à moi qu'il faut en demander des nouvelles; c'est à Mlle Chouka. Qu'y a-t-il de commun entre lui et moi maintenant?

Elle poussa un profond soupir et retomba dans sa rêverie.

— Est-ce que M. le comte Renaud?...

— Mon frère? oui, mon ami, c'est de lui que je suis inquiète. C'est pour lui que je tremble maintenant. Tenez, lisez cette lettre.

« Tlemcen.

» Ma chère Armande,

» Je te fais mes adieux de loin. Ce matin nous avons reçu l'ordre de partir pour la Crimée.

» Tout le monde a été surpris. Nous étions assis au café et nous prenions tranquillement l'absinthe, lorsque le colonel est entré et nous a dit sans préparation :

» — Messieurs, faites vos malles. On s'embarque après-demain.

» On s'est regardé sans rien dire. Assurément, rien n'est plus naturel que d'aller à Sébastopol; mais on ne serait pas fâché de prendre un congé de quinze jours. Sébastopol n'est pas un pays de plaisance. Beaucoup de gens y vont ; mais je n'ai encore vu revenir personne, si ce n'est des éclopés.

» Et quel métier que d'être de garde dans la tranchée, ayant de l'eau jusqu'aux genoux. Les balles et les boulets, passe encore ; mais les rhumatismes !

» Enfin, vaille que vaille, j'espère que le capitaine Renaud de Sancy fera honneur à sa race ; mais quel ennui de se réunir trois cent mille hommes sur un espace de six lieues carrées et de se battre, jusqu'à ce que mort s'en suive !... Encore si, comme au temps du premier Napoléon, on allait de Cadix à Moscou; mais non, l'on va de Kamiesch au Mamelon vert !

» Adieu, ma chère Armande, pense à moi quelquefois, puisque cet imbécile de Clerfontaine n'a pas su se faire supporter. Il a été bien heureux que je fusse à Tlemcen et non pas à Paris quand il se montrait au public avec Mlle Chouka. Je lui aurais coupé les oreilles en un temps et deux mouvements.

» Mais il n'a rien perdu pour attendre, et quand je reviendrai de Sébastopol, Clerfontaine n'aura qu'à bien se tenir... Une Chouka!... Il faut être fou...

» Adieu, ma chère Armande. Ne t'afflige pas trop, et fais-toi plus belle que jamais pour le faire enrager... Peut-être n'avais-tu pas besoin de ce conseil, coquette !... A tout hasard, je te le donne pour ce qu'il vaut, et je t'embrasse de tout mon cœur.

» RENAUD DE SANCY. »

» Ce que tu me dis des succès de Lucien me réjouit. Décidément il a pris le bon parti. Tu le verras évêque avant que je sois colonel.... L'avancement est si lent dans l'infanterie !... Cependant Sébastopol a fait des vides. A l'assaut du Mamelon-Vert, douze officiers du 175ᵉ ont été tués ou blessés. Par ce chiffre là, tu peux juger du reste.

»Quant à moi, n'aie pas d'inquiétude. Je suis invulnérable. »

Je rendis la lettre de Renaud à Mme de Clerfontaine.

— Il n'y a pas encore de quoi s'alarmer, lui dis-je. La santé de Renaud est excellente.

— Oui, mais les balles...

— Au reste, le siége va bientôt finir. Les journaux anglais et français annoncent tous les jours qu'on va prendre Sébastopol.

—Ah! dit-elle sans écouter ma réponse, mon frère seul me restait; et qui sait quand je le reverrai ou si je le reverrai jamais !

J'essayai de lui rendre le courage, et j'y réussis un peu.

— Vous êtes bon, mon ami, dit-elle en posant légèrement sa main sur la mienne.

A ce doux contact, je sentis une émotion très vive mais qui ne dura guère et dont je n'eus pas le temps de connaître la nature , car elle retira sa main aussitôt.

— Oui, vous êtes bon, reprit Armande, et vous entrez dans toutes mes peines. Sans vous que ferais-je ici-bas? Les femmes n'ont que des sentiments et des devoirs. Il faut qu'elles aiment et qu'elles se sacrifient.

Or, qui pourrais-je aimer ! A qui pourrais-je me sacrifier ? Mon père ne se plaît que dans la compagnie de ses chevaux. Mon mari me quitte pour Mlle Chouka. Mon frère est à cinq cents lieues de moi, et je vais craindre tous les jours d'apprendre quelque funeste nouvelle... Encore si j'avais des enfants, je reporterais sur eux toute ma tendresse... Mais j'avais un petit garçon. Dieu me l'a repris avant même que j'eusse le temps de m'attacher à lui...

A ce souvenir, elle mit son mouchoir sur ses yeux.

Pauvre femme ! comme je la plaignais ! Si jeune, si belle, si gracieuse, si touchante, comblée de tous les dons de la nature et de la société, elle était réduite à la plus triste solitude et se desséchait déjà comme une fleur sur sa tige.

Je lui dis :

— Ayez bon courage, chère madame; il plaît souvent à Dieu d'éprouver ses élus, mais il leur réserve, au delà de ce monde, une plus grande part de béatitude céleste.

— Hélas ! mon cher ami, je me sens quelquefois si abattue, que je me surprends à regretter...

Ici, elle soupira et se tut.

— Que pouvez-vous regretter, chère madame ?

— Non; je ne pourrais jamais... dit-elle ;— il est des confidences qu'on ose à peine se faire à soi-même.

Et, en effet, elle paraissait avoir peine à parler, et palpitait étrangement, comme la colombe qui va tomber dans les serres du vautour.

Je ne veux rien cacher. Au point où je suis arrivé , l'homme doit être sincère avec lui-même.

Jusque-là, j'en prends le ciel à témoin, oui, jusque-là, mon cœur était pur, et je n'avais rien à me reprocher, — pas même une innocente curiosité; j'aimais Armande comme une amie et j'en avais pitié ; mais à ce moment je sentis combien il a raison le philosophe qui dit, qu'il faut fuir la femme comme la peste, et qu'elle est le pire de tous les fléaux.

Pendant cette étrange conversation, mon cœur s'amollissait à vue d'œil, et un instinct indéfinissable me portait à questionner encore.

— Quoi donc ? lui dis-je presque à voix basse, auriez-vous encore gardé quelque chose de cette curiosité funeste que...

Je parlais lentement et en cherchant mes mots. Elle leva les yeux sur moi, me jeta un regard indéfinissable, et dit :

— O mon ami, qui sait ce que je pense encore ? Je ne le sais pas moi même.

J'ai honte de le dire. J'oubliais tout à fait mon caractère de prêtre. Je ne voyais plus que la beauté d'Armande ; je me sentais fasciné, je voulais résister ; je n'en avais plus la force.

— Ai-je jamais aimé jusqu'à ce jour ? continua t-elle. Je ne le crois pas. J'épousai M. de Clerfontaine sans le connaître...

— Mais le duc? demandai-je vivement.

J'avais le cœur oppressé, la voix altérée, la respiration haletante.

— Le duc! dit Armande, il est bien loin de mon souvenir ! Il a occupé quelque temps mon imagination, je l'avoue, et le bruit de ses aventures me donna pendant six mois la curiosité de le connaître ; heureusement, vous m'avez retenue à temps sur cette pente fatale... Oui, c'est vous, mon ami, qui m'avez préservée de ma propre faiblesse.

— Et maintenant ?

— Oh ! maintenant....

Elle s'interrompit, me regarda pendant quelques secondes avec coquetterie et continua :

— Mais parlons d'autre chose, mon ami, parlons de vous, de votre beau livre, du glorieux avenir qui vous attend.

Mais son regard démentait ses paroles et semblait m'exhorter à rompre la glace.

Je le sentais et je m'embarrassais dans un long récit des démarches que j'avais faites auprès d'un critique célèbre. Je répétais lentement et longuement la réponse du critique ; ma pensée était ailleurs, et celle d'Armande aussi.

Tout à coup, elle se leva et s'accouda au balcon.

Il était neuf heures du soir. Les étoiles brillaient dans le ciel. Devant nous s'étendait le jardin de l'hôtel de Sancy, dans lequel un rossignol chantait sa chanson amoureuse.

Je m'accoudai à côté de Mme de Clerfontaine.

— Quelle belle soirée de printemps ! dit-elle. Toute la nature est en fête. Moi seule, je vivrai dans mon désert, isolée parmi les hommes...

— Non, vous ne serez pas seule, chère madame, m'écriai-je. Permettez-moi de vous aimer, de partager vos peines...

— Vous, mon cher ami ! répliqua-t-elle ; oui, je le sais, votre cœur est bon et généreux ; mais il ne doit pas connaître, il ne connaîtra jamais... Comment pourriez-vous deviner,..

Ici je perdis tout à fait la raison. J'oubliai tout, mes devoirs et mes vœux ecclésiastiques, et n'écoutant plus qu'une passion dont je n'étais plus le maître, je me jetai à genoux devant Armande, je lui pris la main, je la baisai avec transport :

— Oui, madame, je vous aime.

Elle parut surprise et fit un léger effort pour retirer sa main.

— Vous, mon ami ? dit-elle.

— Oui, madame, je vous aime avec passion, je vous adore. Ne me dites pas que je suis prêtre ; ne me rappelez pas des vœux que je maudis... Je vous aimais longtemps avant d'être prêtre ; j'ai cru, insensé que j'étais ! j'ai cru pouvoir vous oublier. Je suis entré au séminaire. Un hasard déplorable... Que dis-je ? un hasard que je bénis m'a rapproché de vous. Je vous fuyais, Dieu m'en est témoin ; je vous fuyais, Armande ; mais tout le monde m'a replacé sur votre chemin, — Mgr Grégoire, votre mari, vous-même... oui, vous-même, cent fois vous m'avez torturé le cœur par les plus cruelles confidences. J'aurais voulu vous imposer silence quand vous m'avez parlé de ce duc abominable, de ce débauché, de ce libertin, qui ne vous aurait aimée que pour vous perdre ; je souffrais mille morts en vous écoutant, et cependant je chérissais mon supplice.

— Quoi ! vous m'avez aimée jusque-là ! dit-elle.

— Je vous ai aimée, Armande, jusqu'à vous pardonner tout. Oui, si vous aviez suivi le duc, je vous aurais pardonnée, je vous aurais servie... Dieu n'a pas permis que vous eussiez besoin de mon dévouement...

Elle m'écoutait sans étonnement, — bien plus, son regard semblait m'encourager.

— Relevez-vous, mon ami, dit-elle enfin. Relevez-vous.

— Et vous me permettez de vous aimer? Et vous n'avez pas horreur de cet amour criminel ?

— Hélas ! dit-elle en soupirant, si je vous aimais, qui sait de vous ou de moi qui serait le plus criminel ?

Les portes de l'enfer s'entr'ouvraient en ce moment, et cependant je croyais entrevoir les plaines infinies du ciel.

Elle ne s'irritait pas, elle ne me dédaignait pas, elle me repoussait à peine ; elle m'aimait donc !

A cette pensée funeste je me sentais transporté de ce ravissement horrible que Satan envoie à ses élus et qui les pousse tout droit dans les ténèbres extérieures en les vouant pour jamais aux larmes, aux remords et aux grincements de dents.

Je me perdais, je voyais la profondeur du gouffre, et cependant il m'attirait invinciblement, ou, pour mieux dire, je brûlais de m'y précipiter. Ma funeste clairvoyance ne servait qu'à redoubler mes remords, sans pouvoir me retenir sur la pente. Je ne craignais plus rien que de ne pas pouvoir être criminel.

Armande, aussi émue que moi, mais plus maîtresse d'elle-même, me regarda pendant quelques secondes. Je ne sais quelle pensée ou quel désir elle vit dans mes yeux, mais elle quitta le balcon et s'enfuit au fond de la chambre en disant :

— Non, mon ami, partez !... partez !... Nous ne pouvons pas nous aimer, nous ne le devons pas... Ce serait offenser le ciel et la terre.

Elle s'assit dans un fauteuil, près de son prie-Dieu, et parut chercher là un asile contre elle-même et contre moi.

Qu'elle était belle !... hélas ! à ce souvenir je sens se réveiller mes anciens égarements. Jetons un voile sur ce triste et honteux passé. Craignons comme le pécheur dont la guérison n'est pas certaine de nous complaire dans le spectacle de notre iniquité passée.

Une heure encore se passa en prières et en supplications. Je disais à madame de Clerfontaine étonnée et ravie comment je l'avais vue et comment elle avait deux fois changé ma destinée... comment...

— Hélas ! dit-elle, que ne l'ai-je su plus tôt !

Elle était sincère en ce moment ; oui, j'en suis sûr, elle était sincère. Elle croyait qu'elle aurait tout bravé, elle, l'héritière du grand nom et de la fortune des Sancy, pour épouser le neveu d'un curé de village. Elle le croyait, et je le crus aussi pendant cette soirée. Il est si doux de croire ce qui flatte l'amour-propre et l'amour.

Cependant je n'obtins rien de plus que ce demi-aveu. Armande ne dit pas : Je vous aime, mais elle le laissa entendre si souvent ! Ses yeux, humides et doux, laissaient tomber sur moi un regard dont les anges du ciel auraient pu envier la suavité.

— Mon ami, disait-elle, ne pouvons-nous vivre l'un à côté de l'autre comme frère et sœur ? ne me parlez plus d'amour, mon cœur est fermé.

Vivez à côté de moi, la main dans la main, comme sainte Radegonde vécut à côté de saint Fortunat ; aidez-moi de vos conseils, soutenez-moi de votre amitié, protégez-moi contre ma propre faiblesse, et attendons ensemble le moment où Dieu nous rappellera dans son sein, le jour où nous pourrons nous aimer sans crime.

Je voulus me jeter à ses genoux. Un léger bruit se fit entendre dans le salon voisin.

— C'est Justine, dit-elle vivement. Relevez-vous, partez.

Je me levai, je sortis le cœur rempli d'une joie sacrilège sous laquelle perçait déjà le remords.

Quand je fus sur le seuil, elle me tendit la main et dit :

— Adieu, mon ami. A demain.

XLIII

Je rentrai chez moi rempli d'une ivresse indicible. La modeste chambre d'hôtel garni où je logeais me parut un palais, et le fauteuil où j'étais assis, un trône.

Quoi donc ! elle m'aimait cette fière Armande dont j'aurais à peine osé mendier autrefois un regard et un sourire ! Elle m'aimait,—car à quoi sert de dissimuler, — n'avais-je pas lu dans ses yeux ? ne connaissais-je pas son âme ? n'étais-je pas son ami, son directeur de conscience, mieux encore, — son amant ?

— Oui, son amant !... Par le chemin parcouru, je devinais celui que j'avais encore à parcourir. Je surmontais les scrupules, je combattais les remords, je faisais appel à toutes les puissances de l'enfer pour compléter ma victoire.

Comment peindre d'un mot cet étrange et terrible état d'une âme subitement jetée hors de la voie...

Dieu m'avait abandonné !

La plus grande partie de la nuit se passa dans ces rêves insensés et criminels. Je me voyais aux genoux d'Armande... Elle me souriait, m'encourageait, se jetait dans mes bras...

Au point du jour je m'endormis enfin. Quel réveil !

Rien ne restait plus des illusions de la veille. Je voyais mon action dans toute son horreur. L'adultère et le sacrilège s'unissant dans un morne embrassement.

Je demeurai épouvanté de moi-même. Je pouvais à peine croire à ma propre folie. Voilà donc le fruit de tant d'études et d'efforts pour arriver à la vertu ! Dès le premier choc, Satan prenait possession de sa victime !

J'ouvris l'*Imitation de Jésus Christ*, dont j'avais coutume de lire un chapitre tous les matins en me levant. Je m'aperçus avec horreur que j'avais perdu le sens de ce livre admirable. Les mots défilaient sous mes yeux sans présenter à mon esprit aucune image sensible.

Je vis alors toute l'étendue de ma faute, et je frémis de ne pouvoir la réparer. Non seulement j'étais coupable, mais j'avais entraîné une autre âme dans ma chute, et, ce qui est plus terrible encore, une âme qui m'était confiée.

Pour comble, en scrutant le fond de mon cœur, je reconnaissais avec désespoir que je n'aimais pas Mme de Clerfonfontaine. Non, je ne l'aimais pas. J'avais été surpris par l'occasion, tenté par la solitude et le secret, entraîné par les sens, mais mon cœur se détachait facilement d'Armande, je ne le sentais que trop, en pensant à ma chère Lise. C'est de ce côté que penchaient toutes mes tendresses. C'est en pensant à Lise que je me sentais libre de tout remords. Hélas ! funeste aveuglement !

Que faire cependant ?

Revenir sur mes pas ! Impossible. Dire à Mme de Clerfontaine que je ne l'aimais pas !... avec quel mépris accueillerait-elle ce remords si tardif ? Fuir sans la revoir ? Feindre de n'avoir pas compris ses demi-aveux, oui, c'est le parti le plus sage.

J'écrivis :

« Chère madame,

» Je me promettais d'aller vous voir aujourd'hui ; mais je reçois à l'instant une lettre de Mgr Grégoire, qui me rappelle et veut que je parte sur-le-champ.

» Il s'agit, dit Sa Grandeur, d'une affaire grave et qui ne peut se remettre. Je n'ose résister à l'ordre formel de monseigneur. Aussi, bien après l'aveu redoutable que je n'ai pas craint de vous faire, peut-être vaut-il mieux me bannir moi-même de votre présence que d'attendre l'arrêt trop rigoureux et trop juste que j'ai lu hier dans vos yeux. »

Je continuais encore quelques pages sur ce ton et je terminais ma lettre par quelques protestations obscures où madame de Clerfontaine trouverait à son gré soit le dévouement d'un ami, soit une passion invincible et tragique.

Je cachetai ma lettre et je descendis sur-le-champ pour la mettre à la poste et partir.

Tout en marchant, je me félicitais moi-même de la sagesse profonde avec laquelle je me tirais d'un pas si difficile. Qui croirait, pensais-je, que cette femme altière et charmante est amoureuse d'un jeune prêtre dont personne (hors de sa paroisse) ne connaissait encore le nom il y a trois mois ? Qui croirait que je m'ar-

rache moi-même à cette passion dangereuse ? Quel est celui de ces beaux gentilshommes ou de ces hommes illustres dont la France entière admire le génie, qui ne serait heureux d'obtenir un tel amour ?

Et je m'applaudissais de ma vertu. Je fuyais l'adultère, et je me croyais supérieur à toutes les faiblesses.

Insensé ! je ne voyais pas le piége tendu sous mes pas.

Je partis le soir même pour N***, où j'arrivai le lendemain vers midi.

Je remarquai avec étonnement que les jalousies du premier étage étaient fermées, quoique le temps fût sombre, et qu'il ne fît pas chaud.

J'entrai au magasin. Lise était absente. Mme Muret tenait sa place au comptoir.

En me voyant, elle se leva précipitamment.

— Ah ! bonjour, monsieur l'abbé ; comment vous portez-vous ? Avez vous fait bon voyage ? Vous devez être bien fatigué..... Voulez-vous prendre quelque chose ?... Muret va venir dîner. Si vous vouliez nous faire le plaisir de dîner avec nous ?... Je sais bien que notre dîner n'est pas trop bon, mais...

Je la remerciai et je promis d'accepter.

— Marie, dit-elle à sa servante, va chercher un poulet chez Mascarot, un jeune poulet bien gras... Tu lui couperas le cou et tu le mettras à la broche.

Et ainsi de suite ; tout en me faisant mille compliments, elle donnait vingt ordres à la fois.

— Monsieur Muret se porte bien ? demandai-je enfin, car je n'osais commencer par Lise.

— Oh ! Muret se porte comme un pont neuf. Il est allé visiter une coupe de bois qu'il fait faire dans la propriété de M. Berquigny, aux Ormes. C'est à six kilomètres d'ici.

— Et mon ami Edouard ?

— Edouard, monsieur l'abbé, est un polisson de la pire espèce, je ne puis pas en venir à bout. Figurez-vous qu'hier encore il est monté sur un chêne pour dénicher un nid de mésanges, et il a déchiré la moitié de son pantalon... Ah ! il était bien temps, monsieur l'abbé, que vous revinssiez pour le mettre à la raison.

— Mais j'espère que mademoiselle Lise s'occupe beaucoup de lui et qu'elle l'oblige à se tenir tranquille.

— Ah ! ma pauvre Lise, s'écria madame Muret, si vous saviez ce qui lui est arrivé !

Je commençai à trembler.

— Imaginez-vous, dit la bonne femme, qu'elle n'a presque pas cessé d'être malade depuis votre départ... Nous ne savons pas du tout ce que c'est... Les premiers jours, elle paraissait assez triste, mais rien de plus... Nous-mêmes nous avions beaucoup de chagrin de ne plus vous voir, de sorte que je ne m'inquiétais pas. Nous recevions vos lettres de temps en temps ; cela servait de distraction à Lise.

Un jour même, Edouard est revenu avec un grand journal dans lequel il était question de vous. L'auteur du journal disait que vous aviez fait un livre magnifique, que vous aviez beaucoup de talent. Cela nous faisait grand plaisir.

Un autre jour, il paraît que vous étiez allé à l'Académie (est-ce comme cela qu'on l'appelle ?) avec Mme de Clerfontaine. Moi d'abord, je n'ai pas été étonnée, parce que je savais bien que vous pouvez aller de plain pied avec les plus grands seigneurs et les plus grandes dames ; mais Lise n'a pas trouvé bon que Mme de Clerfontaine fût allée à l'Académie.

— Qu'est-ce qu'elle va faire là-bas ? disait-elle toujours.

— Eh bien, elle conduit M. l'abbé. Tu sais bien qu'elle a toujours eu beaucoup d'amitié pour lui.

Lise, qui n'aime pas beaucoup cette baronne, a dit que ce n'était pas là sa place.

Enfin, monsieur l'abbé, voilà comment nous passions le temps en votre absence. Mais tout à coup Lise est devenue pâle, maigre, s'est mise au lit...

— Elle est malade ?

— Un peu. Elle est couchée maintenant. J'ai fermé les jalousies pour qu'elle pût dormir plus aisément ; mais si vous voulez la voir, elle sera bien heureuse que je la réveille.

— Si je le veux, chère madame !... Montrez-moi le chemin, je vous prie.

Mme Muret se hâta de me débarrasser de mon sac de nuit et de mes bagages, puis elle entra dans la chambre de sa fille. Et j'entendis le dialogue suivant :

— Grande nouvelle, Lise, M. l'abbé est arrivé.

Lise poussa un cri de joie et se mit sur son séant.

— Veux-tu le voir maintenant ?

— Tout de suite.

— Entrez, monsieur l'abbé, dit Mme Muret.

XLIV

Jamais la beauté de Lise ne m'avait paru plus touchante. Ses yeux étaient à demi fermés, ses lèvres, légèrement entr'ouvertes essayaient un pâle sourire ; sa main gauche, blanche comme le lait le plus pur et transparente comme l'opale, pendait hors du lit ; la droite tenait un livre de voyages illustrés ; mais la demi-obscurité de la chambre indiquait assez que mon arrivée n'avait pas interrompu la lecture de Lise.

La conclusion qui s'impose à l'esprit en face d'un tel rapprochement est celle-ci :

Elle se mit sur son séant pour me voir mieux, pendant que sa mère ouvrait les jalousies et laissait pénétrer dans la chambre la lumière du soleil.

— Eh bien, lui dis-je, vous êtes donc malade, mademoiselle ?

Elle me regarda d'un air ravi et répondit :

— Je souffrais un peu ces jours-ci, monsieur l'abbé, mais je vais mieux aujourd'hui, oui, beaucoup mieux, en vérité.

Et elle mit la main sur son cœur en souriant.

En ce moment Mme Muret se retourna et Lise reprit sa première position.

— Vous ne savez pas, monsieur l'abbé, dit la mère, combien cette enfant est difficile à gouverner. A voir son air doux, tranquille et soumis, vous croiriez avoir affaire à un ange du ciel ; eh bien, elle est plus entêtée qu'une mule du Poitou, et ne fait jamais que ce qu'elle veut.

— Oh ! maman ! dit Lise en rougissant.

— Il n'y a pas de : Oh ! maman. C'est la vérité vraie que je dis là. Tu fais faire à ton père tout ce que tu veux. Si je l'en croyais, soir et matin je te demanderais conseil... Tenez, croiriez-vous, monsieur l'abbé, que Lise nous a brouillés avec les Perponcher-Tricolore ?

— Oh ! maman !...

— Oui, brouillés !...Je sais ce que je dis peut-être ! et ce n'est pas à moi qu'on fait prendre les vessies pour des lanternes. Je vois bien que M. Charles Perponcher ne vient plus que rarement, et qu'il a l'air contraint, qu'il ne sait où mettre ses pieds, ses genoux, ses mains et son chapeau, — lui qui venait autrefois si souvent et avec tant de plaisir !... Quant à son père, on ne le voit plus du tout.

— Ah ! maman, dit Lise en riant, ce n'est pas pour moi qu'il venait, celui-là, c'est pour mon père et pour toi. S'il ne vient plus, c'est ta faute, tu l'auras mal reçu !

— Voyez-vous la petite masque ! s'écria Mme Muret, moitié fâchée, moitié souriante, voilà comment elle répond à tout... Vous savez, monsieur, si le père Perponcher-Tricolore est un homme à perdre son temps chez nous, lui qui a des prés, des terres, des vignes et une étude à faire marcher, — une étude bien achalandée, il s'en vante, et il a raison. Quand il a vu que Lise ne voulait plus de son fils...

— Mais, maman, je n'ai jamais dit cela. J'ai dit que...

— Peu importe ce que tu dis et ce que tu ne dis pas... On voit bien ce qu'on voit, n'est-ce pas, monsieur l'abbé ?

Cette confidence me remplissait de joie; cependant, pour ne pas me rendre suspect à la mère, je crus devoir dire au hasard quelques paroles de reproche.

— Comment ! mademoiselle Lise, je croyais que votre mariage était décidé ?

Le visage de Lise s'assombrit tout à coup. Elle me regarda tristement et dit :

— Vous aussi, monsieur l'abbé, vous croyez que je dois épouser M. Charles Perponcher ?

— Je crois, ma chère Lise, lui dis-je d'un ton plus doux, qu'il faut obéir à vos parents.

— Mais si mes parents veulent faire le malheur de ma vie ?

— Ta, ta, ta, ta! dit la mère. Le malheur de sa vie! Où croyez-vous qu'elle prend ces expressions, monsieur l'abbé?... Le malheur de sa vie!... Quand je pense que nous n'avons qu'une pensée, Muret et moi, c'est le bonheur de nos enfants, et qu'elle vient nous dire que nous faisons le malheur de sa vie, oh ! j'ai des envies de lui donner des soufflets... Le malheur de sa vie ! En vérité, monsieur l'abbé, on se saigne aux quatre veines comme le pélican blanc qui se dévaste les flancs pour nourrir ses enfants, et voilà la récompense qu'on en reçoit !... Tenez, je m'en vais pour ne plus entendre de pareilles choses...

A ces mots, elle sortit de la chambre en sanglotant.

Je ne cherchai pas à la retenir. Le hasard et l'imprudence de cette pauvre mère m'offraient l'occasion d'une explication que j'aurais à peine osé solliciter. Hélas ! hélas ! L'enfer n'est que trop prompt à offrir ces occasions à ses élus...

Mme Muret était à peine sortie lorsque je m'approchai du lit de Lise, et l'embrassant au front, je lui dis :

— Chère Lise, vous avez bien mal suivi mes conseils.

— En quoi ? dit-elle en frémissant sous ce baiser.

— Ne vous avais-je pas dit de ne pas décourager M. Charles Perponcher ?

Elle garda le silence un instant et répliqua enfin :

— M'aimez-vous ?

— Si je vous aime, ô ma chère Lise ! Je ne suis revenu que pour vous...

— Et vous n'avez pensé qu'à moi pendant ce long voyage ?

— A qui pouvais-je penser ?

— A rien. C'est vrai. J'ai tort. Et vous m'aimerez toute la vie?...

— Toute la vie, et encore au delà, ma Lise bien-aimée !

— Eh bien, dit-elle, que m'importe M. Charles Perponcher ?

— Oui, mais vos parents !...

— Ah! vous ne m'aimez pas? Vous pensez trop à tout ce qui peut nous séparer !...

— Je ne vous aime pas, chère Lise! Mais je n'ai de pensée que pour vous. C'est à vous que je rapporte tous mes efforts, c'est vous qui êtes ma seule amie sur la terre !

— Et vous n'aimez pas cette baronne ? demanda-t-elle à demi-voix.

— Quelle baronne ?

— Mme de Clerfontaine, celle qui vous mène à l'Académie, qui vous offre un logement dans son hôtel, — ne dites pas non, je le sais...

— Alors, ma chère Lise, vous devez savoir que j'ai refusé...

— Je ne sais rien, répliqua Lise, si ce n'est que vous restez à Paris, près d'elle, que tout le monde dit qu'elle vous aimait, que vous m'oubliez, et que je meurs de chagrin...

— Oh ! Lise, ma bonne Lise! pouvez-vous croire à ces infâmes calomnies ? Mme de Clerfontaine n'a jamais eu pour moi que les sentiments d'une amie, d'une sœur...

— D'une sœur ! s'écria Lise avec reproche. Ah ! je le savais bien !

— Oui, d'une sœur !... Son frère était mon ami intime. Il me l'a confiée en partant pour l'Afrique...

— Et son mari aussi vous l'a confiée ?... dit Lise.

— Oh ! Lise ! vous devenez méchante. Son mari, M. de Clerfontaine, est un débauché qui ne l'a jamais aimée, et qui l'abandonne aujourd'hui. Que vouliez-vous qu'elle fît ?

— Et elle vous a demandé conseil ?

— A peine me suis-je mêlé de ses affaires, si ce n'est pour prévenir un procès scandaleux. Pouvais-je refuser le secours de mon ministère ?

— Ah ! s'écria Lise sans répondre à ma question, elles sont bien heureuses, ces grandes dames. Si j'étais baronne, vous arrangeriez aussi mes affaires ; vous seriez mon ami, mon guide, mon protecteur, mon frère...

Ici, je pris un ton d'autant plus sévère, que ma conscience me faisait quelques reproches.

— Ma chère Lise, lui dis je, je vois avec peine que vous devenez jalouse, et que la solitude vous a donné de mauvais conseils...

Elle fondit en larmes et me prit la main en disant :

— Oh ! pardon ! pardon ! Je vous fais de la peine et j'ai tort. Non, je ne devrais pas vous accuser ; je devrais vous aimer et attendre que vous m'aimiez à votre tour... Mais je ne suis qu'une enfant gâtée et je ne sais que vous aimer et vous tourmenter. Pardon !...

Comment dire tout ce que j'éprouvais ? Devant cet amour si tendre, si naïf, si dévoué je me sentais sans défense. Ce n'était plus l'orgueil et les sens qui parlaient en moi comme auprès d'Armande ; le cœur même était ému et ébranlé jusque dans ses racines les plus profondes.

Elle m'aimait et je l'aimais. Pouvais-je en douter maintenant ? Mme de Clerfontaine était bien loin de ma pensée, ou plutôt ce n'était plus qu'un remords vague. Près de Lise j'avais tout oublié.

Je me penchai sur Lise et j'osai lui baiser les yeux. Elle frémit et détourna la tête.

— Chère bien-aimée, lui dis-je, n'aie plus aucune crainte. Je suis à toi, et à toi seule. Si Mme de Clerfontaine te cause des inquiétudes, rassure-toi, je ne la verrai plus...

— Vous le jurez ! s'écria-t-elle avec joie.

— Je le jure, je ne la verrai plus, si ce n'est en public...

Cette restriction ne parut pas satisfaire Lise.

— Après les services que toute la famille de Sancy m'a rendus depuis tant d'années, ce serait une ingratitude énorme que de me retirer d'elle tout à fait, et surtout ce serait une grave imprudence !

— Hélas ! que vous êtes prudent, mon ami ! dit Lise en soupirant.

— Ma chère enfant, la prudence est la vertu la plus nécessaire à un prêtre. Vous-même, ne sentez-vous pas que la moindre imprudence me perdrait, nous perdrait tous deux ; que Mgr Grégoire, au premier bruit de l'am... de l'amitié que nous avons l'un pour l'autre, se hâterait de nous séparer, que toute la ville en parlerait, que vos parents en seraient désespérés ?

— Oh ! oui, pauvre père ! s'écria Lise. Pauvre père ! Ce serait de quoi le faire mourir.

— Prenez donc patience. Et surtout, ma chère Lise, ma Lise bien-aimée, au nom de notre am... Au nom de la tendresse que j'ai pour vous, faites un effort sur vous-même. Accueillez M. Charles Perponcher... laissez-lui quelques espérances... Mettez votre froideur passée sur le compte de la maladie... Contraignez vous un peu.

— Ah ! ce sera bien pénible, dit Lise.

— Tout est pénible, ma chère Lise, et le bonheur est un fruit qu'on ne cueille pas sans quelque fatigue.

— Mais si mon père me presse de l'épouser ?... Faudra-t-il pousser la prudence jusqu'à le suivre à l'autel et à la mairie ? demanda Lise en riant.

— Il faudra, Lise, m'obéir, dans mon intérêt et dans le vôtre....

— Et vous m'aimerez toujours ?

— Eternellement.

— Et vous ne me quitterez plus ?

— Non, jamais.

— Et vous ne reverrez plus Mme de Clerfontaine ?

— En particulier ?... Non, jamais !

— Et vous me pardonnerez ma jalousie ma mauvaise humeur, tous mes sots défauts d'enfant gâté ?

— Et je vous adorerai, ma Lise bien aimée, comme je vous adore à présent en esprit et en vérité, et je n'aurai de regard et d'amour que pour vous, et je vous donnerai ma vie comme vous me donnerez la vôtre.

Je ne sais où nous aurait conduit cet attendrissement mutuel. Tout à coup une voix d'enfant, éclatante et fraîche, cria dans l'escalier :

— Où donc est-il, monsieur l'abbé ?

C'était Edouard qui me cherchait.

— Dans la chambre de Lise , cria Mme Muret.

Aussitôt j'entendis Edouard gravir quatre à quatre les marches de l'escalier.

Je n'eus que le temps de quitter la main de Lise et de m'éloigner un peu du lit.

Edouard entra et se jeta dans mes bras.

XLV

L'arrivée d'Edouard donna un autre tour à la conversation.

L'enfant me fit mille questions sur mon voyage de Paris. J'étais resté bien longtemps. Qu'avais-je vu ? Etais-je allé au Jardin des Plantes ? Avais-je vu le grand tigre du Bengale, et les lions d'Afrique ? Il aurait bien voulu voir le tigre du Bengale. Etait-il bien grand ce tigre ? Aussi grand qu'un éléphant ? Non. Aussi grand qu'un cheval breton ? Aussi grand qu'un âne ? Non, mais plus long. Et la queue ? était-elle assez forte pour renverser un homme, deux hommes, trois hommes ? Oui ? L'un après l'autre ou en même temps ? L'un après l'autre... Et la girafe ? et le rhinocéros ?

Il aurait bien voulu voir le tigre se battre avec le rhinocéros. Avais-je vu ce combat ? Non. Lequel des deux était le plus fort ? et le plus souple ? et le plus adroit ? La corne du rhinocéros était bien dure, mais les griffes et les dents du tigre étaient bien tranchantes.

Et ainsi de suite pendant une demi-heure.

Edouard ne se lassait pas d'interroger, ni moi de répondre. En répondant, je regardais Lise, qui souriait.

— Quand je serai grand, dit Edouard, j'achèterai un beau fusil et deux pistolets à six coups chacun, que je suspendrai à ma ceinture. Puis j'irai dans les déserts de l'Afrique afin de chasser les animaux sauvages...

— Et si le lion te déchire avec ses griffes ? demanda Lise.

— Oh ! j'achèterai une cuirasse d'acier damasquiné.

— Et s'il fait trop chaud, ta cuirasse sera trop lourde.

— Je la déposerai sur le rivage, et j'irai me baigner dans le fleuve.

— Et s'il y a des crocodiles, des caïmans ?

— Je reviendrai vite sur le bord pour chercher mon fusil et mes deux pistolets.

— Et si tu rencontres le boa constrictor dans l'herbe ?

— Je monterai sur un baobab de trois cents pieds de haut. Le boa ne pourra pas me poursuivre jusque-là.

— Et si les aigles et les vautours sont perchés au sommet du baobab ?

Cette dernière hypothèse parut décourager Edouard, qui, à l'exemple de tous les enfants, rêvait sans cesse de Robinson Crusoé et se proposait d'être, comme Nemrod, un fort chasseur devant l'Eternel.

— Je crois, mon pauvre Edouard, lui dis-je enfin, qu'il vaut mieux rester en France et étudier comme ta sœur pour devenir un homme savant et célèbre.

— Comme ma sœur ! s'écria Edouard irrité. Est-ce que vous croyez, monsieur l'abbé, que Lise étudie quand vous n'y êtes pas ? Depuis six semaines, au lieu d'étudier, nous n'avons fait que parler de vous. Lise ne voulait plus lire que le journal afin de savoir si l'on parlait de vous à Paris...

— Edouard ! s'écria Lise en rougissant.

— Oui, oui, répliqua l'enfant, je sais ce que je dis. Tu m'as envoyé plus de vingt fois au cabinet de lecture pour chercher le *Journal des Débats*, depuis que tu as su qu'un monsieur avait fait un bel article sur la *Confusion des Panthéistes*.

La voix de Mme Muret, qui appelait Edouard, interrompit les confidences, et je crus moi-même nécessaire de me retirer en attendant le dîner.

Il me tardait d'ailleurs d'aller voir Mgr Grégoire, car Sa Grandeur n'aimait pas qu'on la fît attendre ; et les faveurs dont elle m'avait comblé justifiaient assez mon empressement.

— Au moins, me dit Mme Muret en me reconduisant jusqu'au bas de l'escalier, ne manquez pas d'être revenu à six heures. Nous avons une dinde aux marrons qui serait brûlée si vous tardiez seulement dix minutes. Muret a mis sa cravate blanche et invité en votre honneur MM. Perponcher père et fils... Lise, mon enfant, si tu te sens mieux, il faudra te lever.

— Oui, maman, je suis mieux, beaucoup mieux, dit Lise, et je descendrai pour dîner.

XLVI

Mgr Grégoire me reçut avec sa bienveillance ordinaire.

— Ah! vous voilà, dit-il en riant et me pinçant l'oreille. Vous voilà, monsieur le philosophe, monsieur l'écrivain, monsieur le logicien, monsieur le métaphysicien! il y a longtemps que je désirais vous revoir. Que faisiez-vous à Paris, monsieur l'abbé? Que cherchiez-vous dans cette moderne Babylone? Pensiez-vous quelquefois à votre évêque?

— Ah! monseigneur, pouvez-vous croire?...

— Oui, oui, j'ai lu certaine préface où je ne suis pas trop maltraité : « Digne successeur des saint Hilaire et des saint Bernard, digne rival des Bossuet et des Fénelon.» Peste! je n'ai pas à me plaindre. Et croyez-vous, monsieur le vainqueur des panthéistes, croyez-vous m'embobeliner par ces flatteries et me faire oublier que vous êtes resté à Paris trois semaines de trop?... Oui, monsieur, trois semaines, car votre congé expirait le 15 mai, s'il m'en souvient bien, et nous voici déjà au 5 juin.

Je m'excusai sur ce que j'avais cru..., et j'implorai l'indulgence de Sa Grandeur.

— C'est bien, mon enfant, dit monseigneur; nous ne voulons pas la mort du pécheur, mais sa conversion et sa vie... Or çà, qu'aviez-vous besoin de raconter l'histoire de M. le comte Lavorey, grand-père de M. le préfet?... Ce n'est pas que je vous blâme de l'avoir fait... mais il fallait choisir son temps.

— Eh! monseigneur, pouvais-je deviner que M. le comte de Rosslyn-sur-Epte, qui parle si haut de sa noblesse et de ses sentiments aristocratiques, était le fils d'un régicide?

— Bon! bon! ne vous excusez pas trop. Il n'y a pas grand mal, et M. de Rosslyn n'en sentira que mieux la nécessité de ne pas déplaire à son évêque, s'il ne veut pas qu'on lui ferme tous les salons nobles de la province. Du reste, votre affaire va bien. J'ai parlé de vous au procureur général et à quelques autres personnes influentes. Vous ne serez attaqué que pour la forme. L'Etat sait trop bien ce qu'il doit à l'Eglise pour se brouiller volontairement avec elle... Et maintenant parlons d'autre chose. Il paraît que Mgr D... n'est pas content?

— J'ignore, monseigneur...

— Ne faites pas l'ignorant, mon ami. Ma nièce a pris la peine de me l'écrire elle-même... A propos, vous l'avez vue avant de partir, je présume?

Cette question me troubla un peu. Cependant je répondis que j'étais allé présenter mes respects à de Mme Clerfontaine, la veille de mon départ.

— Vous a-t-elle dit quand elle reviendrait?

— Non, monseigneur.

— Ah! ah!... Eh bien, elle a dû se décider le lendemain de votre visite, c'est-à-dire hier dans la journée, car elle m'écrit ce matin qu'elle arrivera dans dix jours.

Je fus frappé de cette nouvelle comme d'un coup de foudre. Déplorable effet de mon imprudence, de ma sottise, ou pour mieux dire, de ma faiblesse criminelle, j'allais me retrouver face à face avec Armande! Et comment l'éviter? Où la fuir? Elle m'aimait, elle se croyait aimée; pouvait elle deviner qu'elle n'avait causé dans mon âme qu'un ébranlement passager, et que mon cœur était à Lise? Et si elle avait pu le deviner, quelle offense inexpiable!

Je me hâtai de prendre congé de monseigneur de peur qu'il ne s'aperçût de mon trouble et ne devinât ma pensée secrète; mais monseigneur me retint, et d'un ton très sérieux :

— Mon cher abbé, reprit-il, je ne vous ai pas tout dit... Comme évêque, je dois compte à Dieu de l'honneur de mon clergé, et j'espère m'acquitter convenablement de ce devoir... Mais comme je suis toujours prêt à soutenir, même au prix de mon sang, la cause de notre sainte mère l'Eglise, il faut aussi que je n'aie pas le moindre doute ni le moindre scrupule. Où donc avez vous pris l'histoire du régicide Lavorey?

— Je l'ai trouvée, monseigneur, dans les *Annales catholiques, judiciaires et militaires de la province d'Anjou*, recueillies, mises en ordre et publiées par M. l'abbé Berlinguier.

— Hum! hum! dit monseigneur. Ce n'est pas tout à fait texte d'Evangile. M.

l'abbé Berlinguier, que j'ai beaucoup connu vers 1831, s'est quelquefois laissé aller, pour l'édification des âmes pieuses, à des récits qu'il n'avait pas pris le temps de vérifier. On m'a même dit (mais par charité chrétienne, je me garderai bien d'y croire), que là où manquaient les légendes tragiques, il ne s'était pas fait faute d'y suppléer avec le secours de l'imagination...

— Oh ! monseigneur ! pouvez-vous croire !...

— Je crois, mon cher abbé, que vous avez ajouté foi un peu trop aisément à des récits dont l'abbé Berlinguier lui-même n'était pas en état de prouver l'authenticité parfaite ; mais, au bout du compte, le mal n'est pas irréparable. Votre bonne foi est entière, c'est l'essentiel. D'ailleurs ce Lavorey, régicide d'abord, puis ami ou domestique de Bonaparte, devait être fort capable de l'action horrible que lui attribue l'abbé Berlinguier. Or, s'il en était capable, l'occasion seule lui a manqué pour la commettre... Dans tous les cas, tenez bon. Je réponds de tout... Il ferait beau voir que les préfets voulussent porter la main sur les priviléges du clergé ! J'excommunierais plutôt l'huissier, le procureur général et le président... Toucher à l'Eglise ! Ils ne me connaissent pas !

Ces derniers mots furent dits d'un ton qui aurait fait trembler tous les magistrats de N... s'ils avaient pu voir et entendre Monseigneur.

— Je suis bien fâché, dis-je à Monseigneur, que Votre Grandeur daigne prendre tant de peine pour si peu de chose...

— Si peu de chose ! s'écria Mgr Grégoire, si peu de chose ! les priviléges du clergé catholique, si peu de chose ! y pensez-vous, l'abbé ? Mais c'est un sacrilège, l'action de ce préfet ! Ne le sentez-vous pas ? Que m'importe qu'un Lavorey ait commis ou non tel ou tel crime ?... Suis-je homme à me soucier de la réputation d'un Lavorey ?... Ce qu'il faut, mon enfant, c'est ôter à ces gens-là l'envie de s'attaquer à notre sainte robe. Savez-vous ce que M. Goujon, le secrétaire général, est venu me proposer ce matin ?

— M. le préfet, disait-il, était très peiné de faire un procès à un prêtre ; cependant, l'honneur de ses ancêtres étant engagé, il ne pouvait pas reculer ; il devait avant tout obtenir une rétractation publique ; et, ajoutait Goujon, M. le préfet était sûr de l'obtenir des magistrats ; mais il avait tant de respect et de déférence pour moi, qu'il aimait mieux me laisser seul juge de la question.

Il croyait donc utile, juste et convenable, et conforme aux bienséances, de proposer qu'au moyen d'un *carton* pratiqué dans l'intérieur du volume, dans la prochaine édition, le passage incriminé fût supprimé à l'amiable, M. le comte de Rosslyn-sur-Epte se déclarant satisfait à ce prix et renonçant à toute action judiciaire...

J'ai répondu que je n'avais pas de conseil à vous offrir, tout écrivain étant maître absolu de son œuvre, mais que s'il vous plaisait de me consulter, je vous conseillerais hardiment de n'en rien faire ; j'ai même ajouté (me suis-je trop avancé en cela ?) que vous ne reculeriez pas d'une semelle, et que vous attendriez avec une sérénité parfaite la décision du tribunal de première instance, assuré que le juge suprême entre les mains de qui reposent la Justice et la Vérité, ne vous abandonnerait jamais. Ce sont bien là vos sentiments, mon cher abbé ?

— Ah ! Monseigneur, combien je suis touché du soin que Votre Grandeur a daigné prendre !...

— C'est bien mon enfant. Je suis heureux de voir que je n'avais pas mal placé ma confiance... Venez dîner avec moi mardi prochain.

Ce jour-là, je vous présenterai comme grand-vicaire. On vous jugera le surlendemain. Je veux que vos adversaires soient d'avance accablés de ce coup.

A ces mots, Sa Grandeur me congédia.

XLVII

La joyeuse cordialité des convives était, je n'ai pas besoin de le dire, le mérite principal du dîner que m'offrait Mme Muret ; mais ce n'était pas le seul.

Tous les Parisiens qui sont nés en province (c'est-à-dire les neuf dixièmes des habitants de Paris) savent qu'on ne dîne vraiment que là. A Paris, on mange des choses inconnues ornées de noms étranges, à côté de gens qu'on ne connaît pas toujours, et l'on boit au hasard des vins des cinq parties du monde ; mais on ne savoure rien. On ignore ce plaisir lent et réfléchi du philosophe qui analyse toutes ses jouissances, et ce plaisir est proprement le trait distinctif de la province.

Pour moi, je le goûtais dans toute sa douceur. J'étais assis entre Mme Muret et sa fille aînée. En face de moi était Lise, rayonnante de joie ; à côté d'elle, Charles Perponcher, son fiancé, qui la félicitait de sa guérison, et se croyait déjà au comble du bonheur. Un peu plus loin, Perponcher-Tricolore, son père, et le père de Lise, séparés par la seconde fille de Mme Muret. Les deux gendres et Edouard remplissaient les intervalles. En tout, onze convives, dont trois avaient pour moi une déférence, un respect et, j'ose le dire, une tendresse sans bornes. Comment n'aurais-je pas été heureux ?

Perponcher-Tricolore, à qui je continuerai de donner ce surnom pour le distinguer de son fils, me fit les plus grands compliments sur mon retour, et sur les succès que j'avais obtenus à Paris.

—Un de mes amis qui demeure dans la capitale, dit-il d'un air imposant et en refermant sa tabatière avec bruit, un de mes amis qui demeure dans la capitale m'écrivait il y a quelques jours qu'on n'y parlait que de vous.

Je m'inclinai avec modestie en recevant ce compliment et je protestai que M. Perponcher me faisait trop d'honneur.

—Je sais ce que je dis, continua Perponcher-Tricolore. On — n'y — parle — que — de — vous... L'avocat Courbéry me l'a confirmé. Il a lu dans son journal que vous aviez retrouvé la méthode sévère de Port Royal avec l'éloquence passionnée des premiers Pères de l'Eglise, et que depuis M. le comte Joseph de Maistre personne n'avait défendu avec plus d'éclat la religion catholique.

—Vous en exceptez sans doute Mgr Grégoire ?

—Je sais ce que je dis, continua l'avoué. Mgr Grégoire a de grandes et belles parties, sans aucun doute, et je suis le premier à rendre hommage à son talent; mais le journal assure...

Je fus forcé de me laisser louer sans réserve; aussi bien, pourquoi n'avouerais-je pas ma faiblesse ? Il ne me déplaisait pas d'entendre dire devant Lise que j'étais une des lumières de l'Eglise.

—Monsieur Perponcher, dit Mme Muret, voudriez-vous une cuisse de canard ?

—Assurément, madame, avec plaisir, répondit l'avoué en tendant son assiette.

—Aimez-vous les olives ?

—Beaucoup, chère madame... Oh ! c'est assez... c'est trop...

Bientôt la conversation prit un autre tour. Charles Perponcher essayait, mais inutilement, de causer en particulier avec sa voisine. Lise répondait un monosyllabe et me regardait de tous ses yeux.

Bientôt même cette attention devint si visible que je craignis que tout le monde s'en aperçût, et, pour éloigner tout soupçon, je me tournai vers sa sœur aînée, et je feignis de m'intéresser vivement à toute sa famille et à ses occupations. Je donnai d'abord des conseils pour l'éducation des enfants ; de là, je passai à la manière la plus prompte et la plus sûre de détruire les hannetons ; après quoi, elle me fit la confidence qu'elle venait de faire construire une magnanerie, et qu'elle se proposait d'élever les vers à soie.

Je l'encourageai à exécuter ce sage projet.

—Oui, mais, dit-elle, je suis fort en peine. Le capitaine Parpaillot, notre voisin, a fait cet essai depuis trois ans, et n'a pas réussi.

—La graine de vers à soie était mauvaise, sans doute?

—Il le faut bien, car le capitaine Parpaillot est très soigneux. Il passe deux mois de suite à faire éclore, couver et multiplier ses vers, et il a toujours un thermomètre à la main... Eh bien ! croiriez-vous qu'ils ont tous crevé ?

—En vérité, chère madame !

—C'est comme j'ai l'honneur de vous le dire, monsieur... Mais cette graine venait d'Italie, et ces gueux d'Italiens...

—Et la vôtre, madame? lui dis-je en l'interrompant.

—Oh ! la mienne vient de la Chine en droite ligne.

A ce moment, Perponcher-Tricolore qui était décidément l'orateur principal de notre cercle, éleva la voix et dit :

—Il y avait autrefois à Poitiers...

Ce début m'avertit que nous étions menacés d'une longue histoire et me fit grand plaisir, car il me dispensait de causer avec la sœur de Lise, et me permettait de regarder Lise elle-même.

—Il y avait autrefois à Poitiers, reprit Perponcher-Tricolore, une jeune dame de noble famille qui avait perdu la plus grande partie de sa fortune pendant la Révolution. Elle avait nom Ysabeau de Roqenpointe...

— J'ai nom Eliacin, interrompit d'une voix éclatante Edouard Muret.

— Edouard ! s'écria Mme Muret, si tu dis un mot de plus, je t'envoie coucher tout de suite.

Edouard, tout confus, remit le nez dans son assiette, et le narrateur reprit d'un air imposant le fil de son récit.

— ... Ysabeau de Roqenpointe. Sa beauté était le moindre de ses charmes. Elle était veuve d'un ancien président à mortier du Parlement de Paris, et cousine germaine du baron des Courrières, qui fut décoré de l'ordre du Lis, en 1815, par M. le duc d'Angoulême, à la suite d'une revue de la garde nationale, où il avait crié avec enthousiasme : « Vive le roi ! vive Monsieur ! vive Monseigneur le duc d'Angoulême ! Vive Monseigneur le duc de Berry ! » Vous avez bien connu le baron de Courrières ?

— Ma foi non, dit Muret.

— Et vous, madame Muret ?

— Pas du tout.

— Et vous, monsieur l'abbé ?

— Encore moins.

— Comment ! Vous n'avez pas connu le baron des Courrières? un petit vieux, mince, fluet, un nez pointu, toujours au vent, une canne à pomme d'or, une montre à breloques, sur l'une desquelles il avait fait peindre le portrait de Marie-Antoinette, une voix criarde qu'on entendait d'un quart de lieue, et qui disait vingt fois par jour : « Palsambleu ! nous autres gentilshommes de bonne roche... » Enfin, si vous ne l'avez pas connu, je vous raconterai tout à l'heure son histoire.

— Oui, dit bonnement M. Muret, après celle de Mme Isabeau de Roquepointe.

— C'est cela même. Cette jeune dame, donc, ou plutôt cette jeune veuve, — car je puis bien l'appeler ainsi, puisqu'elle avait perdu son mari, — se trouvait un soir d'hiver au coin du feu dans sa chambre à coucher... Vous ai-je dit où elle demeurait ?

— Oui, à Poitiers, dit Muret.

— A Poitiers, sans doute ! puisqu'elle était de Poitiers, s'écria Perponcher-Tricolore d'un ton d'impatience. Mais dans quelle rue ?

— Eh ! comment voulez-vous que je le sache ? répliqua Muret.

— Eh bien, c'était au coin de la rue des Jacobins, — une rue tortueuse, déserte,

où l'herbe pousse comme dans un pré, et où l'on ne rencontre personne, passé cinq heures du soir. Mme de Roqenpointe était donc au coin du feu et bâillait, ou regardait les tisons en pensant à son défunt mari, lorsqu'elle entendit un bruit étrange qui semblait partir de la rue, et se mit à la fenêtre pour voir ce que c'était... Or, devinez...

— Parbleu ! dit un des gendres de M. Muret, qui rompait le silence pour la première fois, c'était sans doute un orgue de Barbarie.

— Un orgue de Barbarie ! répéta Perponcher-Tricolore en levant les épaules d'un air de dédain.

— Un orgue de Barbarie ! dit à son tour Mme Muret. A quoi pensez-vous donc, mon pauvre Aristide ? Est-ce que vous rêvez à la lune ?

— Après tout, répéta Aristide humilié, qu'est-ce que cela me fait que le bruit vînt d'un orgue de Barbarie ou d'une douzaine de casseroles mal rétamées ?

— Aristide a raison, ma femme, dit M. Muret qui vint au secours de son gendre. Et vous, Perponcher, mon ami, dites-nous vite ce que c'était.

Mais Perponcher-Tricolore, fâché d'avoir été interrompu, se fit beaucoup prier pour reprendre son récit, et ne consentit à dire l'étonnante aventure de Mme de Roqenpointe que lorsqu'il s'aperçut qu'on se passerait fort bien d'en connaître le dénoûment.

— Le bruit venait, dit-il enfin, d'une chaise de poste qui s'arrêta devant la maison, et d'où descendirent (c'était, ne l'oubliez pas, en 1797) un jeune officier de haute mine et une jeune dame qu'elle reconnut du premier coup d'œil. En d'autres termes, c'était le propre neveu de son mari, M. de Roqenpointe et sa femme, qui venaient faire une visite de noces.

Le récit menaçait de traîner de longueur. Tout-à-coup, Aristide, — le mari de la sœur aînée de Lise, — dit entre haut et bas :

— Le vin sera cher cette année.

— Pourquoi donc, demanda Muret alarmé.

— Les vignes ont gelé la nuit dernière.

Cette terrible nouvelle répandit la consternation. Tous les assistants, excepté moi, avaient des vignes. Perponcher-Tri

7

colore lui-même oublia Mme de Roqenpointe et dit :

— En êtes-vous bien sûr ?

— Si j'en suis sûr ! s'écria Aristide heureux de son succès. J'y suis allé ce matin; c'était une pitié... Mais qu'est-ce que cela vous fait, monsieur Perponcher ? N'avez-vous pas du vin dans la cave ?...

— Sans doute, sans doute, j'ai du vin dans la cave, mais on n'en a jamais de trop... Et moi, qui ai vendu presque toute ma provision à la maison Damien frères !... Je me croyais si sûr de la récolte de cette année ! Maudite gelée !

— Bah ! dit gaiement le père Muret, chaque jour amène son pain, n'est-ce pas, monsieur l'abbé ?... Goûtez-moi de ce petit vin-là. Goûtez, ce n'est pas méchant. Je l'ai acheté l'an dernier, 200 fr. les 228 litres, et je ne le donnerais pas aujourd'hui pour 2,000. Comment le trouvez-vous ?

— Excellent, monsieur Muret.

— Eh bien ! à votre santé, monsieur l'abbé, et à la santé de tous les vôtres !

Tout le monde trinqua avec moi.

De là on passa au vin de Champagne, et Perponcher-Tricolore voulut porter à son tour la santé de Mme Muret.

— Peuh ! dit Aristide à l'autre gendre, les belles-mères se portent toujours assez bien.

Cette observation philososhique se perdit heureusement dans le choc des verres et ne fut entendue que de moi. Si Mme Muret avait prêté l'oreille, le festin aurait pu finir aussi mal que celui des Centaures et des Lapithes, car Mme Muret est une excellente femme, mais un peu vive, et qui, de son propre aveu ne *se laisse pas facilement marcher sur le pied.*

Après la santé de Mme Muret, Perponcher-Tricolore se leva une seconde fois et porta celle de Lise. Puis le vin délia, ou, si l'on veut, épaissit à la fois toutes les langues, et la conversation devint si confuse qu'il serait inutile d'essayer d'en faire le résumé.

Enfin, on passa dans la chambre de Mme Muret qui servait de salon dans les grandes occasions, et divers groupes se formèrent. Je m'approchai de Lise, que Charles Perponcher ne quittait pas une minute, et j'engageai avec lui une discussion fort courtoise sur l'origine des religions, mais je fus fort étonné de voir dans le regard de Lise une certaine impatience dont je ne pouvais deviner la cause.

L'avais-je involontairement offensée, soit en évitant son regard pendant le dîner, soit de quelque autre manière ?

Pour empêcher Charles Perponcher de s'apercevoir de ce jeu muet, je feignis de prendre un intérêt extraordinaire à la discussion, tout en montrant la déférence la plus flatteuse pour les opinions et les arguments de mon adversaire.

Perponcher-Tricolore à son tour entra dans la conversation et voulut résumer les débats. De quelle manière ?... Dieu le sait ! Son résumé aurait duré cent ans. Cependant je l'écoutais toujours lorsque minuit sonna.

— Comment ? déjà ! s'écria Perponcher-Tricolore. Les heures passent auprès de vous comme des minutes, ajouta-t-il en souriant gracieusement à Mme Muret.

Enfin, on se sépara. Je partis le dernier, étant de la maison. Lise m'accompagna, sous prétexte de me donner de la lumière, jusqu'au milieu de l'escalier, et comme je lui serrrais la main en lui disant adieu :

— Ah ! répondit-elle à voix basse, je vois bien que vous ne m'aimez pas !

— Lise ! mais chère Lise, que dites-vous là ?

— Si vous m'aimiez, reprit-elle, prendriez-vous tant de plaisir à causer avec M. Charles Perponcher et avec son père ?... Mais vous ne m'aimez pas ! Il vous est bien égal que je me marie; je ne suis pas une baronne, moi ! On ne se gêne pas avec la pauvre Lise !

— Eh bien, Lise, vas-tu descendre et dire bonsoir à ton père ? cria Mme Muret.

Lise descendit aussitôt sans attendre ma réponse.

Ainsi commençait mon châtiment, avant même que ma faute fût complète.

XLVIII

Cependant le jour approchait où l'on devait juger la *Confusion des Panthéistes* et son coupable auteur. Déjà tout le monde prenait parti dans la ville, — les uns pour moi, les autres pour le préfet.

Les femmes, cela va sans dire, étaient en très grande majorité pour moi. Allait-on renouveler les anciennes persécutions des empereurs romains, inventer des nouveaux supplices contre les prêtres chrétiens, étouffer la parole de Dieu sous une tyrannie plus cruelle que celle des Vespasien et de Domitien ?

N'était-il plus permis de dire que le grand-père de M. de Rosslyn-sur-Epte fut un bandit, un régicide couvert de tous les crimes !

Tous les salons aristocratiques de N... se prononcèrent avec une vigueur dont je leur serai éternellement reconnaissant, quoique, à dire vrai, ma vie fût en sûreté, et que ma liberté (Monseigneur Grégoire daigna lui-même m'en donner l'assurance) ne courût pas le moindre danger.

— Je vous soutiendrai jusqu'à la mort, mon cher abbé, dit Sa Grandeur : *te usque ad mortem sustinebo;* votre cause est celle de l'Eglise tout entière, et il faut apprendre à ces robins ce qu'il en coûte de se jouer de nous.

Sur ces entrefaites, une troupe de comédiens ambulants vint à passer et demanda la permission de s'établir à N... pendant quelques semaines. Les pauvres gens, suivant la coutume des troupes de province, avaient moins de linge que de talent, — du moins si j'en crois le bruit public, et ils attendaient avec anxiété la permission du maire et du préfet de N*** qui crurent (le préfet surtout, jaloux de se réconcilier avec monseigneur Grégoire qu'il craignait d'avoir offensé) faire merveille en demandant conseil à Sa Grandeur.

J'étais dans le cabinet de Monseigneur Grégoire lorsque ces deux hauts personnages entrèrent, et je voulus sortir pour éviter la rencontre de M. de Rosslyn ; mais Sa Grandeur me retint :

— Restez, mon cher abbé, daigna-t-elle dire en souriant. Ce n'est pas à vous de quitter la place... Et vous, Martin, faites entrer ces messieurs.

Le préfet parut un peu étonné de la rencontre, mais après deux saluts, — l'un assez léger pour moi et l'autre très profond pour l'évêque, — il exposa le but de sa visite.

Il avait pensé d'abord à renvoyer ces comédiens importuns pour ne pas déplaire à monseigneur, mais les pauvres gens avaient tellement insisté, leur misère était si profonde...

— Si profonde ! répéta le maire comme un écho.

— Leur humilité si grande qu'il avait hésité, et qu'il croyait que monseigneur hésiterait lui-même à les condamner à la mendicité ; cependant, si monseigneur...

L'évêque gardait un redoutable silence, regardant le pauvre M de Rosslyn-sur-Epte s'embourber de plus en plus.

En ce temps-là, il était bien dangereux de déplaire à Mgr Grégoire : *il faisait la pluie et le beau temps* dans son diocèse, et tous les fonctionnaires se montraient pleins de déférence avec lui, sentant bien que leur vie, je veux dire leur avancement, ne tenait qu'à un fil.

Enfin, Sa Grandeur consentit à parler.

— Cela demande réflexion, dit-elle. D'un côté, cette misère...

— Oh ! Monseigneur, une misère à fendre le cœur !... s'écria le maire.

— De l'autres les règles de l'Eglise qu'il ne faut laisser fléchir qu'à la dernière extrémité ; c'est bien embarrassant. Qu'en pensez-vous, mon cher abbé ? demanda-t-il, en se tournant vers moi.

Le maire et le préfet parurent surpris de la question, et je ne le fus guère moins qu'eux, car Monseigneur demandait rarement conseil ; mais je devinai bientôt son intention, lorsqu'il ajouta :

— Je m'en rapporte aux lumières de M. l'abbé Passereau, qui va devenir mon grand-vicaire...

— Ah ! monseigneur !... m'écriai-je.

— Ne me remerciez pas, mon cher ami. Je ne veux pas cacher plus longtemps cette marque de confiance dont vous êtes tout à fait digne par vos rares talents, votre piété, votre modestie, votre sincérité...

Le préfet, un peu ennuyé de l'énumération de tant de vertus, fit un pas en arrière pour se retirer.

Monseigneur n'y prit garde et continua:

— Mon cher abbé, j'attends votre décision.

— Je pense, monseigneur, que si ces comédiens voulaient donner au public quelques tragédies chrétiennes, *Esther, Athalie, Polyeucte...*

— C'est cela même, dit monseigneur ; mon ami, vous avez jugé comme un vrai Salomon. *Polyeucte,* oui, c'est bien cela. En faveur de *Polyeucte,* monsieur de Rosslyn, vous pouvez dire à vos protégés que M. l'abbé Passereau, mon grand vicaire et moi, nous fermerons volontiers les yeux sur leurs vaudevilles.

Les deux visiteurs prirent congé de monseigneur, et je le remerciai avec effusion des faveurs dont il me comblait.

— J'ai trouvé là une bonne occasion, dit Monseigneur, pour dire à tout le monde quel cas je fais de vous, mon cher ami, et pour faire repentir le préfet de vous avoir intenté ce sot procès. Vous avez vu de quel œil le pauvre M. de Rosslyn en a reçu la nouvelle. Voyez-le passer dans la rue

L'œil morne maintenant, et la tête baissée,

comme les chevaux d'Hippolyte... Croyez-moi, il donnerait aujourd'hui six mois de son traitement pour se réconcilier avec vous... Mais je vous le défends, à moins, bien entendu, qu'il ne vous fasse des excuses !

Tel était Mgr Grégoire. Tel il est encore, bien portant, grâce au Ciel, plein de vie et décidé à rompre en visière à tout le genre humain plutôt que d'abandonner un seul des priviléges de l'Eglise. De là son crédit parmi nos seigneurs les évêques.

Mgr D... est plus fougueux, je l'avoue ; il a plus de science et d'instruction véritable, plus d'éloquence peut-être ; mais on le regarde comme un tirailleur qui va tâter et souvent provoquer l'ennemi. C'est un général d'avant-garde qu'on désavoue quelquefois. Personne n'a jamais osé et n'osera désavouer Mgr Grégoire. Par sa naissance, par sa fortune, par ses alliances de famille, par sa sérénité hautaine (ses ennemis disent : son insolence) il impose à ses amis et à ses adversaires. Quand il parle, c'est la voix même de l'Eglise catholique qui se fait entendre.

Je crois l'avoir dit déjà, et c'est la vérité même, s'il est un saint auquel Monseigneur puisse être comparé sans désavantage, c'est, sans contredit, saint Thomas Becket, archevêque de Cantorbéry, et saint Thomas n'a pas à rougir de la ressemblance. Au besoin, Mgr Grégoire saurait subir le martyre et serait heureux de s'offrir, comme son modèle, en exemple à la chrétienté.

XLIX

Dès le soir même le bruit se répandit dans la ville que Monseigneur, cédant aux instances du maire et du préfet, avait daigné autoriser la troupe de comédiens ambulants dirigée par le sieur Armandi à représenter *Polyeucte*, tragédie chrétienne en cinq actes et en vers de feu Pierre Corneille, écuyer, en son vivant membre de l'Académie française.

A ce titre, déjà bien suffisant, le directeur Armandi ajouta deux titres de sa façon.

POLYEUCTE

ou

l'Administrateur converti par le Martyr

ou

la Religion triomphant de l'Autorité.

Ce qui était assez séditieux. Je ne sais si le pauvre Armandi y entendait malice, ou si le hasard avait tout fait ; mais jamais idée plus funeste ne traversa la cervelle d'un comédien de province.

Dès qu'il fut connu que Monseigneur avait autorisé la représentation de *Polyeucte*, ce fut un remue-ménage étrange parmi les lingères, couturières, brodeuses, piqueuses de bottines, coiffeurs et autres artistes en tout genre de la bonne ville de N***. Les dames les plus qualifiées furent les plus promptes à préparer leurs toilettes, tout en affirmant, suivant l'usage, qu'elles n'avaient *rien à mettre*; Madame la comtesse de Caméran ajouta même qu'elle était *toute nue;* ce qui parut un peu excessif.

D'un autre côté les sous titres d'Armandi avaient mis en gaieté les jeunes gens; on faisait semblant de croire que le directeur avait voulu faire de fines allusions au procès que je soutenais contre le préfet; aussi le parterre était-il à ce qu'on m'a dit le lendemain, aussi agité que la mer dans la saison des tempêtes.

Dès les premiers vers, le public se récria d'admiration, et souligna ironiquement presque tout le rôle de Félix, gouverneur d'Arménie.

Le préfet qui ne s'attendait pas à ce tapage rougissait et pâlissait d'impatience. Le commissaire de police, mandé dans sa loge, reçut ordre d'imposer le silence au parterre et voulut arrêter deux ou trois personnes.

Les applaudissements se changèrent alors en huées, et les acteurs, interdits, épouvantés, se retirèrent un instant dans la coulisse pour délibérer.

Malheureusement le public, s'échauffant de plus en plus, demanda la liberté des prisonniers en montrant le poing à l'autorité. Quelques horions furent échangés entre les spectateurs et la police.

Celle-ci ayant le dessous, on fit venir du renfort, et un peloton de soldats entra dans la salle, baïonnette au bout du fusil.

A cette vue, la fureur du public redoubla. Le préfet, commençant à craindre quelque désordre grave, se hâta de sortir. Puis, comme la confusion redoublait, Armandi fit éteindre le gaz. En une seconde la salle toute entière se trouva dans l'obscrité, et les spectateurs sortirent lentement en criant : A bas le préfet! vive la religion ! vive la liberté ! vive l'abbé Passereau! etc.

Telle fut la première et la dernière représentation de *Polyeucte*. Armandi et sa troupe, pressés entre le public et le préfet comme le fer entre le marteau et l'enclume, se hâtèrent de fuir cette ville turbulente.

Pour comble, c'est le lendemain qu'on jugeait mon procès; de sorte que j'allais avoir le bénéfice de l'émotion populaire.

Dès le matin, on faisait queue à l'entrée du tribunal. Outre l'attrait ordinaire de presque tous les procès de presse, on s'attendait à des discours merveilleux.

Le préfet avait fait venir de Paris tout exprès un avocat illustre dont le nom aussi connu au Corps législatif qu'au Palais-de-Justice promettait au public les plaisirs les plus délicats. C'était le plus bel arrangeur de périodes qu'on pût voir. Sa phrase, lancée avec autorité, mollement balancée en ondulations sonores, éclatait à la fin comme une bombe en touchant le but, c'est-à-dire l'adversaire.

De mon côté, sur le conseil, je dirai presque sur l'ordre de Mgr Grégoire, j'avais appelé à mon aide l'avocat le plus célèbre de France, le défenseur ordinaire des procès du clergé. Ce glorieux vieillard n'avait pas dédaigné de prendre en main mon affaire (moyennant six mille francs), et de soutenir que M. le comte Lavorey, ancien régicide, avait commis vingt autres crimes dignes de la corde, ou que s'il ne les avait pas commis, il était capable de les commettre, et qu'en tout cas il fallait s'en prendre, si je m'étais trompé dans mes appréciations, au défunt abbé Berlinguier, seul et véritable auteur de tout le mal.

Quant au procureur impérial, interprète de la loi, il avait — je l'appris de Monseigneur — reçu de son chef naturel, le procureur général, les instructions les plus modérées. Il ne devait parler de la *Confusion des Panthéistes* qu'avec estime, de moi qu'avec déférence, rejeter tout le mal sur le pauvre Berlinguier, consoler le préfet par de bonnes paroles, protester de son respect pour l'Eglise catholique, apostolique et romaine ; demander néanmoins, mais avec douceur, l'application de la loi, et laisser entrevoir aux juges que leur indulgence serait agréable à Monseigneur, ami particulier de S. Exc. M. le garde des sceaux. Toute autre conduite ne pouvait que compromettre ses chefs et lui-même.

Monsieur le procureur impérial, aussi d'Aguesseau que n'importe lequel de ses confrères, était homme à comprendre le sens de ces instructions et à s'y conformer. Malgré son air rogue, sa voix formidable, son nez immense qui ressemblait à un long poignard, son menton carré et ses favoris roux, il connaissait assez le monde et les antichambres pour savoir distinguer ce qui est utile de ce qui est équitable et ce qui fait d'un procureur impérial amovible un président solidement assis sur sa chaise curule.

Le pauvre préfet entrait donc en lice avec un désavantage marqué, car le public presque tout entier était pour moi, sauf quelques petits avocats et avoués voltairiens qui grognaient dans leur coin (j'entendis l'un d'eux en traversant le couloir) contre la domination de « la prêtraille. » A ce mot de « prêtraille, » je me retournai vivement comme si j'avais reçu un coup de bâton, et je regardai l'orateur d'un air peu encourageant; mais il soutint fièrement ce regard, et moi même je me souvins à temps des devoirs de mon état, et j'entrai dans la chambre du conseil, où m'attendaient déjà l'autre grand-vicaire et une foule de jeunes prêtres des environs que monseigneur avait convoqués ou qui étaient venus spontanément pour me faire cortége.

De là je passai avec eux dans la grande salle d'audience, que remplissait déjà une foule considérable.

A ma vue trois salves d'applaudissements éclatèrent et me causèrent une émotion si douce et si violente à la fois que je m'assis à côté de mon avocat et je saluai machinalement, sachant à peine où j'étais et qui je saluais.

Enfin, ma vue s'éclaircit et je pus distinguer les assistants.

A ma droite et en pleine lumière étaient assises les dames les plus belles, les plus nobles et les plus connues de tou'e la province. Parmi elles brillait au premier rang Mme la baronne de Clerfontaine, arrivée depuis la veille et que je n'avais pas encore vue.

Sa beauté souveraine, sa mine un peu altière mais gracieuse et souriante, ses yeux d'une expression admirable, qui savaient tout à la fois commander et supplier, sa toilette d'un goût exquis, sa réputation d'élégance, sa noblesse, sa fortune, sa parenté avec les familles les plus considérables de la province, et avec Monseigneur Grégoire lui-même, tout, jusqu'à l'indigne abandon de son mari, attirait sur elle les regards de la foule.

Du reste, elle soutenait ces regards et cette admiration avec une aisance tranquille et une sérénité sans pareille. Elle répondit à mon salut par un léger sourire et se remit à considérer avec son binocle les créatures humaines qui s'entassaient dans la salle. On eût dit qu'elle était d'une essence supérieure, et elle le croyait probablement.

Et moi-même (ô stupide amour-propre de l'homme qui s'accroche à tout pour exciter l'envie de ses semblables !), moi-même, j'étais aussi fier d'avoir reçu d'elle un sourire que d'avoir écrit, oui, en vérité, que d'avoir écrit la *Confusion des Panthéistes.*

Au fond du cœur, tout au fond, mon orgueil était flatté de cet hommage public qu'on rendait à sa beauté, et plus flatté encore d'avoir pu lui résister. Je joignais ainsi, hélas ! l'orgueil du vice à celui de la vertu.

Qu'elle était loin de soupçonner ces pensées !

Un peu au-dessous d'elle commençait le camp des bourgeoises, femmes de juges, d'avocats, de marchands de drap, d'épiciers, de quincailliers.

Dans ce camp-là, moins orgueilleux que l'autre, mais tout aussi peuplé de jolies femmes, la figure ravissante et douce de ma chère Lise attirait tous les yeux Pour le public, elle disputait à Mme de Clerfontaine le prix de la beauté; mais pour moi, nulle rivalité n'était possible, mon cœur était à elle tout entier.

Cet amour coupable et sacrilège avait fini par s'emparer de moi, par dépraver mon esprit et par y faire naître des pensées impies et perverses. Ce saint et chaste célibat des prêtres, vrai rempart de la confession, vrai fondement, pierre angulaire de notre sainte Eglise romaine, ne me paraissait plus, — parfois, — qu'une invention humaine, qu'un effet de la politique des papes qui voulaient détacher du monde le clergé tout entier pour dominer plus facilement le monde.

Je me citais à moi-même des exemples célèbres de prêtres et même de saints évêques qui ont vécu pieusement, exerçant leur sacerdoce sans quitter leurs femmes et leurs enfants, saint Synésius, évêque de Tripoli, et vingt autres pareils; comme si les institutions de la primitive Eglise pouvaient convenir à notre siècle dégénéré !... C'est par de tels renversements d'idées que Satan cherche à séduire et à perdre ses victimes.

Lise, qui ne se doutait guère des pensées dont j'étais occupé, me regardait presque constamment, tandis qu'elle était elle-même le but de tous les regards.

Assise à côté de sa mère, à trois pas de moi, car le public et les avocats étaient entassés pêle-mêle, elle attendait depuis deux heures le commencement de l'audience au moment où j'entrai.

Lorsque je saluai Mme de Clerfontaine, Lise se retourna vivement, reconnut Armande et pâlit.

Je devinai sur-le-champ la cause de cette pâleur, et pour rendre le courage à Lise, je m'abstins pendant quelques moments de regarder sa rivale. Peu à peu son teint se ranima et je vis qu'elle me savait gré de cette négligence calculée.

Du reste, je n'eus pas de grands efforts à faire pour détourner les yeux, car les juges entrèrent peu de minutes après, et le procès commença.

L

L'avocat de M. le comte de Rosslyn-sur-Epte eut le premier la parole.

On n'attend pas de moi sans doute que je répète ici les choses désagréables que cet orateur illustre débita pendant trois heures sur la *Confusion des panthéistes,* celui qui l'avait écrite, l'éditeur qui l'avait publiée, l'imprimeur qui avait prêté ses presses, le fondeur qui avait fourni les caractères, et les libraires qui vendaient le volume.

C'est assez d'avoir entendu tout cela. L'Evangile commande, il est vrai, quand on a reçu un soufflet sur la joue droite de tendre la joue gauche à l'offenseur, mais il n'ordonne pas au souffleté de s'extasier sur la beauté du soufflet et sur la vigueur de la main qui l'a donné.

Je me bornerai donc à dire, que la plupart des jeunes avocats qui écoutaient religieusement cette homélie parurent ravis du grand style, de la dialectique profonde et des périodes finement ciselées de leur confrère.

Quelques uns même applaudirent avec chaleur le panégyrique du feu comte Lavorey, dans lequel on trouvait à la fois l'éloge du régicide, ce qui plaisait aux républicains, une phrase noble sur Louis XVI, destinée à calmer les légitimistes, et des antithèses admirables où Napoléon et la liberté, Austerlitz et Sainte-Hélène, l'incendie de Moscou et le Code civil apparaissaient tour à tour, non sans mélange de Pologne restaurée et de Cosaques refoulés dans les steppes de l'Oural.

Enfin, c'était de la grande éloquence, et j'eusse été fort en peine, — sauf, bien entendu, quelques épithètes mal sonnantes qui me furent appliquées en plein visage, — de dire si l'orateur avait plaidé pour ou contre, ou autour de son sujet.

Mon défenseur se leva à son tour, et fut plus brillant encore, quoique la défense, au dire des connaisseurs, soit toujours plus difficile que l'attaque.

Il écarta d'abord avec un noble dédain toutes les épigrammes acérées de son adversaire; il parla du comte Lavorey, ancien régicide et serviteur de Napoléon avec un mépris si hautain, ou plutôt il eut l'air de l'épargner avec tant de générosité que tout le monde fut persuadé que Lavorey avait tué père, mère, femme, enfants, amis et domestiques, et qu'il n'avait été sauvé de la potence que par une grâce particulière du Très Haut qui permet quelquefois « ces fortunes étranges, ajouta-t-il, pour montrer que son royaume n'est pas de ce monde. »

Puis, après quelques paroles de politesse affectée et d'indulgence qui auraient fait tressaillir M. de Rosslyn, si le pauvre homme, prévoyant l'orage, n'avait eu soin de quitter l'audience à temps pour ne pas les entendre, il réclama hautement les droits de l'Histoire et de la Vérité : « l'Histoire, qui venge les peuples ; » la Vérité, « qui est la verge de Dieu. »

Avais je dépassé ces droits ? Avais-je ajouté quelque chose à la vérité ?... Non, non, non !... Ah ! certes, il eût été permis d'exagérer en parlant de ces monstres à face humaine qui buvaient le sang des hommes aux funestes journées de septembre, de ces infernales tricoteuses qui faisaient, soir et matin, cortége à la guillotine; qui applaudissaient sans pudeur au massacre des plus grandes, des plus nobles, des plus illustres familles de France !...

Mais non. Je n'avais rien inventé. Ce que j'avais dit, c'était de l'histoire et rien de plus. Le fait même que je reprochais au régicide Lavorey était publié tout au long dans les *Annales ecclésiastiques et militaires de l'Anjou*, œuvre du respectable abbé Berlinguier, que nul n'avait contredite jusqu'alors.

Fallait-il, pour plaire à M. le préfet, supprimer l'histoire, fausser la vérité, faire pencher en faveur des puissants la balance de la justice ?...

Puis vint l'éloge de l'Eglise catholique et le mien. Cette Eglise française si grande, si noble, si sainte et si pure, illustrée par la mort de tant de martyrs, allait-elle comparaître en accusée sur les bancs de la police correctionnelle?... C'est ainsi que Jésus fut traîné devant le tribunal de Pilate; mais plus justes, plus humains, plus généreux, plus hardis que Pilate, vous renverrez l'accusé!

Et quel accusé !... Je passe les compliments qui me furent faits en public par mon avocat, et que les assistants, je dois le dire, ne trouvèrent pas exagérés.

Enfin il ne tenait qu'à moi de me prendre au sortir de l'audience pour un grand homme, un saint et un martyr.

Des applaudissements sans fin accueillirent la péroraison de mon avocat, qui s'assit, s'essuya le front, regarda les juges et me dit tout bas :

— Votre cause est gagnée.

C'était vrai. Je m'en aperçus dès les premières paroles du procureur impérial qui s'excusa d'abord (et il n'avait pas tort d'être modeste) d'être forcé de parler après ces deux illustres maîtres de l'éloquence; qui s'excusa ensuite de réclamer contre un ecclésiastique (d'ailleurs si distingué) l'application de la loi, et qui m'accusa avec tant de mollesse, vantant d'ailleurs avec tant de chaleur mon éloquence, **mon génie, ma piété**, que tout le monde se demandait en riant s'il était venu pour poser sur mon front une couronne de lauriers, ou pour me faire condamner à l'amende et à la prison.

Enfin le président (dont le jugement était, je crois, rédigé d'avance), déclara :

« Attendu que M. l'abbé Passereau a composé un livre intitulé : *la Confusion des Panthéistes* ;

» Attendu qu'à la note 2 de la page 385 de ce volume se trouve l'histoire du comte Lavorey, ancien conventionnel, ancien régicide, ancien sénateur du premier Empire, ancien pair de France sous Louis XVIII et Charles X ;

» Attendu que dans cette note il est dit, entre autres imputations diffamatoires, que ledit comte Lavorey aurait déshonoré par violence une jeune fille de noble famille et fait couper la tête à son père ;

» Attendu que ce fait serait de nature à porter atteinte à la considération de M. le comte de Rosslyn-sur-Epte, préfet et petit-fils dudit Lavorey ;

» Attendu néanmoins que M. l'abbé Passereau allègue pour sa justification qu'il a puisé ces renseignements dans un livre déjà ancien, les *Annales ecclésiastiques et militaires de l'Anjou*, par l'abbé Berlinguier, et que jamais aucune poursuite n'a été exercée contre le premier auteur de cette histoire ;

« Le tribunal,

» Condamne M. l'abbé Passereau à un franc d'amende et à un franc de dommages-intérêts,

» Compense les dépens. »

A peine avait-on entendu ce jugement admirable et digne du feu roi Salomon, que toute la salle éclata en applaudissements, et le président eut le plaisir bien rare de voir que son arrêt s'accordait avec l'opinion publique.

On cria de toutes parts : Vive M. le président ! vive M. l'abbé Passereau ! vive Mgr Grégoire !

Quelques-uns, pour faire pièce au préfet, crièrent : Vive la liberté !

Et la foule commença à s'écouler.

Pour moi, de peur d'être porté en triomphe, je repris le chemin que j'avais suivi d'abord, et j'entrai dans la salle du conseil, où je reçus des félicitations sans fin. Un tel arrêt était une victoire éclatante pour moi, et un échec humiliant pour le préfet.

Dans l'excès de ma joie, j'allai jusqu'à remercier le président de sa bienveillance ; mais cet excellent homme m'arrêta court par la sèche et célèbre réponse de Séguier :

— Monsieur, le tribunal rend des arrêts et non pas des services.

Je n'insistai pas, sachant bien d'ailleurs ce que je devais à l'intervention de Mgr Grégoire.

Comme je me retournais pour répondre aux félicitations de mes amis et sortir, je vis s'avancer Mme de Clerfontaine plus belle et plus brillante que jamais, qui me tendit la main d'un air de déesse et me dit :

— Mon cher abbé, vous étiez tout à l'heure sur le Calvaire ; maintenant vous montez au Capitole.

Je m'inclinai avec respect et je répondis quelques paroles insignifiantes, car j'étais fort troublé de mon succès et de la présence d'Armande.

En même temps je la suivis machinalement jusque sur le grand escalier du Palais-de-Justice, et j'allais prendre congé lorsqu'elle me dit tout haut :

— Mon ami, comme j'avais prévu le succès de la bonne cause, j'ai voulu le célébrer d'avance. Je vous attends à dîner ce soir avec quelques-uns de vos meilleurs amis, et votre avocat. Nous boirons à la santé de M. le préfet et à la gloire de tous les Lavorey. C'est convenu, n'est-ce pas ?

Au moment où j'en faisais la promesse, j'entendis auprès de moi un cri étouffé.

Je me retournai. Lise, qui était près de moi et qui avait tout entendu, venait de se trouver mal dans les bras de sa mère.

Je voulus me précipiter pour la secourir, ce qui n'était pas facile sur cet espace étroit et encombré de spectateurs.

Armande vit ce mouvement et parut étonnée.

Cependant Mme Muret criait :

— Au secours ! au secours ! ma fille se meurt ! ma fille est morte !

Je soutins Lise un instant, et je dis à sa mère :

— Ne vous effrayez pas... Ce ne sera rien... C'est l'effet de la chaleur... Le grand air la remettra.

— En effet, dit Mme de Clerfontaine qui m'avait suivi, et qui observait Lise d'un air soupçonneux, ce doit être la chaleur. Laissez-lui respirer ces sels.

En même temps elle présenta un flacon de sels à Lise qui rouvrit lentement les yeux, me reconnut d'abord et me regarda d'un air si tendre et si reconnaissant que je sentis un mouvement irrésistible d'amour et de joie.

Malheureusement ce regard fut aperçu d'Armande et confirma ses soupçons.

Plus malheureusement encore Lise reconnut aussi Mme de Clerfontaine et se releva aussitôt en repoussant de la main le flacon que celle-ci lui tendait :

— Merci, madame, dit-elle. Merci. Je me sens mieux. Je n'ai plus besoin de rien. Je puis marcher. Viens, maman. Donne-moi le bras.

— A ce soir, mon cher abbé, dit Armande. A ce soir.

LI

Encore ému de cet incident dont je ne prévoyais pas les suites, j'allai tout droit à l'évêché pour annoncer à Mgr Grégoire le jugement du tribunal, et pour le remercier de sa bienveillance.

Sa Grandeur me reçut avec une bonté parfaite.

— Mon cher abbé, daigna t-elle dire, je suis ravi de votre succès ; c'est ainsi que Dieu récompense ou plutôt conduit par la main ceux qui suivent toujours la voie droite.

Je rentrai ensuite chez moi, assez inquiet de l'évanouissement de Lise.

Au moment où je montais l'escalier, Mme Muret accourut et me dit :

— Cette pauvre enfant est si délicate qu'un rien la rend malade. Je l'ai forcée à se coucher ; elle dort à présent.

Puis elle se répandit en félicitations, car l'excellente femme avait pris sa part de mon succès comme si j'eusse été de sa famille.

— Je l'avais bien dit, s'écria-t-elle, qu'on vous rendrait justice. Tout le peuple était pour vous. Quand cet avocat de Paris a parlé, non pas le vôtre qui est un brave homme, mais l'autre, tout le monde au fond de la salle faisait : Hou ! hou ! et voulait lui jeter des pierres. Mme Cabotin, la bouchère, disait qu'il ressemble avec sa grande face de carême à une tête de veau mal blanchie ; nous avons ri ! nous avons ri ! L'huissier nous criait toujours silence, et faisait de gros yeux pour nous effrayer, mais je n'avais pas peur... Je savais bien qu'on ne pouvait pas nous faire sortir ; il y avait trop de monde pour cela.

Nous étions alors sur le palier de la chambre de Lise, et je mettais déjà le pied sur la première marche de l'escalier du second étage, lorsqu'un bruit léger se fit entendre.

— Tenez, dit Mme Muret, voici Lise qui se remue dans son lit... Elle s'est éveillée sans doute... Voulez-vous entrer, monsieur l'abbé ?

Si je le voulais !...

Sans répondre un mot je la suivis dans la chambre.

Lise en effet ne dormait pas. Elle sourit en me voyant, et d'une voix à peine plus forte qu'un souffle, me dit :

— Vous devez être bien content, monsieur l'abbé !

Au même instant, on fit du bruit dans le magasin.

— Mon Dieu ! s'écria Mme Muret, on n'a jamais un instant de paix et de tranquillité dans cette maison... J'y vais ! j'y vais ! Mon Dieu ! j'y vais !... Monsieur l'abbé, voudriez vous avoir la bonté de garder Lise un instant, pendant que je vais répondre à la pratique ?... Edouard est à la campagne depuis hier et ne reviendra que samedi matin.

Là-dessus, sans presque attendre ma réponse, elle se précipita dans l'escalier.

Dieu m'est témoin que je n'avais rien prévu, rien préparé, que ce n'est pas moi qui ai tendu le piège où nous devions tomber tous deux ; hélas ! hélas ! faible consolation de mon crime !

A peine Mme Muret était-elle descendue, lorsque m'approchant de Lise, je lui pris la main doucement, comme un frère ou comme un médecin, et je lui dis :

— Vous sentez-vous mieux, ma chère Lise ?

Elle poussa un profond soupir, me regarda avec une tendresse inexprimable et répondit :

— Oui... oui... je me sens mieux... Mais vous, monsieur l'abbé, vous devez être bien heureux. Tout le monde vous aime et vous flatte...

Je devinai qu'elle voulait parler d'Armande ; mais Armande était alors bien loin de ma pensée et de mon cœur. Pour moi toute la terre était en ce moment dans les yeux si doux de Lise.

Jamais je ne l'avais vue plus belle. Son bras blanc comme le lait, et d'une transparence admirable, sortait à demi d'une manche de dentelle ; car Mme Muret, fière de la beauté de sa fille, ne lui refusait aucun luxe. Je sentis une envie irrésistible de poser mes lèvres sur ce bras. Elle s'aperçut de ma préoccupation, dégagea sa main que je serrais dans les miennes et se couvrit.

Il y eut un court silence. A quoi rêvais-je?... je n'oserais le dire. Pour la première fois, je ne me sentais plus maître de moi-même. Mille pensées coupables..... Dieu m'abandonnait.

Enfin Lise me dit :

— Vous allez dîner ce soir chez Mme de Clerfontaine?

— Moi! oui... non... Je ne sais... qui vous l'a dit ?

J'étais si troublé que je ne trouvais pas de réponse à cette question si simple, mais dont je devinais bien l'amertume cachée.

— C'est elle-même qui vous a invité devant moi, dit Lise en s'animant un peu. Ah! vous devez bien l'aimer, cette baronne !...

— Lise ! m'écriai je d'un ton suppliant. Vous savez bien que je n'aime que vous !

— Que moi !... répéta Lise. Oui, vous me le dites quelquefois, mais qui sait ce que vous lui dites, à elle ?

— Je vous jure, Lise, que je n'aime et n'aimerai jamais que vous.

— Vous me le jurez, dit-elle en se mettant sur son séant.

— Je le jure !

— Eh bien ! donnez-m'en une preuve certaine.

— Laquelle? Je suis prêt à faire tout ce que vous voudrez.

— Mettez-vous là, et écrivez à Mme de Clerfontaine un billet pour vous excuser de n'y pas aller ce soir.

— Y pensez-vous, Lise? Sous quel prétexte? Elle a invité dix personnes à cause de moi. Monseigneur y sera... Ce serait un scandale ; toute la ville en parlerait demain.

— Ah ! je le savais bien, dit elle avec douleur. Vous l'aimez mieux que moi ; vous craignez de l'offenser, et vous n'avez pas peur de désespérer la pauvre Lise !

Elle cacha sa figure dans ses mains et versa d'abondantes larmes.

Que faire? Que dire pour la consoler? Comment lui faire entendre le langage de la raison? Comment lui rendre le sang-froid que je n'avais déjà plus? Hélas! J'aurais dû me souvenir du proverbe « Celui qui cherche le danger y périra. J'aurais dû fuir ; mais il n'était déjà plus temps. Comme le rocher lancé par une main robuste du haut de la montagne, je roulais rapidement sur la pente, et rien ne pouvait plus me retenir.

Ma fatale complaisance ou plutôt ma passion coupable m'emportait.

Je fis la promesse ou plutôt le serment que Lise désirait ; et sans y penser, sans presque le vouloir, j'en sollicitai et j'en reçus le prix. Je connus ce bonheur terrible, plein d'épouvante et de volupté que Satan réserve à ceux qui se font ses esclaves, et qui se précipitent à sa suite dans les flammes éternelles.

Je le connus, et j'avoue à ma honte qu'au premier abord je n'éprouvai pas ces remords cuisants qui s'attachent plus tard au souvenir du crime. J'étais si enivré de mon fol et criminel amour, que j'avais perdu la raison. Je serrais Lise dans mes bras ; je l'appelais ma bien-aimée, et, par un sacrilége involontaire, mon épouse en Jésus-Christ, ma colombe adorée ; je ne sais quels mots étranges l'esprit du mal me soufflait alors.

Lise restait silencieuse au milieu de mes plus vifs transports ; elle ne se repentait pas d'avoir cédé ; elle ne s'en réjouissait pas ; elle paraissait plutôt heureuse de mon bonheur que du sien propre ; elle avait cédé par amour et par ignorance, et surtout, je le crains, parce qu'elle avait en moi, son directeur spirituel, une confiance absolue, et qu'elle n'imaginait pas que je pusse me tromper ou la tromper.

Comment se serait-elle défiée de moi? N'avait-elle pas appris de son père et de sa mère à m'aimer, à me respecter, à m'obéir en toutes choses, à recevoir mes leçons avec une déférence absolue et sans réplique ? Pouvait-elle soupçonner, cette enfant naïve, aimante et tendre, pouvait elle soupçonner le péril?... Moi-même quoique bien plus instruit qu'elle, je n'avais pu éviter ma chute.

Car cette chute était inévitable. L'invitation d'Armande en fut le prétexte ; Lise, si elle eut le temps de réfléchir, crut peut-être l'emporter sur sa rivale par ce sacrifice ; mais tôt ou tard, je n'en puis douter, mon crime eût été le même. C'est au moment de faire le premier pas dans la mal qu'il faut rebrousser chemin ; dès le second, il est trop tard.

Je le sais, maintenant que l'âge et la dure expérience m'ont éclairé ; je le sais, mais il n'est plus temps ; le mal passé est irréparable. Puissent du moins les jeunes gens s'instruire par mon exemple, et s'arrêter au seuil du sanctuaire s'ils n'ont pas la force nécessaire pour dompter la plus dangereuse et la plus séduisante de toutes les passions!

LII

Plus je réfléchis à ce dénoûment funeste et plus je suis épouvanté de l'ivresse inconcevable dont je fus saisi ce jour-là.

Honneur, vertu, devoir, en un instant tout disparut. J'avais franchi ce passage redoutable au-delà duquel on peut trouver encore le repentir, mais non la paix du cœur et le calme de l'innocence. J'étais criminel, je le savais ; le crime à peine commis, j'en sentis toute l'horreur ; et pour comble je me voyais forcé de ne plus penser qu'à calmer le désespoir de Lise.

Ce désespoir fut profond ; non qu'elle me fît aucun reproche de sa chute! Pauvre Lise, elle se reprochait plutôt la mienne. Elle avait une si haute idée du caractère sacré que l'ordination impose à tous les prêtres qu'elle pouvait à peine croire que j'eusse failli.

Elle était..., comment le dire? elle était heureuse ; elle était troublée ; elle était honteuse ; elle rougissait de sa faute ; elle osait à peine me regarder, et moi-même, je ne pouvais pas soutenir son regard. Nous étions l'un et l'autre comme Adam et Ève lorsqu'ils eurent goûté le fruit de l'arbre de la science du bien et du mal ; nous attendions la colère céleste, et cependant il y avait une douceur exquise et effrayante dans cette pensée que le châtiment nous serait commun aussi bien que la faute.

Mais ces pensées commençaient à peine à naître dans nos esprits, lorsque nous entendîmes refermer la porte du magasin, et Mme Muret donner à haute voix des ordres à la servante :

— Jeanneton, que faisiez-vous dehors depuis trois heures ?... On ne voit que vous dans les rues.

Ici Jeanneton répliqua je ne sais quoi.

— Je sais ce que je dis, répliqua Mme Muret en haussant la voix d'un ton ; oui, je sais ce que je dis, et ce n'est pas à moi qu'on fera prendre des vessies pour des lanternes... Qu'est-ce que c'est ?... Vous êtes allée chez l'épicier, et il n'y avait pas de bonne huile d'olive?

Et vous attendiez qu'on eût mis un baril en perce ?... A qui ferez-vous croire ces sottises? S'il n'y avait pas d'huile chez l'épicier du coin, il fallait aller ailleurs. Vous en auriez trouvé chez le père Briquet dans la rue des Fariniers, ou chez Mme Durand-Larfouillat, dans la rue des Vinaigriers... Mais vous aimez bien mieux causer avec le garçon de l'épicier du coin.

Que dites-vous ?... que vous n'avez pas causé avec le garçon de l'épicier ? Ah ! je suis bien aise de l'apprendre... Mais on vous a vue, Jeannette, on vous a vue... Qui vous a vue ?... Tout le monde, à commencer par le sacristain de la cathédrale. Vous vous moquiez bien du sacristain ? Ah ! ah ! et aussi du bedeau, je pense, et du suisse ? et de tous les marguilliers ?...

A votre aise, Jeanneton, à votre aise, si vous préférez la société du garçon épicier ; vous savez vous conduire à votre âge, n'est-ce pas ? A vingt-cinq ans, n'est-ce pas une pitié de voir une fille comme vous causer avec tous les garçons!... Et vous croyez qu'il vous épousera ?...Comptez là dessus, et vous compterez deux fois. Ne voilà-t-il pas un beau museau pour se faire épouser ?

Que marmottez-vous là entre vos dents? que votre museau est aussi joli que le mien ?... Avez-vous osé le dire, insolente ?... Osez-vous vous comparer à votre maîtresse, langue de vipère, torchon, bourrique, grande efflanquée? etc., etc.

Je passe sous silence la fin du discours de Mme de Muret, dont la conclusion fut qu'il fallait mettre à la porte cette engeance, et qu'on était bien malheureux d'avoir des domestiques.

Cependant la servante resta, étant bon cheval de trompette, ayant vu le feu plus d'une fois, et ne s'effrayant pas trop des cris de sa maîtresse. D'ailleurs, il faut manger, et la pauvre Jeanneton ne pouvait travailler et manger qu'à ce prix.

Cette scène terminée, Mme Muret vint nous rejoindre. Je l'entendais gronder encore dans l'escalier.

Je me penchai vers Lise, je lui donnai un dernier baiser, et j'allais ouvrir la porte pour sortir, lorsque Lise me dit à demi-voix :

— Vous n'irez pas ce soir chez Mme de Clerfontaine, n'est-ce pas ?

— Oh ! Lise, pouvez-vous croire ?...

Au même instant, Mme Muret entra.

— Je vous ai laissé seul bien longtemps, monsieur l'abbé, dit-elle ; je vous en demande bien pardon. Vous avez dû vous ennuyer...

Et autres excuses.

Je répondis en peu de mots que je ne m'étais pas ennuyé, mais qu'étant malade et très occupé, je me voyais forcé de rentrer chez moi pour écrire un billet et m'excuser auprès de Mme de Clerfontaine de ne pouvoir assister à son dîner. Je venais d'être saisi d'une violente migraine, et...

Lise me regarda d'un air tendre et reconnaissant.

— Donnez-moi la lettre, dit Mme Muret. Je l'enverrai par Jeanneton... Elle n'est bonne à rien qu'à piailler avec les voisins ; elle saura bien sans doute porter une lettre... Jeanneton ! Jeanneton !! Jeanneton !!!... Voyez si cette fille voudra se déranger !

Jeanneton parut enfin.

— Eh bien, qu'est-ce qu'il y a, madame ? me voilà ! Ne dirait-on pas que le feu est à la maison ?

— Jeanneton, vous porterez tout-à-l'heure à Mme la baronne de Clerfontaine la lettre de M. le grand-vicaire.

A ces mots, Jeanneton prit un air respectueux. Ces mots de « baronne » et de « grand-vicaire » avaient produit leur effet.

Je n'étais pas très content de cet arrangement ; mais comment se dérober à l'active et inépuisable obligeance de Mme Muret ? Comment refuser ses services et ceux de toute sa maison ?

Je cédai donc par lassitude, et je rentrai chez moi, où j'écrivis le billet le plus poli, le plus respectueux, le plus dévoué pour annoncer qu'une forte migraine mêlée de fièvre m'obligeait, à mon grand regret, de renoncer au plaisir de dîner avec Mme la baronne.

Puis je fermai ma porte, et je me mis à réfléchir.

Inutile et tardive réflexion ! Bonheur ou malheur, le mal était fait et irréparable. Que faire ? Comment éviter les conséquences fatales de ma criminelle passion ?

Je ne le voyais que trop. Lise compta[it] sur moi seul. Cette âme naïve, délicat[e,] fragile et tendre, incapable de se gouver[ner] elle-même, ne pouvait prendre d'au[tre] tre résolution que la mienne. Elle s'ap[puyait] puyait sur moi, comptait sur moi, croya[it] en moi.

Et moi, au lieu de jouir, comme je l'a[vais] vais cru, du bonheur d'être aimé de Lise[,] je n'étais qu'agité de remords et pressé d[e] ca her mon crime à tous les yeux. Héla[s,] n'est-ce pas le fruit amer de toutes le[s] passions illégitimes ? Le miel est au bor[d] de la coupe, mais l'absinthe est au fond.

Et quelle absinthe ! Tous les crimes e[n] même temps ! Mon vœu ecclésiastiqu[e] violé, une jeune fille, un ange, ma Lis[e] perdue à jamais, et rejetée comme mo[i] aux flammes de l'enfer. Quelle honte[,] quel avilissement ! Le désespoir port[é] dans le cœur d'une famille respectabl[e] qui n'avait envers moi d'autre tort que d[e] m'avoir montré trop de confiance et d[e] tendresse ! Comment me justifier, ou mê[me] me m'excuser, soit aux yeux de Dieu qu[i] voit tout, soit aux yeux des hommes !

C'est surtout cette horrible ingratitud[e] qui me perçait et me torturait le cœu[r.] Avais-je pu abuser ainsi de la sainte hos[pitalité ?] pitalité ? Que pourrais-je répondre à Mme Muret quand cette mère aveugle ouvrira[it] enfin les yeux et me reprocherait le dés[honneur] honneur de sa fille ? Que répondrais-je [à] Dieu qui avait remis entre mes main[s] cette âme innocente et pure ? Que répon[drais je à ma propre conscience ?]

Et, d'un autre côté, Satan, qui ne lâch[e] point sa proie, me soufflait d'infernale[s] consolations.

Enfin, elle était donc à moi, ma chère[,] ma bien-aimée Lise, à moi sans partag[e] et sans retour !... Non, je ne puis dire quelle joie passionnée et sacrilége j'éta[is] en proie ; je craindrais d'offenser le cie[l.]

Et déjà se glissaient dans mon âme le[s] sophismes pervers, fils du mensonge e[t] du crime. Quoi ! le célibat des prêtre[s] était-il donc si nécessaire ?... L'Evangi[le] a-t-il parlé de cette institution nouvelle[?] Ainsi l'hérésie abominable faisait douce[ment son chemin.]

Et quel bonheur pur et délicieux je m[e] figurais ! Epouser Lise en pays protesta[nt] et vivre près d'elle, en Suisse, en Allema[gne,] gne, en Angleterre, aux Etats-Unis, par[tout] tout où l'implacable loi de l'Eglise n[e] pourrait plus me ressaisir ! Je voyais dé[jà] la riante maison, ornée de plantes grimpantes, bien exposée au midi, à mi-côte. Au devant une verte pelouse où les enfants joueraient soir et matin. — Les enfants ! à cette idée mon cœur se dilatait, rempli d'une joie étrange et presque surnaturelle ; — à cent pas le ruisseau limpide qui traverse la prairie, et au-delà de la prairie la colline couverte de chênes et de hêtres.

Près de la maison, les étables pleines de bœufs et de moutons ; un cheval pour traîner notre petite voiture, basse et légère ; deux ânes pour servir de monture aux enfants, dont j'entendais déjà les cris joyeux, dont je voyais les rires. Les filles ressembleraient à Lise ; elles auraient sa douceur ravissante, sa tendresse exquise, sa beauté simple et gracieuse.

Je les élèverais moi-même dans l'amour du travail et dans la crainte de Dieu.

La crainte de Dieu ! A cette pensée je me sentais frissonner. Comment pourrais-je donner à ces malheureux enfants, fils du sacrilége, des vertus que j'avais moi-même méconnues ? Ne savais-je pas que la colère de l'Eternel poursuit les impies dans leurs enfants jusqu'à la septième génération ?

Au milieu de ces pensées contraires, tour à tour flatteuses et désespérées, j'avais oublié l'heure. Le retour de Jeanneton m'en fit souvenir tout à coup.

Elle frappa discrètement à la porte.

— Monsieur le grand-vicaire, dormez-vous ?... Voici la réponse de Mme la baronne de Clerfontaine.

A ces mots je tressaillis. Mon billet ne demandait pas de réponse. Je me hâtai d'ouvrir ma porte et de prendre celui que m'apportait Jeanneton.

Mais celle-ci, qui voulait faire valoir sa fatigue et ses soins, me dit :

— Ah ! monsieur le grand-vicaire, j'ai bien couru. Croiriez-vous qu'on ne voulait pas me laisser entrer ? Le grand escogriffe de portier voulait prendre ma lettre et la porter lui même ; mais j'ai dit : Pas de ça, monsieur Léonard ; je ferai bien ma commission moi-même. — C'est bon, qu'il a dit ; croyez-vous pas qu'on va vous introduire comme ça chez Mme la baronne ? — Vous vous y introduisez bien, que j'ai répondu. — Oh ! moi, a-t-il dit d'un air suffisant, moi, c'est autre chose. Je suis au service de Mme la baronne. — Eh bien, et moi, ai-je dit, je suis au service de M. le grand-vicaire, et un grand-vicaire vaut bien... — A ce mot, j'ai bien vu qu'il était tout camus. — C'est un billet de M. le grand-vicaire ? qu'il a demandé. — Un peu, monsieur Léonard. — Fallait donc le dire plus tôt. — Fallait le demander. — Entrez, mademoiselle, entrez. — Et je suis entrée.

— Vous avez vu Mme de Clerfontaine ? demandai-je enfin, impatienté de la longueur de ce récit.

— Ça va venir, monsieur, ça va venir, répondit Jeanneton. Il ne faut pas mettre la charrue devant les bœufs, comme dit l'autre. Mme la baronne était debout dans son salon, devant la glace, et, sauf votre respect, monsieur, je crois qu'elle essayait des poses et des sourires. Elle s'adoucissait les yeux et serrait les lèvres pour avoir la bouche plus petite. Au bruit que faisait la femme de chambre en ouvrant la porte, elle s'est retournée et a demandé ce qu'on lui voulait.

Elle n'est pas trop aimable, cette dame-là, quand elle oublie d'y faire attention, et elle avait joliment oublié à ce moment-là, je vous assure.

Elle a pris votre billet, l'a lu et m'a dit :

— C'est M. le grand-vicaire lui-même qui vous a remis cela ?

— Oui, madame.

— Comment se porte-t-il, M. le grand-vicaire ?

— Très bien, madame, je vous remercie.

A ce moment, j'interrompis le récit de Jeanneton.

— Pourquoi répondiez-vous à Mme la baronne ?

— Monsieur, c'était pour être polie. On m'a toujours dit qu'il fallait être polie. Je ne savais pas que c'était mal aujourd'hui.

— C'est bien ; continuez.

— Il n'est donc pas malade ? a dit Mme de Clerfontaine.

— Malade ! Ah ! bien oui, madame ! il se porte comme moi. M. le grand-vicaire n'est jamais malade.

— Comment ! il n'a pas quelque migraine, quelque mal de tête ?

— Lui, madame ! Il est si peu malade, qu'il est en ce moment au chevet du lit de Mlle Lise, qui est bien malade, elle. Pauvre demoiselle !

— Mlle Lise ! a dit Mme de Clerfontaine (et ses yeux ont brillé, sauf votre res-

pect, comme ceux d'une chatte en colère);
Mlle Lise... qui ?...

— Mlle Lise Muret, la demoiselle de la
maison.

— Ah! ah! c'est M. le grand-vicaire qui
a soin d'elle?

— Oui, madame.

— Et c'est pour cela qu'il...

Je ne sais pas ce que cette dame a voulu
dire; mais elle m'a fait signe de s'asseoir;
elle a pris une plume, de l'encre et du
papier, et elle a écrit la lettre que je vous
apporte.

J'écoutais Jeanneton avec une morne
stupeur. Son stupide bavardage avait dû
tout expliquer à Mme de Clerfontaine, et
confirmer les soupçons qu'elle avait con-
çus dans la journée. Désormais mon
amour pour Lise ne pouvait plus être secret; et qui sait quelle vengeance une
femme altière, puissante et offensée tire-
rait de ma pauvre Lise et de moi?

Si ce n'eût été la crainte de comprometa-
tre Lise, je me serais facilement consolé
de m'être fait une ennemie d'Armande;
mais pouvais-je voir avec tranquillité le
malheur de cette enfant adorée que j'allais perdre deux fois?

Enfin j'ouvris le billet de Mme de Clerfontaine. Le voici :

« Mon ami, je suis vivement contrariée
que l'horrible migraine dont vous souf-
frez ne vous permette pas de venir dîner
avec nous ce soir.

» Monseigneur se faisait un plaisir de
vous féliciter publiquement de vos succès littéraires et judiciaires. Mme de Caméran vous préparait un compliment de
sa façon. Moi même j'aurais été heureuse
de vous voir. N'y pensons plus et faisons
seulement des vœux pour votre prompte
guérison.

» A ce propos, mon ami, il faut que je
vous gronde. On m'assure que la charité
chrétienne vous emporte jusqu'à ne pas
vous laisser prendre un instant de repos.
On me dit que, malgré vos insupportables
souffrances, vous ne quittez pas le chevet
des malades; c'est mal, cela, mon ami;
il faut donner quelque repos au corps, si
l'on veut qu'il soit le fidèle serviteur de
l'âme.

» J'espère que mademoiselle Lise n'est
pas tout à fait en danger, et que vous
pouvez la laisser pendant quelques heures aux soins de sa mère. C'est bien Lise
qu'elle s'appelle, n'est-ce pas ?

» C'est un joli nom. J'avais autrefois
une petite femme de chambre assez bien
faite qui s'appelait aussi Lise. Elle ava[it]
le nez retroussé, la mine effrontée; a[u]
total c'était une assez jolie fille, et je l'[ai]
regrettée, car elle me peignait *dans la pe[r]-
fection*... Mais je la surpris un jour a[u]
moment où elle essayait mes robes deva[nt]
la glace et faisait des mines à mon c[o]-
cher. Franchement, je ne pouvais pas [la]
garder davantage.

» Je ne sais pas pourquoi ce souven[ir]
me revient quand je pense à Mlle Mure[t]
qui a, d'ailleurs, l'air d'une très bonn[e]
personne dont on peut faire tout ce qu'o[n]
veut. Un peu trop languissante peut-êtr[e]
et prompte à s'évanouir; c'est un défa[ut]
de province qui passera avec le temps.

» Mon ami, croyez moi, si votre éta[t]
vous le permet, venez chez moi ce so[ir]
et laissez les petites filles se guérir quan[d]
et comme il leur plaira. Il ne faut pa[s]
que la compassion ou la charité chrétien[ne]
ne vous fasse oublier ce que vous devez [à]
Monseigneur; ... je n'ose dire, — ce qu[e]
vous vous devez à vous-même.

» Votre sincère et dévouée amie,

» **ARMANDE.** »

LIII

Ainsi le châtiment ne se faisait pas attendre. La main de Dieu s'appesantissai[t]
sur Lise et sur moi.

Sous l'ironie contenue d'Armande j[e]
voyais en plein sa colère, et (pourquoi n[e]
pas l'avouer?) sa jalousie. Etre dédaigné[e]
d'un petit prêtre, elle, la descendante de[s]
Sancy, après avoir accueilli à demi e[t]
peut être provoqué son amour; se voi[r]
préférer la fille d'un quincaillier, et ne pa[s]
garder le moindre doute sur cette préfé-
rence; apprendre même que je ne gardai[s]
pas avec elle les convenances mondaines
— c'était de quoi irriter une âme moins
fière et moins vindicative.

Je sentis tout cela. Je prévis les suite[s]
de mon obéissance aux ordres de Lise, e[t]
j'obéis pourtant. Nous nous perdions tou[s]
deux, mais j'étais heureux de me perdr[e]
avec Lise, ou pour mieux dire, j'étais encore dans l'ivresse de l'amour, et j'ava[is]
perdu tout sang-froid en même temps qu[e]
le sentiment du devoir.

Cependant la nuit porte conseil; et dè[s]
le lendemain, prévoyant que la vengeanc[e]
d'Armande ne se ferait pas attendre, j[e]
résolus de me mettre et surtout de mettr[e]
par une prompte séparation, Lise à l'ab[ri]
de ses coups.

J'avais d'ailleurs honte et remords d'a[voir]

buser de l'hospitalité de la famille Muret. Il me semblait que je n'oserais plus soutenir ses regards. J'aurais lu à tout moment dans ses yeux le déshonneur de Lise et ma propre ignominie.

C'était assez d'avoir commis le crime; il ne fallait pas l'aggraver encore par une basse hypocrisie et feindre une amitié dont je n'étais plus digne pour ces pauvres gens dont j'avais peut-être détruit pour jamais le bonheur.

Je résolus donc de chercher un nouveau logement, sous prétexte des fonctions nouvelles de grand-vicaire que Mgr Grégoire m'avait confiées. Mais comment annoncer cette nouvelle à Lise ? Je ne doutais pas d'elle, de sa tendresse, de sa docilité ; mais je craignais qu'elle ne se crût abandonnée, et qu'elle n'en conçût un violent désespoir qui peut-être ouvrirait les yeux de ses parents et de ses amis, et causerait un scandale épouvantable.

Peut-être aussi m'étais-je trop tôt inquiété. Qu'Armande soupçonnât ou non la vérité, qu'elle fût jalouse ou dédaigneuse, pouvait-elle se venger de Lise et de moi sans se compromettre elle-même ? N'avait-elle aucun ménagement à garder soit avec moi, soit avec le monde ? Ne pouvais-je pas enfin lui donner le change et lui persuader que je n'avais pour Lise qu'une honnête amitié ?

C'est à ce dernier parti que je m'arrêtai après beaucoup de réflexions ; et sans chercher à revoir Lise, qui était occupée près de sa mère des soins du ménage ou qui restait assise au comptoir, j'allai dès le lendemain le plus tôt possible, c'est-à-dire vers deux heures de l'après-midi, faire une visite respectueuse à Mme de Clerfontaine.

Son accueil fut ironique et glacial.

— Mon ami, dit-elle, vous êtes donc guéri de votre migraine ? On a beaucoup regretté votre absence hier. Mgr Grégoire, dont vous êtes le partner favori, a demandé plusieurs fois où vous étiez. J'ai cru un instant qu'il vous enverrait chercher pour faire sa partie de whist.

Je répondis de mon mieux à ces compliments, mais je me tenais sur la défensive, feignant de ne pas comprendre, et de croire à la sincérité d'Armande.

Enfin, elle démasqua sa dernière batterie, et dit brusquement :

— J'espère que Mlle Lise aussi se porte bien ?

— Admirablement, madame. Je vous remercie. Son indisposition d'hier était légère et ne durera pas.

Armande feignit un éclat de rire.

— Voyez-vous cela ? dit-elle. En vérité, mon ami, vous me remerciez de l'intérêt que je lui porte, comme si vous étiez vous-même de la famille.

— J'en suis, en effet, madame, répliquai-je bravement ; oui, je suis de la famille par l'amitié que M. et Mme Muret m'ont toujours montrée.

— Sans compter celle de Mlle Lise, dont vous ne parlez pas ?

— Je ne parle pas de Mlle Lise, qui n'est qu'une enfant et qui serait fort étonnée des sentiments que vous lui prêtez.

— Voyons, mon ami, dit Armande, ne jouons pas au plus fin, et ne cherchez pas à cacher ce que tout le monde a vu, ce que j'ai vu moi-même hier ?...

Je fis un grand effort pour rester calme et de sang-froid, car il s'agissait de sauver la réputation de Lise et la mienne, et je répondis lentement et d'un air aussi distrait que possible.

— Qu'est-ce que vous avez vu, madame ?

— Que vous l'aimez, dit Armande d'une voix brève et saccadée, que vous l'avez presque reçue dans vos bras hier sur le grand escalier du Palais-de-Justice, qu'elle a exigé de vous, je ne sais pourquoi, que vous ne vinssiez pas dîner chez moi, que vous avez obéi, que, pour obéir, vous avez compromis votre position auprès de Mgr Grégoire... Ne mentez pas, Jeanneton m'a tout dit.

Ici j'usai d'une petite adresse de femme, pour changer le terrain de la discussion.

— Vous interrogez Jeanneton ? lui dis-je.

C'était prendre Armande par l'endroit sensible, je veux dire l'orgueil ; elle rougit, et d'une voix altérée par la colère :

— Je n'interroge ni Jeanneton, ni personne, dit-elle, mais je sais tout ce qu'il faut que je sache.

Je vis qu'il fallait apaiser Mme de Clermontaine, ou que Lise était perdue. La crainte de causer le déshonneur public de Lise me suggéra une de ces pensées diaboliques que Belzébuth souffle parfois dans l'âme de ceux qu'il a séduits. C'est ainsi que de faiblesse en faute, de faute en crime et de crime en sacrilége, on descend inévitablement les marches de l'enfer.

Je ne pouvais tromper Armande et sa terrible clairvoyance, qu'en lui persuadant que je n'avais pas cessé un instant de l'aimer elle-même; et c'est ainsi que se consommait peu à peu dans mon cœnr l'œuvre d'iniquité.

Non, je n'oserai jamais donner le détail des protestations hypocrites d'amour que je prodiguai ce jour-là.

Il fallait vaincre ou périr : persuader Armande de mon amour ou perdre à jamais Lise.

Mme de Clerfontaine douta longtemps de ma sincérité; mais elle m'aimait, je le voyais, et cet amour la rendait crédule. Enfin, à demi vaincue, persuadée, elle me dit :

— Je suis prête à vous croire si vous me donnez une preuve...

— Laquelle?

— Quittez dès demain la maison Muret.

— Eh bien! ce sera fait dès demain.

— Et ne retournez jamais chez Mlle Lise !

— C'est difficile... Comment se séparer sans scandale d'une famille qui m'a toujours montré tant d'amitié ?

— Je le veux !

— Je le ferai... Et vous m'aimerez ? ajoutai-je pour la tromper mieux.

— D'amour divin, dit Armande en riant, oui, mon ami.

Déjà la coquetterie était revenue. La colère et la jalousie avaient disparu. Armande était persuadée.

Pour moi, j'étais ravi, n'ayant rien promis que je n'eusse d'avance et par prudence résolu de faire.

Je sortis peu après et j'allai retrouver Lise.

Celle-là était plus difficile à convaincre, parce que l'amour me laissait sans défense contre ses larmes et son désespoir.

LIV

Quand je rentrai, Lise était au fond du jardin et m'attendait.

Son visage charmant, encore un peu pâli par les émotions du jour précédent, rayonnait de bonheur et d'amour. Elle entra avec moi dans le kiosque qui est au fond du jardin, où nous allions souvent avec Edouard pour lire ou pour étudier.

Là elle s'assit près de moi.

— D'où venez-vous? dit-elle d'un a plein de caresses.

— De l'évêché.

En effet, prévoyant la question, j'usai pour répondre la vérité et ne pas me tra hir, du procédé du révérend père Esco bar. Il est certain que j'étais allé à l'év ché pour voir Mgr Grégoire, et que je n l'avais pas rencontré.

— Vous n'êtes pas allé ailleurs ?

— Je me suis promené quelque temp sur le Cours, au bord de la rivière.

C'était encore vrai; mais Lise ne se con tenta point de cette réponse.

— Regardez-moi dans les deux yeu dit-elle.

— Je vous regarde, ma chère enfant, je...

— C'est bon, c'est bon, dit-elle; il n s'agit pas de cela. Etes-vous allée che Mme de Clerfontaine ?

Cette fois, la dissimulation n'était plu possible. Il fallait mentir hardiment, — chose bien dangereuse, — ou répond franchement. Je préférai ce dernier par quoiqu'il m'en coûtât, mais je savais bie qu'on ne peut pas toujours mentir.

— Chère âme, lui dis-je en lui prenan les mains et la regardant avec une pa sion qui n'était pas feinte, hélas! pou son malheur et pour le mien, chère bien aimée Lise, oui, je suis allé chez Mme d Clerfontaine, mais...

— Ah! je le savais bien ! s'écria-t-ell en pleurant. Vous êtes allé vous excuse de n'avoir pas paru hier, d'avoir fait c sacrifice à la pauvre Lise...

J'essayai vainement de la calmer. Se larmes coulaient abondamment. Que fai re ? Les plus tendres caresses ne pou vaient lui persuader mon innocence. J craignais à tout moment que l'arrivée d sa mère ou d'Edouard ne vînt nous dé ranger et que ces larmes ne donnassen quelque soupçon de la vérité. C'était mer veille que personne, sauf Armande, n'eû deviné notre amour.

Enfin, je pris un air d'autorité et je lu dis :

— Lise, ma chère Lise, écoutez-moi essuyez vos larmes.

Elle obéit, dominée par mon geste mon regard.

— Notre bonheur, ma chère bien-a

mée, lui dis je avec plus de douceur, notre bonheur dépend de vous seule... M'aimez-vous ?

— Si je vous aime !

Et la pauvre enfant joignit les mains comme pour supplier.

— Eh bien ! Lise, il faut nous séparer.

— Nous séparer !

Elle répéta ces mots machinalement comme si elle en eût cherché le sens, ou comme si elle était étourdie du coup.

— Je veux dire, Lise, qu'il m'est impossible d'habiter près de vous dans cette maison. L'honneur ne le permet pas...

— Vous m'abandonnerez ! dit-elle d'une voix faible.

— Je ne vous abandonnerai pas, ma chère Lise ; je vous aime plus que jamais...

— Vous m'aimez et vous partez !

— Je vais chercher un autre logement. Les voisins s'apercevraient de quelque chose. On en causerait. Vous seriez perdue...

— Oh ! je le suis déjà ! s'écria-t-elle avec désespoir.

— Devant Dieu peut-être ; mais non devant les hommes. Et pourquoi, ma chère Lise, joindre le scandale à la faute que nous avons commise ? Soyons prudents pour votre bonheur et pour le mien.

— Ah ! dit-elle, toujours prudent !... vous ne m'aimez pas !

Nouvelles protestations, nouvelles larmes, nouvelles instances pour obtenir de Lise qu'elle voulût bien se résigner à une séparation nécessaire. Je ne pouvais pas lui dire la cause véritable de mes inquiétudes, c'est-à-dire la jalousie d'Armande ; ce secret ne m'appartenait pas... Bien moins encore pouvais-je lui dire quel engagement j'avais pris et combien irrévocable... Je goûtais tristement alors les fruits amers des passions illégitimes. Je me voyais engagé dans une double intrigue et menacé d'un double danger.

Quelle vie pour un homme qui avait fait vœu de se consacrer au Seigneur !

Quel honteux contraste des apparences avec la réalité ! Pendant que toute la ville et le diocèse faisaient à l'envi l'éloge de mes vertus et presque de mon génie, car la *Confusion des Panthéistes* passait, au dire des connaisseurs, pour un ouvrage égal aux plus retentissants de ce siècle, j'étais enlacé dans les liens d'une passion criminelle, et, pour comble, j'étais obligé de feindre un amour plus criminel encore !

Quelle leçon pour tous ceux qui croient pouvoir se retenir à temps sur la pente du péché !

Enfin je l'emportai. Lise consentit à tout. Pauvre chère âme, si douce, si gracieuse, si tendre, si docile, et qui ne craignait que de me déplaire ! Elle consentit même à mon départ immédiat que je devais couvrir du prétexte d'aller rendre visite à mon oncle le vieux Sabre-en-Main, curé de Sancy.

Je devais ainsi satisfaire Armande sans exciter la curiosité des voisins de la famille Muret, ou les soupçons des parents de Lise. Ma nomination au poste de grand-vicaire était un motif suffisant pour changer de logement. Je louerais une petite maison dans le faubourg, et là ma chère Lise pourrait venir me voir sans témoins : car, excepté une vieille servante sourde, sinon muette, qui m'était aveuglément dévouée et que je comptais faire venir de Sancy, nul autre que moi n'habiterait ma maison.

J'avais déjà, quelques jours auparavant, jeté les yeux sur un pavillon commode et à peu près isolé de la rue des Nonnes, qui descend en pente douce vers la rivière. Derrière le pavillon est un jardin, et derrière le jardin une ruelle déserte sur laquelle donne la porte du jardin. J'expliquai toutes ces dispositions à Lise, qui les trouva excellentes, et j'allai sur-le-champ louer le pavillon qui, par bonheur, était encore vacant.

Hélas ! hélas ! Les précautions mêmes que je prenais pour cacher mes fautes allaient tourner contre ma pauvre Lise, et je devais subir l'éternel remords d'avoir causé sa perte.

Dès le lendemain tous mes préparatifs étant faits, je pris congé de la famille Muret, emmenant avec moi Edouard qui voulut absolument me suivre à Sancy. Cet arrangement me charmait. J'aurais du moins pendant mon absence quelqu'un à qui je pourrais parler de Lise toute la journée sans craindre le soupçon.

Edouard, lui, se promettait de monter à poil tous les ânes et tous les chevaux de Sancy, à commencer par l'âne et la jument de mon oncle.

Chaque âge a ses plaisirs, son esprit et ses mœurs, disait Boileau.

Mme Muret me fit les adieux les plus tendres. On eût dit que je partais pour un voyage dans les monts Altaï. J'eus grand'peine à refuser tou les présents et toute la victuaille dont la chère femme voulait remplir mes poches, ma malle et les poches d'Edouard ; mais enfin il fallut se contenter d'y mettre un immense pâté froid, deux saucissons de Lyon, et quelques autres rafraîchissements.

Elle voulait y joindre dix bouteilles d'un vin exquis. Je ne pus l'arrêter qu'en lui disant que ce serait offenser mon oncle, dont la cave était fort bien garnie.

Par respect pour la susceptibilité du vieux Sabre-en-Main, elle rapporta ses bouteilles à la cave.

Enfin, nous embrassâmes toute la famille, et nous partîmes suivis des vœux et des regrets de tous les assistants. Je crois même que les dames pleuraient un peu. Du moins Lise en avait bonne envie.

Edouard chantait de toutes ses forces :

> Au clair de la lune,
> Mon ami Pierrot
> Prête-moi ta plume
> Pour écrire un mot.

Pour moi, bien que très affligé de quitter Lise, je me félicitais de ma propre prudence, et je faisais des rêves de bonheur.

LV

Mon voyage et mon séjour à Sancy furent heureux. Le regret même d'être éloigné de Lise s'adoucissait par la pensée de la revoir bientôt et surtout par la présence et le babil d'Edouard. Il avait pour sa sœur une affection si tendre (qui ne l'aurait aimée ?) qu'il trouvait tout naturel d'en parler toute la journée.

Lise avait fait ceci. Lise avait fait cela. Lise aimait la pêche des goujons. Lise aimait à monter à âne. Lise aimait à lire. Lise ne se fâchait jamais. Lise raccommodait secrètement les vestes et les pantalons déchirés, de sorte que Mme Muret ne s'apercevait de rien. En vérité, je ne sais pas s'il était une vertu, agréable à Edouard, qui manquât à Lise.

Au milieu de ces récits dont j'étais l'auditeur si attentif, les jours s'écoulaient plus rapidement que je n'avais osé l'espérer, lorsque je reçus tout à coup le billet suivant, qui me fit frémir de crainte :

« Revenez, je vous en supplie ; votre pauvre Lise vous attend. On veut la marier à Charles Perponcher ; elle ne sait que répondre. Revenez. Ce soir encore on l'a pressée de fixer le jour du mariage.

» L. »

Aussitôt, et sans perdre une minute, j'entraînai Edouard, qui faisait mine de vouloir rester à Sancy, ne connaissant rien, l'heureux gamin, rien de plus doux que pêcher à la ligne, manger à sa faim, boire à sa soif, courir dans les bois, galoper à poil sur la paisible jument de mon oncle, et surtout, — oh ! surtout, — ne pas ouvrir un livre.

Mais enfin, quelles que fussent ses préférences pour ce délicieux genre de vie, il céda de bonne grâce en me voyant faire ma malle, et, dès le lendemain, de grand matin, nous étions de retour au logis.

Aussitôt que nous fûmes seuls, Lise se jeta dans mes bras :

— Ah ! j'ai bien souffert pendant votre absence, dit-elle. Avez-vous du moins pensé à moi ?... Tout le jour ?... En vérité !... Et vous ne m'avez pas écrit une ligne pour me rassurer, pour me consoler !...

Puis elle me raconta que Charles Perponcher et sa famille devenaient chaque jour plus pressants. Que fallait-il répondre ?... Devait-elle refuser brusquement ? Devait-elle prendre encore patience ?

Je la rassurai de mon mieux et je l'exhortai à tenir bon pendant quelques jours. Dans l'intervalle je chercherais un moyen de la délivrer de ces persécutions. Mais, avant tout, il fallait que j'eusse déménagé, afin que l'éclat d'une rupture avec la famille Perponcher, si Lise était forcée d'en venir là, ne pût pas rejaillir sur moi et exciter les soupçons contre moi.

Elle comprit ces raisons, et hâta elle-même mon déménagement, auquel j'avais eu soin de préparer Mme Muret par lettres pendant mon séjour à Sancy.

La pauvre femme était si naturellement persuadée que toutes mes actions devaient être saintes et agréables à Dieu, qu'elle se résigna aussi facilement que sa fille, quoique par d'autres raisons, à mon départ. Elle sentait bien elle-même, suivant ses propres paroles, que sa maison n'était pas digne du grand-vicaire de Mgr Grégoire.

Sans disputer là-dessus, je fis porter mes meubles dans la maison du faubourg que j'avais louée avant mon départ, et je m'installai sur-le-champ, afin de dissiper les soupçons jaloux de Mme de Clerfontaine, que j'allais voir, d'ailleurs, presque tous les jours, affectant un empressement trompeur.

Et de quoi parlions-nous pendant ces longs entretiens, ô mon Dieu ! De tout ce qui est criminel. O honte ! je feignais un amour adultère qui était bien loin de mon cœur pour cacher l'amour de Lise. Et cette femme, si spirituelle d'ailleurs, s'y laissait tromper et me croyait enchaîné à ses genoux.

Et je voyais avec un horrible sang-froid tout le manége de coquetterie qu'elle employait pour retarder sa défaite, et je la méprisais dans mon cœur quand elle croyait être passionnément aimée de moi pour sa beauté et admirée sans mesure pour sa vertu ! Et j'avais fini par me plaire à ce jeu dangereux, comme un passant qui de la rive regarde les ébats d'un cygne sur le lac.

Oui, elle se faisait belle pour moi, cette femme hautaine et charmante ; elle déployait pour me séduire toutes les ressources de l'art et de la nature ; elle s'intéressait à mille choses qui sans cela n'auraient jamais trouvé accès dans sa cervelle légère ; elle me parlait de métaphysique et d'histoire ; elle vantait la *Confusion des panthéistes* ; elle m'exhortait à ne pas m'arrêter après un aussi grand succès ; je devais, disait-elle, donner à la France un grand écrivain, un homme illustre de plus, et elle croyait complaisamment jouer le rôle de Laure auprès de Pétrarque, et elle calculait, j'en suis certain, combien de temps durerait encore ma constance amoureuse, et de quel prix il faudrait la payer un jour, et elle se préparait à tomber avec grâce et à feindre la surprise, l'étonnement, le désespoir.

Je voyais tout cela, et j'admirais en silence l'éternelle folie de ce sexe auquel nous devons tous nos maux ; je reconnaissais en elle la fragilité séduisante et perfide de notre mère Eve ; et à mon tour je m'applaudissais de tromper si bien Armande, et de feindre l'amour avec tant d'art ; et je répétais de temps en temps auprès d'elle, avec un naturel parfait, les paroles que j'avais apprises à prononcer auprès de Lise ; et je la regardais avec amour en pensant à Lise ; et je la trompais, et je m'applaudissais de mentir et de tromper, et je ne sentais plus aucun remords... O misère ! ô bassesse effroyable ! ô crime !

Mais j'allais payer cher ma folie.

Presque tous les soirs, après avoir vu Armande dans l'après-midi, je recevais à mon tour la visite de Lise. Elle sortait, sous le prétexte sacrilége d'aller aux offices divins, et venait, après la bénédiction, m'accompagner jusque chez moi à la faveur de la nuit. D'autres fois, elle venait seule et en plein jour, mais voilée, et l'aveuglement de sa mère était tel, que si ses visites eussent été connues, Mme Muret n'y aurait rien trouvé à redire.

Et je m'enivrais du plaisir de la voir, de l'entendre et de l'aimer sans obstacles, et je fermais les yeux sur l'avenir inévitable ; et vous l'aviez permis ainsi, ô mon Dieu ! pour que l'expiation fût plus rude et proportionnée à la grandeur du crime.

Hélas ! qui pourrait se révolter contre vos justes jugements ? Ne devons-nous pas baisser la tête et plier les genoux sous la main qui nous frappe ? Je ne me plains pas, ô mon Dieu ! Quel droit aurais-je de le faire ? Il n'est aucune douleur, aucun remords que vous m'ayez épargné ; mais ne pouviez-vous laisser à cette chère et délicieuse créature que vous aviez pétrie de vos mains, le temps du repentir ? Faut-il qu'elle ait été frappée d'un coup si soudain et si terrible, et que je survive seul à tout ce que j'ai aimé ?

Voici comment vint la terrible catastrophe.

Depuis trois mois les visites de Lise continuaient toujours et notre amour ne faisait que grandir avec le temps et la possession. Mais je commençais à m'apercevoir avec angoisse que Lise pâlissait, que sa santé s'altérait, et je tremblais d'en deviner la cause.

Un jour, enfin, le doute ne fut plus possible. Notre criminel amour ne pourrait bientôt plus être caché à tous les yeux. Lise m'avertit que Mme Muret s'inquiétait et questionnait déjà, mais sans rien soupçonner encore, et moi, saisi de frayeur, de désespoir, et en même temps pénétré d'une joie ineffable, je cherchai une issue pour sortir avec Lise de ce danger terrible.

Lise, réfugiée dans mes bras, palpitante et épouvantée, n'attendait plus que de moi son salut.

Et moi, je réfléchissais.

Oserai-je dire ici l'idée horrible, infâme, qui traversa un instant mon esprit? (Qui m'eût dit, un an auparavant, que j'aurais la pensée d'un crime?)

Ce fut de presser Lise d'épouser Charles Perponcher. Ce mariage couvrirait ma honte et la sienne.

Heureusement, je n'eus pas le courage de faire à Lise cette proposition abominable. Au moment de parler, je contemplai ce visage charmant, si pur encore malgré sa faute, et je fus saisi d'un respect involontaire. Je n'osai communiquer ma pensée à Lise, de peur de lui faire croire que je la méprisais, et d'enfoncer un poignard dans son cœur.

Que faire, cependant? car, je le voyais à des signes trop certains, Lise serait bientôt mère.

Et je me figurais d'avance le scandale épouvantable, toute la ville en rumeur, Mgr Grégoire indigné, toutes les bonnes femmes du pays brodant sur ce thème amoureux toutes sortes de variations ridicules, je voyais enfin ce que je n'avais pas encore voulu voir, — le terrible et profond désespoir de la famille Muret.

C'est par moi que ces pauvres gens seraient déshonorés, — par moi, leur ami, leur hôte, en qui ils avaient eu une confiance sans bornes! Et voilà ce que je leur donnais en échange!

Cependant Lise me regardait avec une anxiété effrayante. Pauvre enfant! perdue par moi, elle ne pouvait attendre son salut que de moi. Elle suivait dans mes yeux et cherchait à deviner ma pensée.

Enfin, je pris une résolution, criminelle sans doute et sacrilège, mais excusable peut-être aux yeux de quelques hommes.

— Chère bien-aimée, lui dis-je, auras-tu du courage? Veux-tu m'obéir en tout aveuglément?

— Oh! oui, je le veux!

— Eh bien! je réponds de ton salut et de notre bonheur. Fais d'avance tes préparatifs. Nous partirons demain.

— Nous partirons? s'écria-t-elle stupéfaite. Et où voulez-vous me conduire?

— Lise, il n'y a plus qu'un moyen de salut, c'est la fuite.

— Et mon père? et ma mère? Que diront-ils de moi?

Elle cacha sa tête dans ses mains et se mit à pleurer.

Je laissai couler ces premières larmes. Il fallait accorder quelque chose à la faiblesse de son sexe, puis je continuai :

— Ma chère Lise, mon parti est pris; nous quitterons la France. Nous irons à Paris ou dans un pays protestant, en Angleterre, par exemple, ou aux Etats-Unis; là nous pourrons vivre tranquilles et heureux, et nous pourrons nous marier et élever nos enfants.

— Nous marier! dit-elle stupéfaite; car la pauvre enfant avait pensé à tout, excepté à cela, sachant bien que le caractère ecclésiastique est indélébile.

Moi-même en d'autres temps, faisant à Lise le récit de la Révolution française, j'avais parlé avec horreur et mépris de ces prêtres infâmes qui rentrèrent alors dans le monde et se marièrent à leur tour. J'avais enseigné — ce qui est la doctrine constante de l'Eglise — qu'il n'y aurait pour de tels apostats ni pitié, ni pardon, si ce n'est peut-être après un long repentir; et encore Dieu seul pouvait les absoudre!

Et maintenant, sans hésiter, je voulais épouser Lise. La passion me faisait tout oublier et me suggérait des sophismes sacrilèges; tant le criminel est ingénieux à voiler son crime et à obscurcir encore des ténèbres dans sa propre conscience.

Chose étrange! ce fut Lise qui refusa. Cette charmante créature, si digne d'une meilleure destinée, acceptait avec résignation sa honte et ses remords; mais elle reculait devant le sacrilège. Nourrie dans le respect de notre sainte religion, elle aurait eu horreur de causer un tel scandale.

Aucun raisonnement ne put la persuader ou la convaincre.

— J'en mourrai, dit-elle, mais je ne serai pas sacrilège.

Cependant, elle consentit à me suivre partout où je voudrais la conduire, et il fut résolu qu'avant huit jours nous partirions ensemble à la nuit pour Paris, et de là pour le Havre et pour l'Amérique, car Lise voulait mettre l'océan entre sa famille et elle-même. Le délai de huit jours était nécessaire pour me laisser le temps d'amasser l'argent du voyage.

En même temps, elle promit de laisser croire à Charles Perponcher qu'elle consentait au mariage. C'était un moyen dissiper tout soupçon si par hasard ce jeune homme, inquiet de se voir si souvent rebuté, avait la pensée d'épier ses démarches.

Et enfin, tout étant convenu d'avance, nous nous livrâmes l'un et l'autre à l'espérance d'un meilleur avenir. Nous bâtîmes d'avance mille châteaux en Espagne. Au delà des mers nous devions trouver la solitude, la liberté, le bonheur. Je me voyais déjà construisant une petite ferme dans les forêts du Kentucky, et vivant inconnu avec Lise comme mari et femme. Car elle rejetait le nom avec horreur, mais elle acceptait et désirait la chose. Étrange aveuglement de l'esprit! Étrange perversité des passions !

Quel réveil, grand Dieu! se préparait!

LVI

Trois jours après j'étais invité avec tous les amis de la famille Muret à célébrer les fiançailles de Lise et de Charles Perponcher.

Cette fois tout était convenu.

Le mariage était fixé au 5 novembre. On avait presque dressé les articles du contrat. Le père Muret d'un côté, le père Perponcher-Tricolore de l'autre, avaient longtemps discuté, finassé, rusé, bataillé; mais on était venu à bout de concilier toutes les prétentions.

Lise aurait cinquante mille francs comptant, plus une petite ferme, héritage de sa tante. Elle avait le double *en espérances*, c'est-à-dire aussitôt qu'elle aurait eu le bonheur d'enterrer père et mère. Malheureusement le père Muret était solide et pouvait durer fort longtemps, comme Perponcher-Tricolore en fit joyeusement la remarque.

— Mais vous-même, compère, répliqua Muret, vous avez l'âme chevillée dans le corps, et vous menacez d'enterrer tous vos petits-enfants.

— Ma foi, je l'espère bien, dit Perponchet-Tricolore, quoique, ajouta-t-il avec un sourire de galanterie, je fusse vraiment affligé de perdre une si jolie belle-fille.

Lise s'inclina avec complaisance pour répondre à ce compliment, et suivant mes instructions fit quelques avances à Charles Perponcher, son voisin. Ce pauvre garçon, peu habitué à un tel bonheur,

rayonnait de joie. Le père Muret, un peu fâché de perdre sa fille, était cependant fort content de lui faire faire un *si bon mariage*. Car Charles Perponcher, outre la place d'avoué que lui cédait son père et qui valait, au plus bas mot, vingt cinq mille francs par an, recevait encore « dudit père », comme disait Perponcher-Tricolore de lui-même, une somme de vingt mille francs comptant, en beaux écus sonnants, et pouvait compter sur un bel héritage.

Mme Muret, quoique fort occupée de sa fille et du service de la table, au point d'oublier de taquiner son gendre Aristide, ne me perdait pas de vue une seule minute. Elle couvrait à tous moments mon assiette d'une foule de viandes et de sauces différentes, remplissait mon verre aussitôt qu'il devenait vide, ne me laissait aucun repos jusqu'à ce que je l'eusse vidé quand il était plein, et faisait faire silence pour qu'on m'écoutât si par hasard je faisais la remarque que les bécasses étaient succulentes ou que le pâté de pommes était exquis.

Enfin, il fallut se lever de table, au grand désespoir du gendre Aristide, qui ne s'ennuyait pas de boire du vin de Champagne avec l'autre gendre, et qui murmurait tout bas contre la précipitation de sa belle-mère.

— Allons, dit Mme Muret, qui se piquait de connaître les usages du grand monde, messieurs offrez le bras à vos dames… Aristide, prenez-moi ce candélabre ; est-ce que vous avez encore soif ?

En effet, c'était bien la maladie du pauvre Aristide; il avait toujours soif, et au moment même où Mme Muret lui offrait de porter le candélabre au salon, il étendait la main vers la bouteille.

Il se leva en grommelant :

— Il n'y a rien de plus joli qu'une belle-mère quand elle est bien empaillée.

Pensée philosophique qui fit rire aux éclats l'autre gendre.

— Qu'est ce qu'il y a ? que dit-il ? demanda Mme Muret d'un air irrité.

— Je dis, répliqua Aristide, que je vais passer devant pour éclairer la société.

Et il passa devant, sans souffler davantage, et la *société* le suivit.

Et la soirée fut très gaie, et Charles Perponcher était ravi de voir que Lise l'écoutait si attentivement, et Perponcher-Tricolore trinquait avec Aristide, et les

petits verres succédaient aux grands verres, et l'eau-de-vie au vin de Champagne,
l'anisette à l'eau-de-vie, le cassis à l'anisette, le marasquin au cassis et la char-
treuse jaune au marasquin, et tous les
convives étaient remplis d'une satisfaction sans mesure, lorsque je crus convenable de me retirer sans bruit.

Lise, qui guettait tous mes mouvements, se leva sous un prétexte et vint
me conduire jusqu'à la porte de la rue.

— Etes-vous content de moi? demanda-
t-elle.

— Parfaitement content.

— Et vous m'aimerez éternellement?

— Comme aujourd'hui.

— Et nous partirons ensemble?

— Bientôt.

Je lui donnai un dernier baiser, et elle
remonta, légère comme une hirondelle,
dans le salon où déjà tout le monde s'inquiétait de sa disparition.

Hélas! ce moment de bonheur devait
être le dernier de sa vie et de la mienne.

LVII

Deux jours après ces fiançailles j'écrivis à Lise, ne pouvant la voir ce jour-là, le
billet suivant :

« Chère bien-aimée,

» Nous partirons demain. Ne crains plus
rien. L'avenir est assuré. J'ai fait retenir
au Havre sur le paquebot *Georgia* deux
places de première classe sous ce nom :
M. et Mme Dufrény, de Rouen. Après-demain nous serons à Paris. Mercredi au
Havre, vers cinq heures du matin. Le paquebot part à neuf heures.

» En même temps et pour dépister toutes les poursuites, j'envoie d'avance deux
malles chargées de sable sur la ligne de
Lyon. Ces deux malles portent mon nom ;
pendant qu'on nous cherchera sur la route de Lyon nous prendrons la mer.

» Nous quittons pour jamais la patrie,
chère bien-aimée. N'en aie pas de regrets.
La Providence qui nous protége jusqu'ici
ne nous abandonnera pas. Nous serons
heureux ensemble; Dieu nous pardonnera... Sa clémence infinie qui s'étend sur
toutes ses créatures, s'étendra aussi sur
nous, et cet enfant que tu portes dans ton
sein intercédera pour nous auprès de la
miséricorde divine.

» Oh! chère Lise, ange adoré, je t'aime,
et je l'aime déjà, lui qui n'est pas encore
né ; oui, je l'aime à cause de toi, parce

qu'il est toi, et que Dieu ne veut pas séparer ce qu'il a uni lui-même.

» Plus de larmes, plus de remords, n[a]
Lise adorée; toutes tes douleurs vo[nt]
avoir un terme, et nous allons entrer, t[oi]
et moi, dans une vie nouvelle.

» A six heures du soir, demain, tu so[r]-
tiras seule sous prétexte d'aller à la bén[é]-
diction. Ne te charge d'aucun bagage s[u]-
perflu, ni de rien qui pourrait te faire r[e]-
connaître. Je t'attendrai au bout de la r[ue]
des Nonnes, dans une voiture fermée. [Je]
serai habillé en bourgeois, avec u[ne]
fausse barbe, et nous irons ensemble ju[s]-
qu'à la prochaine station.

» Là nous monterons en wagon, et no[us]
serons à Paris vers cinq heures du mati[n].
Comme toi je n'emporterai aucun bagag[e]
mais j'ai reçu les douze mille francs q[ue]
j'attendais. C'est l'héritage de ma mèr[e].
Avec cela nous pouvons aller au bout d[u]
monde.

» Adieu, Lise; mon cœur, mon âme[,]
ma vie, tout est à toi pour l'éternité.

» Ton LUCIEN. »

En même temps, et pour répondre à [je]
ne sais quel billet de Mme de Clerfontai[ne]
qui me priait d'aller chez elle pour u[ne]
œuvre de charité dont elle était dan[s]
patronesse et présidente, j'écrivis u[ne]
autre lettre beaucoup plus courte.

Par malheur, je ne sais quel incide[nt]
m'empêcha de mettre tout de suite c[es]
deux lettres sous enveloppe; on m'appel[a]
je crois, pour répondre à un malheureu[x]
qui venait solliciter un secours. Quelqu[es]
minutes après, j'envoyai l'une à Lise [et]
l'autre à Mme de Clerfontaine.

Funeste distraction! c'est le billet des[-]
tiné à Lise qui fut remis à Mme de Cle[r]-
fontaine.

Que dis-je! distraction! Non, non, c'[é]-
tait le doigt de Dieu!

LVIII

Le lendemain, à six heures du soi[r]
j'attendais Lise, en voiture, au coin de [la]
rue des Nonnes.

J'étais déguisé avec soin. J'étais allé[, le]
matin, chercher la voiture et le coche[r]
tout exprès, à trois lieues de là, po[ur]
n'être pas reconnu. Je croyais avoir to[ut]
prévu. J'avais dit dans mon cœur un éte[r]-
nel adieu à la France, à l'Europe mêm[e]
et j'attendais avec une anxiété profon[de]
l'arrivée de Lise.

Six heures sonnèrent. Personne ne vint.

Six heures et demie... Rien encore... Le cocher s'impatientait; les chevaux agitaient leurs grelots. Une sueur froide commençait à perler sur mon front. Ma lettre était-elle restée dans un bureau de poste?... Lise n'avait elle pu venir?... Au moment de partir, avait-elle été retenue par quelque pieux scrupule? Avait-elle eu quelque remords de causer à son père et à sa mère un tel désespoir?...

J'envoyai le cocher en avant-garde sur la route, afin de ne pas attirer l'attention des habitants de la rue des Nonnes, et je continuai de me promener de long en large, examinant toutes les femmes qui passaient.

Sept heures sonnèrent enfin, puis sept heures et demie, et je commençai à désespérer. Quel accident avait pu retenir Lise?

Je renvoyai le cocher et la voiture, et j'allai, tout tremblant de crainte et d'inquiétude, rôder sous les fenêtres de la maison Muret.

Chose étonnante! les deux portes étaient fermées, ainsi que le magasin. Fermés aussi les volets. Fermées les jalousies du premier et du second étage. Mais derrière celles de la chambre de Lise, je voyais de la lumière et je distinguais les mouvements d'une ou de plusieurs ombres.

Du reste, aucun bruit de voix, un silence lugubre, ou si l'on parlait, ce devait être à voix basse, comme dans la chambre d'un malade.

O Dieu! quelle pensée!

J'attendis encore un peu, et je vis Jeanneton sortir d'un air grave et triste, qui ne lui était pas ordinaire. Elle passa devant moi sans me reconnaître à cause de ma barbe et de mes habits bourgeois, et entra chez le pharmacien.

A travers les vitres, je voyais faire les paquets et préparer les drogues. Je distinguais aussi le mouvement des lèvres de Jeanneton qui, sans doute, racontait ou décrivait une maladie. On l'écoutait avec attention, et quand elle eut fini son récit, on l'interrogea encore d'un air attristé.

Je commençai à frémir d'épouvante. Quel malheur était donc tombé comme la foudre, sur la famille Muret, ou plutôt, car je n'en doutai pas un instant, sur la pauvre Lise? Je m'élançai pour arrêter Jeanneton au passage, et l'interroger: le courage me manqua.

Je craignis, non, je le jure, de me compromettre moi-même, mais de compromettre ma chère Lise. Fallait-il prendre l'alarme pour un magasin fermé plus tôt qu'à l'ordinaire, ou pour une ordonnance de pharmacien? Fallait-il perdre en un jour le fruit de tant de précautions et laisser voir à Jeanneton, que je connaissais bavarde et cancanière, un secret que j'aurais voulu cacher à toute la nature?

Pendant que j'hésitais, Jeanneton rentra sans me voir, et j'allai moi-même me déshabiller et me coucher.

Mais j'essayai vainement de dormir. J'étais agité des plus grandes inquiétudes. Lise était-elle malade? Avait-on découvert quelque chose? Son père était d'un tempérament apoplectique; peut-être avait il été surpris par une attaque d'apoplexie. Alors, tout s'expliquait de soi: Lise n'avait pas pu, sous peine de passer pour une fille dénaturée, quitter son père mourant. Lise restait à son chevet. Comment n'avais-je pas pensé plus tôt à cela?

Eh bien, non. Je ne pouvais pas me le persuader. Non, c'est bien elle-même qui était malade; c'est Lise qui se mourait sans que je pusse la voir ou la secourir.

Ces alternatives se succédèrent toute la nuit sans que je pusse fermer les yeux. Le matin, je sortis de bonne heure, après avoir repris mes habits de prêtre, et, sous prétexte de promenade matinale, je passai encore dans la rue de Lise.

A droite et à gauche, toutes les boutiques s'ouvraient successivement. Celle de Mme Muret restait seule fermée. Enfin, Jeanneton l'ouvrit lentement. Je n'osai pas faire de questions. Je me contentai de saluer de loin. Jeanneton répondit à mon salut par un respectueux:

— Bonjour, monsieur l'abbé.

Mais elle ne montra aucun désir de causer.

Je revins encore vers midi. M. Muret était assis à son comptoir; il paraissait fort préoccupé.

Il ne me vit pas, et je n'osai pas entrer et faire des questions. Un terrible pressentiment m'avertissait qu'il y avait quelque chose de brisé entre nous. Sa physionomie honnête mais rude et sévère me faisait trembler. Il me semblait que son premier mot allait être :

— Qu'as-tu fait de ma fille, assassin ?

Car le soir je ne pus pas douter que Lise fût malade. Je vis dans le magasin Edouard et sa mère. Ils ne me virent pas.

Il pleuvait et je me cachais à demi au moyen de mon parapluie. Derrière ce bouclier je pus observer tous leurs gestes. Le pauvre Edouard était fort triste et paraissait avoir beaucoup pleuré. Il monta tout à coup sur un ordre de sa mère. On avait sonné dans la chambre de Lise.

Le doute n'était plus permis ; c'est bien Lise qui était malade.

Que faire maintenant ? Si j'avais eu la conscience pure, rien n'était plus naturel que d'entrer et de demander franchement et simplement des nouvelles de toute la famille. Tout le monde se serait empressé de m'en donner.

Mais avec la conscience de mon crime, je n'osais plus reparaître devant ces braves gens dont j'avais indignement trahi la confiance et l'amitié.

Cependant j'attendis encore une heure, et je frappai à la porte.

C'est le père Muret lui-même qui vint m'ouvrir. Il avait une chandelle à la main, et la vue de son visage altéré par la colère et la douleur me fit trembler.

— Que venez vous faire ici ? demanda-t-il en me reconnaissant. Ma pauvre Lise se meurt !

Et sur cette terrible nouvelle, il ferma la porte.

Je demeurai anéanti dans la rue. Lise se meurt ! Elle se meurt ! Et par moi ! Car le visage farouche du père Muret ne me laissait aucun doute. Il savait tout. Mais comment avait il pu l'apprendre ? Est-ce par une confidence de Lise ? Est ce par mon imprudence ? Un accident avait-il révélé la grossesse de Lise ? Connaissait-on nos projets de fuite ?

Je rentrai chez moi, saisi d'une indicible épouvante. Ce n'est pas la juste colère de cet honnête père de famille que je craignais ; non, je le jure. Je ne pensais ni à sauver ma vie, ni à sauver ma réputation. Je ne pensais qu'à ma chère, ma bien-aimée, ma malheureuse Lise, et dans l'égarement où j'étais, j'aurais reçu comme un bienfait le coup mortel.

Mais Dieu, qui juge, condamne et absout comme il lui plaît toutes les créatures, m'avait réservé un châtiment de plus longue durée, sinon plus terrible.

Trois jours encore s'écoulèrent sans que je reçusse aucune nouvelle de la famille Muret, et sans que j'eusse le courage d'en demander. Je passais la moitié de la nuit à me promener sous les fenêtres de Lise, et je cherchais à augurer par le bruit des voix ou le mouvement des habitants de la maison quelle serait l'issue de la maladie.

Mais je ne pouvais rien conclure, sinon que la vie de Lise était en danger.

Lise se meurt ! voilà le mot terrible qui me revenait sans cesse à l'esprit. Lise se meurt !

Etait-il vraiment possible qu'il n'y eût aucune chance de salut pour cette enfant naguère encore si belle, si riante, si joyeuse ? Hélas ! c'est moi qui avais introduit la mort dans cette pauvre famille ; c'est moi qui...

A cette pensée je sentais mon cœur dévoré de toutes les flammes de l'enfer. Lise se meurt ! Et j'étais cause de la mort de Lise ! Quel horrible remords ! Ah ! je voyais bien alors qu'il ne faut jamais quitter la voie droite de la vertu ; je le voyais ; mais à quoi bon ? Il était trop tard. Ni regrets ni remords ne pouvaient sauver ma chère Lise.

Et alors, entrant dans la cathédrale, je m'agenouillais pendant plusieurs heures sur le pavé devant la Vierge, mère des douleurs, et je la suppliais d'intercéder auprès de son Divin Fils pour cette pécheresse infortunée que j'avais moi-même entraînée dans le crime. Je la suppliais, s'il fallait une victime, de détourner sur moi la colère de Dieu, et de prendre ma vie en expiation.

Enfin, le quatrième jour, une lueur d'espérance me revint.

Vers neuf heures du soir, Jeanneton vint chez moi et me remit un papier de M. Muret, sur lequel était écrit ce seul mot :

« Venez ! »

J'essayai vainement d'interroger Jeanneton et de savoir ce qui s'était passé dans la famille.

Jeanneton ne savait rien.

Evidemment on ne lui faisait pas de confidences.

Elle me dit seulement que Lise était fort dangereusement malade et presque agonisante ; qu'elle ne savait pas (elle,

Jeanneton) comment ce malheur était arrivé ; qu'elle était sortie (elle Jeanneton) pour faire une commission pressée, et qu'à son retour, elle avait appris que Lise venait de se mettre au lit avec une fièvre très violente ; que M. et Mme Muret avaient eu ensemble une très longue conversation, et que Mme Muret avait beaucoup pleuré, car elle avait les yeux rougis, mais qu'elle (Jeanneton) n'avait rien pu entendre, bien qu'ordinairement, du fond de sa cuisine on entendît tout ce qui se disait au rez-de-chaussée et souvent même au premier étage.

Enfin, elle termina en demandant si j'avais une réponse à faire.

— Allez, je vous suis.

LIX

On devine aisément de quel mélange de douleur et d'inquiétude j'étais agité en approchant de la maison de Lise. Je n'osais affronter la vue de la famille Muret. Et quand je pensais que j'allais perdre ma chère Lise, cette Lise tant aimée, et que je la perdais par ma faute, j'avais horreur de moi-même.

C'est Mme Muret qui vint m'ouvrir la porte. J'eus peine à la reconnaître. La pauvre femme paraissait avoir pleuré pendant plusieurs heures. Ses cheveux avaient blanchi. Sa voix, autrefois si éclatante qu'elle aurait aisément dominé le bruit des trompettes, était devenue sourde et à peine intelligible.

Elle ne me regarda pas et dit seulement :

— Entrez ! Lise vous attend ; mais j'ai besoin de vous parler..... Et vous, ma fille, dit-elle à Jeanneton par un retour naturel de son caractère, que faites-vous là ? Allez vous coucher.

Jeanneton ne s'en offensa pas.

— Madame, dit-elle, faudra-t il veiller ce soir auprès de Mlle Lise ?

— Non... répondit Mme Muret d'une voix étouffée, je n'ai plus besoin de vous. Monsieur l'abbé et moi nous suffirons... Nous veillerons nous mêmes.

Et elle éclata en sanglots déchirants. Moi-même j'avais peine à retenir mes larmes.

— Lise est donc bien malade ? osai-je dire enfin en suivant Mme Muret dans la chambre voisine.

— Lise va mourir, dit-elle en s'asseyant. O mon Dieu ! mon Dieu !... ma pauvre Lise !...

Et ses sanglots redoublèrent.

— Au nom du ciel, laissez-moi la voir tout de suite.

— Non, monsieur l'abbé. Auparavant, il faut que je vous parle... C'est moi qui ai dit à Muret de vous faire venir. Il ne voulait pas, lui ; mais le salut éternel de ma pauvre Lise en dépendait...

Je fis un geste d'effroi.

— Oui, continua-t-elle, Lise au désespoir, Lise qui sait qu'elle va mourir, n'a pas voulu recevoir les derniers sacrements sans vous dire adieu ; il a fallu lui obéir. Cette pauvre enfant était presque folle de crainte de ne plus vous revoir en ce monde ; elle disait qu'elle mourrait comme une païenne, comme une hérétique..... Alors, pour sauver son âme, Muret a consenti. Il est en bas, il ne veut pas vous voir, il craindrait de vous tuer... Ah ! monsieur l'abbé, vous nous avez fait bien du mal !... Et moi qui avais tant de confiance en vous ! moi qui vous avais remis ma fille comme à Dieu même !... Oh ! oh ! oh !...

Des sanglots convulsifs l'interrompirent encore.

Enfin, elle se leva, et, me faisant signe de la suivre, entra dans la chambre de Lise.

Non, je n'oublierai jamais ce spectacle de deuil et de désolation.

Lise, pâle et mourante, mais aussi belle encore qu'auparavant, était couchée, les yeux à demi fermés, et semblait sommeiller. De temps en temps, un profond soupir soulevait sa poitrine et marquait que la vie n'était pas encore éteinte ; mais, hélas ! j'étais allé trop souvent, comme prêtre, au chevet des mourants, pour ne pas voir que la mort était proche et pour conserver quelque espérance.

A côté d'elle, Edouard assis tenait une de ses mains et la regardait en silence avec une tendresse et un désespoir au-dessus de son âge.

Au bruit que nous fîmes en entrant, il se retourna à demi, me reconnut, et détourna les yeux. Sans savoir quelle part j'avais à son malheur, il venait d'apprendre de ses parents à me détester.

— Lise, le voici, dit la mère.

Lise ouvrit les yeux, me tendit la main, et dit :

— Maman, laisse-nous, et toi aussi, Edouard. Il vous appellera quand il en sera temps.

La mère et l'enfant hésitèrent un peu; mais enfin ils sortirent.

Aussitôt je me jetai à genoux auprès du lit de Lise; je saisis sa main en pleurant, je la couvris de mes larmes et de mes baisers, et je lui dis :

— Lise, ma chère Lise, ma chère bien-aimée, qu'est-il donc arrivé ?...

Elle fit un effort et dit :

— Mon ami, ne m'interrompez pas, car j'ai bien peu d'heures à vivre, je le sens...

Hélas! Et moi aussi je le voyais, et j'étais plongé dans un désespoir inexprimable !

Elle prit sous son chevet une lettre que je reconnus à l'instant. C'était celle que j'avais écrite pour l'avertir des dispositions prises et de l'heure du départ. Elle la déplia, et me montra les lignes suivantes, qui étaient de l'écriture d'Armande :

« Je suppose que c'est par erreur que la présente lettre m'a été adressée par M. l'abbé Passereau. Je me suis aperçue en la lisant qu'elle appartenait à Mlle Lise. Je prie Mme Muret de vouloir bien la lui remettre elle-même, et de compter, comme elle a droit de le faire, sur mon inviolable discrétion.

» ARMANDE DE CLERFONTAINE.»

Une fatale distraction m'avait fait enfermer dans l'enveloppe destinée à Mme de Clerfontaine la lettre de Lise, et Armande se vengeait ainsi.

O perversité féminine ! ô scélératesse ! Du même coup elle avait percé deux cœurs et tué Lise. Mais qu'importait à son orgueil blessé ?

— En recevant cette lettre, continua Lise, ma mère la lut tout haut devant mon père et devant moi. Je faillis mourir de honte sous leurs justes reproches, et je me couchai avec une fièvre terrible. Hélas ! j'ai bien expié depuis quatre jours notre bonheur criminel... Je ne vous accuse pas, mon ami; je ne dois accuser que moi-même, je vous aimais dès le premier jour que je vous ai vu... Oui, ce jour où vous avez si bien prêché dans la cathédrale en face de monseigneur... Toutes les dames vous regardaient, je m'en souviens... Et cette dame aussi, celle qui est cause de ma mort!... Comme elle vous admirait... Mais vous, mon ami, vous n'aviez alors de regards pour personne... Et votre pauvre Lise n'aurait pas osé espérer... Qui peut prévoir sa destinée ?...

— Lise, ma chère Lise...

— Encore quelques heures, et vous ne reverrez plus cette pauvre Lise qui vous aimait tant ! dit-elle. Je ne serai plus pour vous qu'un triste souvenir... Ne pleurez pas, mon ami, ne pleurez pas... Je ne voudrais pas vous affliger... Si près de mourir, je voudrais, au contraire, vous laisser quelque consolation ; je veux que vous ne pensiez à moi qu'avec plaisir, comme on pense aux fleurs et aux étoiles ; je veux surtout vous ôter le remords de m'avoir perdue. O mon unique ami, je vous aime tant !...

Les larmes m'étouffaient. Elle reprit :

— Vous ne m'oublierez pas, n'est-ce pas, Lucien? Vous n'oublierez pas cette pauvre Lise pour qui vous étiez tout en ce monde, à qui vous teniez lieu de tout, Hélas ! j'ai oublié mes devoirs et j'en suis justement punie; mais Dieu est bon, il me pardonnera, n'est-ce pas?... Je ne serai pas à jamais perdue... Et vous prierez pour moi, mon ami ?...

»Je ne sais, ajouta-t-elle encore, s'il m'est permis de vous laisser un dernier souvenir. Dieu me le pardonnera, j'espère... Le voici.

Elle me remit une boucle de ses beaux cheveux blonds que j'avais admirés si souvent, et son portrait en miniature qu'un peintre de hasard avait fait quand elle était enfant.

Je venais à peine de serrer sur mon cœur ces chers et précieux souvenirs, lorsque Mme Muret entra et dit :

— Allons, Lise, il est temps... M. le curé de Saint-Pierre vient d'arriver avec le Saint-Sacrement.

Je n'osai répliquer. Je baisai la main de Lise sans pouvoir dire un seul mot. J'avais le cœur brisé. Elle me serra la main en me disant un éternel adieu, et se détourna pour pleurer.

Je sortis, et j'errai toute la nuit dans la campagne. Je ne pouvais croire à mon malheur. Le matin, dès l'*Angelus*, j'entrai dans la cathédrale pour réciter, avec quelle ferveur, vous le savez, ô mon Dieu! les prières des agonisants.

Comme je finissais, les cloches sonnèrent, et je me sentis frémir d'épouvante. Je demandai au sacristain :

— Qui est-ce qui est...

— Mort ? répondit le sacristain avec l'indifférence de son métier; c'est mademoiselle Lise Muret... C'est bien malheureux... C'était une bien jolie demoiselle, et sage !... On n'a jamais rien dit sur son compte... Le pauvre père Muret faisait peine à voir ce matin. Il ne disait rien, mais ses larmes coulaient comme un ruisseau. Le petit Edouard ne voulait pas quitter sa sœur. Il a fallu l'emporter de force. Il la serrait dans ses bras, le pauvre enfant, et disait qu'il voulait mourir avec elle... mais vous les avez bien connus, ces Muret, monsieur le grand vicaire, quand vous logiez dans leur maison?... Ce sont de très braves gens, et très considérés dans le quartier. La pauvre demoiselle allait se marier avec le fils de l'avoué Perponcher-Tricolore... Le jour était fixé; on allait faire les emplettes de noce, et tout d'un coup, voilà qu'elle est prise de la fièvre et qu'elle meurt !... Ce que c'est que de nous !...

Il parla longtemps encore. Je n'écoutais plus. Je ne sentais plus rien. Je repris machinalement le chemin de ma maison et je passai toute la journée dans une consternation dont rien ne peut donner une idée.

A quoi bon prolonger ce triste récit ? Le lendemain j'assistai aux funérailles. Beaucoup de ceux qui l'avaient connue pleuraient, ce qui empêcha de remarquer mes propres larmes; ou plutôt on les mit sur le compte de l'amitié que j'avais pour la famille Muret, et les femmes du peuple disaient en me voyant :

— Notre pauvre grand vicaire est bon comme le bon pain. Comme il pleurait ce matin avec la famille Muret ! on aurait dit qu'il avait perdu sa sœur ou sa fille.

Voilà les jugements des hommes !

Jamais je n'ai revu Mme de Clerfontaine. Je lui écrivis ces deux mots :

« Je vous méprise et je vous hais. »

Elle dédaigna ou craignit de répondre; mais elle ne tarda pas à me brouiller avec Mgr Grégoire, dont elle excita l'orgueil en disant à Sa Grandeur que je me croyais un personnage, que je laissais entendre qu'il m'avait été donné de collaborer à ses mandements, et que je tranchais à mon tour de l'évêque et du grand seigneur.

Mgr Grégoire, justement irrité, me força bientôt de donner ma démission. Depuis ce temps, j'ai visité les missions étrangères, j'ai prêché l'Evangile au fond de l'Orient, je suis évêque *in partibus* de Trajanopolis, et j'ai promesse de Rome qu'on me donnera le premier évêché qui sera vacant en France.

Oserai-je, après de tels aveux, dire de moi-même que tout le diocèse de N... me regarde comme un saint et croit que je fais des miracles ?

Mais quelle que soit ma réputation aujourd'hui, je vivrai avec le remords éternel d'avoir causé la perte de la plus belle, de la meilleure, de la plus tendre créature que j'aie jamais rencontrée en ce monde. Pauvre, pauvre Lise ! Combien d'années de ma vie ne donnerais-je pas pour revoir encore une fois, ne fût-ce que pendant quelques minutes, son charmant et frais sourire et ces yeux si doux que j'ai tant aimés !

Toute la famille Muret vit encore. Lise n'est pas oubliée; mais de nouveaux enfants, — ceux de ses sœurs, — ont pris sa place dans la maison paternelle.

Le père Muret seul ne s'est pas relevé d'un coup si terrible. Le pauvre homme est tombé en enfance, et parle à tout moment de Lise. Il croit quelquefois la revoir, il l'entend. On respecte son erreur. Il est des vérités si cruelles !

ALFRED ASSOLLANT

FIN.

Paris. — Imprimerie de Dubuisson et Cᵉ, rue Coq-Héron, 5   53

9 782014 049152